海鳥ブック24

戦中文学青春譜

「こをろ」の文学者たち

多田茂治

海鳥社

はじめに　散華の時代

太平洋戦争中、「散華《さんげ》」という言葉がよく使われた。

「散華」の本来の意味は、寺院の記念法要の折などに、蓮の花弁を型どった五彩の紙片を檀上から撒き散らす、寿《ことほ》ぎの宗教的行事なのだが、戦時中、日本のマスコミは、戦場で斃れた若者たちの死を美々しく飾りたて、寿ぐために、「散華」という言葉を用いた。

この言葉は、戦局重大化とともに企図された学徒出陣、生還期せずの特攻、玉砕といった事態を迎えて、学徒の戦死により多く使われる傾向があったが、その第一の布石は、昭和十四（一九三九）年五月二十二日の「青少年学徒ニ下シ賜ハリタル勅語」にあったと筆者は見る。

> 国本ニ培《ツチカ》ヒ国力ヲ養ヒ国家隆昌ノ気運ヲ永世ニ維持セムトスル任タル極メテ重ク道タル甚ダ遠シ而《シコウ》シテ其ノ任実ニ汝等青少年学徒ノ双肩ニ在リ汝等其レ気節ヲ尚ビ廉恥ヲ重ンジ古今ノ史実ニ稽《カンガ》ヘ中外ノ事勢ニ鑑《カンガ》ミ其ノ思索ヲ精ニシ其ノ識見ヲ長ジ執《ト》ル所中ヲ失ハズ嚮《ムカ》フ所正ヲ謬ラズ各其ノ本分ヲ恪守シ文ヲ修メ武ヲ練リ質実剛健ノ気風ヲ振励シ以テ負荷ノ大任ヲ全クセムコトヲ期セヨ

教育勅語的な訓育の言が羅列されているが、要するに、わが国の将来は汝等青少年学徒の双肩にかかっているのだから、ゆめゆめ革命思想などに走らず、穏健中正の思想を堅持し、質実剛健の気風を養って、国家に忠節を尽くすべし、と訓戒を垂れたのだった。

青少年学徒にこの勅語を賜ったその日、皇居前広場で盛大なデモンストレーションが行なわれた。天皇（大元帥陛下）は白馬にまたがって会場に現われ、高い壇上に立って、全国から集められた三万二千五百余名の青少年学徒を閲兵した。

当日の模様を朝日新聞は分列行進の写真を大きく掲げてこう報じている。

「陸軍現役将校配属令施行十五年記念、全国学生生徒代表御親閲式は、五月晴れの二十二日午前十時から宮城前広場において、事変下の意義深く厳粛盛大に挙行された。この日空に一点の雲なく陽光青葉にさんさん、全国北から南から、それぞれ母校全学生生徒の栄誉を担って上京した若人三万二千五百余名は輦轂《れんこく》の下に御親閲を拝受する光栄に勇んで、畏くも大君の御前、空に地に若き尽忠の歩武を進め、清新溌剌たる軍国の絵巻を展開……」（輦轂は天子の車）

大時代的な表現で軍国ムードをあおりたてているが、この日の十五年前、全国の中等学校以上に軍事教練を行なうための配属将校令が施行され、各校に配属将校が配置されて、軍事教練は重要な一教科になっていた。

この日、大元帥陛下の御親閲を受けた学校は、当時日本の植民地であった朝鮮、台湾、満洲に樺太を含め、中等学校から大学までの一千八百校にのぼっている。全員、執銃、帯剣、軍靴、巻脚絆、背嚢の武装で、三十個大隊、百十個中隊に編成され、各校、旗手が校旗を掲げての分列行進だった。

当時の中等学校（普通科、商業科、工業科、農業科）は五年制だったので、筆者の母校、福岡県立中学明善校（現在明善高校、久留米市）からは、最上級の五年生（現在の高校二年生に当たる）のなかから、学業優秀で軍事教練にもすぐれた生徒が、五クラスから二名ずつの十名が選抜されている。

そのなかに、筆者の生家の隣りに住んでいた柘植《つげ》勝彦《かつひこ》さんがいた。柘植家の父親は謹直な教育者で、勝彦さんは四男一女の三男坊だった。優等生だったので代表に選ばれたものだが、このとき、大君の前での行進によほど感奮し、醜《しこ》の御楯《みたて》となる決意を固めたのか、翌十五年の卒業時、海軍兵学校を受験したがこのときは失敗、一年浪人して翌十六年春合格している。久留米には第十二師団が在り「軍都」と呼ばれた街なので、明善校には高級将校の子弟も多く、毎年、陸軍幼年学校、同士官学校には十余名入校していたが、海軍兵学校は二、三名だった。

筆者は昭和十五年春、勝彦さんと入れ替りで明善校に入学したが、中学時代、海兵の制服姿で帰宅する勝彦さんを二、三度見かけた。特に夏休み、純白の制服に短剣を吊るし、軍帽を目深にかぶった勝彦さんの姿はまぶしく見えて、やがておれも、とあこがれたものだった。近眼でその思いは叶わなかったが。

小柄で機敏だった勝彦さんは戦闘機乗りとなり、日本の敗色が濃くなった昭和十九年十月十二日から五日間にわたる台湾沖航空戦で戦死した。

大本営は、敵艦隊の空母十九隻、戦艦四隻など撃沈撃破と「赫々たる戦果」を発表したが、記事の末尾に小さく「わが軍の未帰還機三百十二機」と記されていた。その一機が柘植勝彦少尉機で「若鷲」二十二歳の散華だった。柘植家に戦死の公報が届いたのは、たしかその年の暮れだったが、隣家が沈痛な沈黙に閉ざされたのを覚えている。

この台湾沖航空戦から間もない十月二十五日には、敵艦体当り攻撃の神風《しんぷう》特別攻撃（特攻）作戦が始まり、第一陣の関行男大尉（二十四歳）指揮の敷島隊五機が敵艦隊に突入した。

この特攻作戦は、海軍中将大西瀧治郎（第一航空艦隊司令長官）の発案によるものだが、第一陣の指揮官に選ばれた関行男大尉は海軍兵学校出身のパイロットで、出撃前に海軍報道班員に、「日本もおしまいだよ。自分のような優秀なパイロットを殺すなんて。自分なら、体当りせずとも敵空母に五十番（五百キロ爆弾）を命中させる自信がある」と洩らしたという。

この生還期せずの特攻作戦を新聞は讃めたたえた。

「身を捨て国を救ふ崇高極致の戦法。中外に比類なき攻撃隊」（「朝日新聞」）などと。

この特攻作戦が始まる一年前の昭和十八年十月二十一日には、雨の神宮外苑競技場で、文部省主宰の出陣学徒壮行大会が開かれていた。すでに同年六月二十五日の閣議で、「学徒戦時動員体制確立要綱」が決定されていたし、さらに九月二十一日の閣議で法文系大学教育の停止も決められ、工場動員、学徒出陣のレールが敷かれていた。

十月二十一日の壮行大会に出場させられたのは、東京、神奈川、千葉、埼玉の大学、高等学校、専門学校七十七校の法文系学徒（推定）三万五千人で、雨のなかの悲壮な行進となったが、このときの新聞記事（「朝日新聞」）も勇ましかった。

九時二十分、戸山学校軍楽隊の指揮棒一閃、忽ち心も踊る観兵式、行進曲の音律が湧き上って「分列前へッ」の号令が高らかに響いた。大地を踏みしめる波の様な歩調が聞える。このとき場内十万の声はひそと静まる。見よ、時計台の下、あの白い清楚な（東京）帝大の校旗が秋風を仰いで現れた。続く剣光帽影、「ワアッ」といふ喚声、出陣学徒部隊いまぞ進む。……

十二月一日には、出陣学徒第一陣が入隊して、太平洋で、中国大陸で、東南アジアで次々と若い命を散らしていくことになる。

本稿は、そうした時代に、厳しい思想統制、検閲制度で言論表現の自由も奪われ、たえず生死の淵に立たされながらも、なお自分なりの青春を開花させようと、懸命に生きざるを得なかった若者たちの青春群像を描こうとするものである。

もとより、戦場の死に学歴の高下はないが、残された資料上、文章表現力のあった高学歴の知的青年たちを中心に記述を進めることを了承していただきたい。

福岡で、昭和十四年秋から十九年春にかけて、旧制福岡高等学校グループを中心とする同人誌「こをろ」が刊行された。検閲で発禁処分や削除処分（鋏禍）を受けながらも、ほとんどの同人が軍隊に召集されるまで十四冊刊行されている。

この「こをろ」が如何なる同人誌であったか、同人のひとりだった詩人の那珂太郎が、昭和五十六年、「こをろ」復刻版が刊行された折りに書いた「こをろの頃」という一文に要が尽くされているので、それを引用する。

雑誌発刊時二十歳前後だった三十数名の若者からなる「こをろ」のグルウプは、結成当初から単なる作家志望者の集まりといふ以上に、もつと幅広い文化主義的な「精神的連帯による集団」たることを志向していた。それだけに、同人のうち戦後今日に至るまで文学活動をつづける者は必ずしも多くはないけれど、阿川弘之・小島直記・島尾敏雄・真鍋呉夫らの作家のほか、昭和三十年代初めから地方誌に「小林秀雄ノオト」を連載してつとに注目された星加輝光、詩集『天鼓』で昭和四十八年度H氏賞を受賞した一丸章、四国の宇和島に隠遁してガリ版小冊子を出しつづける『EX－POST通信』『プソイド通信』の著者小山俊一などがゐる。

今にして思へば、これらの同人はすべて文学的気質も志向もかなりばらばらで、それを統一的観念で括《くく》ることは不可能にしか見えまいが、それがともかく一つのグルウプたり得たのは、戦時体制下の重苦しい空気の中で各人がなんらかの精神的據り所を求めようとする、あの時代のなせるわざに違ひなかつたらう。

本稿は、この同人誌「こをろ」を中心に、あの時代を描こうとするものだが、これは福岡という一定の地域にしぼった一つのサンプルに過ぎない。たぶん、日本の各地で、戦時下のこうした青春の営為があったことだろう。

筆者は旧制福岡高校の戦後（昭和二十四年）の卒業生（第二十五回生）で、資料が得られやすいこともあり、また福岡の精神風土、学生気質などもよくわかるところから、こうした手法を選ぶ。

昭和六年の「満洲事変」から二十年八月の敗戦に至るまでの十五年戦争で、福岡高校も多くの戦死・戦病死者を出しているが、二十年四月一日の米軍沖縄本島上陸に始まる沖縄戦で、特攻戦死した者も五名いる。

いずれも昭和十八年十二月の学徒出陣組で、十七年三月卒業の第十八回生、十七年九月繰り上げ卒業の第十九回生に集中する。

第十八回文科、中尾武徳《たけのり》（東京帝大法学部）、町田道教《みちのり》（九州帝大農学部）。

第十九回文科、林市造《いちぞう》（京都帝大経済学部）、中村邦春《くにはる》（京都帝大法学部）、旗生良景《はたおよしかげ》（京都帝大経済学部）。

いずれも二十二、三歳の「散華」であった。このうち、中尾武徳の親友への書簡、林市造の母親への訣別の書簡は、日本戦没学生記念会編の『きけわだつみのこえ』その他に収録されている。

こうした「散華」の時代が如何なるものであったか、戦争を知らない世代にも、出来るだけおわかりいただけるように記述を進めたい。

二〇〇五年一月七日起筆

多田茂治

戦中文学青春譜◉目次

「こをろ」の土壌

矢山哲治とその時代

戦時下の昭和十四年（一九三九）秋から十九年春にかけて、「こをろ」と題する同人雑誌が十四冊刊行された。その同人には、戦後、作家・詩人として名を挙げる島尾敏雄、阿川弘之(1)、小島直記(2)、真鍋呉夫《まなべくれお》、那珂《なか》太郎、一丸章《いちまるあきら》(3)らが名を連ねていた。

この「こをろ」の主宰者、矢山哲治《ややまてつじ》（当時二十四歳）が、西日本鉄道（西鉄）大牟田線の福岡市内の無人踏切で轢死したのは、日本の敗色が濃くなっていた昭和十八年一月二十九日早朝のことだった。

矢山哲治は、昭和十六年十二月、九州帝国大学農学部を繰り上げ卒業（本来なら十七年三月卒業を、戦時特例で）、徴兵検査で甲種合格となり、十七年二月一日、久留米西部五十一部隊に入隊したが、五月には肺結核と診断されて久留米陸軍病院に入院、十月五日に除隊退院して自宅療養中だった。

この日は、日課としていた近くの住吉神社のラジオ体操に参加して帰宅途中の出来事だったが、その死は、自殺とも事故死とも判じ難いものだった。

遺書もなく、寝床は起き抜けのままで、当日の朝まで精神状態の目立った異常もなかったので、事故死という見方が強かったが、反面、「線路に飛び込むように見えた」という目撃証言もあるし、自殺とすれば、その伏線となるような事もあった。矢山は最高学府の九州帝大卒なので、当然、短期間で将校に成れる甲種幹部候補生受験の資格があったが、不合格になっていた。彼は左翼的思想の持ち主ではなかったが、九大時代、新聞部に所属していた。特高警察はこの九大新聞を左翼的と見ていて、日本軍の真珠湾攻撃で日米開戦の火蓋を切った翌日、矢山は「こをろ」同人で共に九大新聞部に所属していた冨士本啓示《ふじもとけいし》と福岡署に拘引され、厳しい取調べを受けていた。そのためか幹候不適格とされたうえ、肺結核で現役除隊と、ダブル・パンチを受けたため思い屈していて、発作的に電車に飛び込んだ可能性もあった。

そんな矢山哲治の死から三十年後、昔の仲間のあいだで矢山の全詩集刊行の動きが高まっていたとき、矢山より二歳年下ながら、矢山の片腕として「こをろ」を支えた真鍋呉夫が、「西日本新聞」（昭和四十九年五月十三日号）に、「光の薪」と題する矢山追想の一文を寄せている。

私どもがこれらの刊行計画に大きな期待を寄せているのは、必ずしも故人に対する友情のせいだけではない。たとえ半途にして斃れたとはいえ、いやむしろその故にこそいっそう、その未完の詩文のことごとくが、翼なくして天上の火をこの地上にもたらそうという、さながら若き日のヘルダーリンを彷彿とさせるような志向に貫かれて、眩い光芒を放っているからである。

（中略）

ともあれ、昭和十四年の春のある日、東中州の喫茶店メトロではじめて矢山に紹介された一瞬の、なにか突如として新しい未聞の種族にめぐりあったような、というよりは、雷にうたれた身内で青い火花がぶつかりあっているような異様な感銘は容易に忘れられるものではない。

今風に言えば、矢山哲治は強いオーラを発する男だったのだ。当時、矢山は九大農学部一年生だが、すでに第一詩集『くんしやう』を刊行し、檀一雄[4]、立原道造[5]に親近し、福高教授の浦瀬白雨[6]と秋山六郎兵衛[7]の推薦で「九州文学」同人にもなっていた。

私にとってもっとも驚異だったのは、彼のほとんど無私といってもいいほど果敢な因襲外の連帯に対する献身であった。そのための惜しげもない贈与であり、あきれるほどナイーブな奮闘であった。また、この一点に関するかぎり、私は矢山ほど真摯であった青年をほかにしらない。

私はだから、それから間もない西鉄薬院―平尾駅間での矢山の轢死を、文字どおり、刀折れ矢尽きたはての壮烈な戦死だ、と信じて

福岡高校時代の矢山哲治（『矢山哲治全集』未来社より）

いる。荒涼たる周囲の闇を照らすために、自分のいのちを薪として白熱の炎をあげながら燃えつきたのだ、と信じている。

真鍋呉夫は福岡商業出身で、会社員になっていたが、早熟な文学青年だったので、矢山が誘いの声をかけたのだった。昭和十四年十月、「こをろ」が発刊されると、真鍋は最も有力な書き手のひとりとなる。

矢山哲治は旧制福岡高等学校（以下、福高）の第十五回理科甲類（十四年卒）出身だが、同期の理科乙類に、これも「こをろ」の有力同人となる小山俊一《おやましゅんいち》がいた。（旧制福高は文科（甲・乙・丙）三組、理科（甲・乙）二組で、文科、理科とも、第一外国語が甲類は英語、乙類はドイツ語、丙類はフランス語で、丙類は文科のみだった。文科丙類がある高校は少なかった。）

小山俊一は「こをろ」では最も辛辣な批評家で、仲間の作品をバッサバッサ斬り捨てた男だが、彼は後年、紀州田辺や四国の宇和島に隠棲して、ガリ版の個人誌「EX《エクス》・POST《ポスト》通信」「プソイド通信」などを発行して、自己の思想表白、社会批評を続けた。

矢山の死から四十年後の昭和五十八年年二月発行の「Da通信」で、矢山の四十年目の命日を迎えたときの感懐をこう記している。

一月二十九日、Y（矢山）の四十年目の命日。夕方、近くの神社に行って（いつもの散歩コースだ）、高い石段のてっぺんから夕焼空をしばらく眺めた。……今さらYについて感慨にふけることもない。彼のことは考えつくした。という気持ちだったが、それでも高い石崖のうえでしばらくの時間、Yが頭の中を通るにまかせた。—— わずか二十四歳でむざんな死に方だった。あわれみと羨望（に似たもの）が頭をかすめる。あわれみ？ しかし、あの時は悲しみさえ殆ど感じなかった。運命的な感じにただ打ちのめされた。（中略）

自殺か事故の区別がまったく無意味な、あれほど裸な正確な世界による〈殺され〉死があろうか。目撃者によると、彼は電車の前に「ダイブするように」倒れこんだそうだ。彼を押したのは世界そのものだ。ほんの軽いひと突きで充分だったろう。あの最後の冬、彼は徹底地獄のなかにいた、といえるか。否だ。（徹底地獄ではあんなヤワな死に方はできない、いわば許されない）徹底地獄には、徹底した外的条件と内的条件がいる。外的条件の方は申し分なかった。あのとき（一九四三年）世界の手は彼をつかんで爪を食いこませていた。それに拮抗するだけの内的条件が彼にはなかった。……おれにくれた最後のハガキに「おれたちはみな陛下の赤子だ」などと書いたが、そんなものはだめで、彼は空気の足りない酸欠地獄みたいなところにいたのだ。

「こをろ」時代、仲間たちの作品を容赦なく斬り捨てた気迫、独自の思想そのまま、矢山の死は「世界」に押し倒された死としながらも、日本浪曼派の影響を受けて、「陛下の赤子《せきし》」の呪縛から抜け切れなかった矢山に厳しい眼を向けている。

真鍋呉夫と小山俊一は「こをろ」の中心メンバーで、矢山哲治を最もよく知る二人だが、この二人の感慨は、戦後社会の視点から、矢山の「時代の死」をよく照らし出している。

真鍋呉夫はまだ健在で、小説も書き続け、俳人としても高名、句集『雪女』で読売文学賞と歴程賞を受賞したりしている。

小山俊一は矢山同様、九大農学部卒で、戦後、中学・高校教師を十数年勤めたあと、個人誌「EX・POST」などで、独自の思想を発信し続ける生涯を送り、平成三（一九九一）年九月、四国の松山で七十二歳で死去している。

矢山哲治が主宰した同人誌「こをろ」（創刊号から第三号までは「こおろ」だったが、阿川弘之の異議ありで、第四号から「こをろ」に改められる）創刊号は、昭和十四年十月発刊だが、この雑誌の成り立ち、多くの文学青年、哲学青年がこの雑誌に参加した経緯にまず触れておきたい。

それを物語る格好の資料がある。「西日本新聞」に昭和五十三年十一月～十二月にかけて連載された「『こをろ』と私」（島尾敏雄、阿川弘之、那珂太郎、小島直記、真鍋呉夫など十四名執筆）だが、そのなかから幾つか拾ってみる。おのずから、矢山哲治の人間性、彼を中心とした結集の経緯がわかる。

のちに詩集『天鼓』でH氏賞を受けた一丸章（福岡中学卒）は、当時、重症の肺結核で療養の身だったが、文通が始まっていた矢山が突然療養所を訪ねてくる。一丸は矢山より二歳下だった。

忘れもしないその日、昭和十三年八月十四日の午後、矢山は博多湾の西岸のサナトリウムに入院していたわたしを見舞ってくれた。当時矢山は旧制福高生だったが、恒屋喜壮のペンネームで「九州文学」（第二次）「蠟人形」「日本詩壇」などで盛んに書いており、「くんしやう」という、薄いが清楚な詩集を出したばかりだった。それまで何回か文通はしていたが、その憧れの詩人がわざわざ訪ねてくれたのである。そして〈秩序あるこの建築のなかでは／ぼくらの健康こそあやしいものだ／この錯覚がたのしく酔はせ／歎異鈔のリズムを説きたてたが〉……と、後日「雅歌」という小品で歌ってくれたように、二時間ほどほとんど一人でしゃべって帰って行った。

それ以来、彼の人なつこい人柄と磊落な態度にすっかり魅せられてしまった。それからの指導と信従の日々……まさに青春の出会いがそこにあった。翌年、九大農学部に進んでいた彼を中軸の一人として創刊された「こをろ」にも、病床からよろこんで参加したわけだった。

福高で矢山より二級下だった第十七回文乙の那珂太郎（本名・福田正次郎）は、矢山との初めての出会いをこう書いている。

昭和十三年四月に私は福岡高等学校（旧制）に入学したが、そのとき最上級生で文芸部員をしてゐたのが、のちに「こをろ」の中心人物となつた矢山哲治氏だつた。その年の校友会雑誌に私は小説もどきの作品を投稿し、没になつた。この原稿はとうに紛失して今読み返すすべもないけれど、いづれ十六歳の少年の読むに耐へぬセンチメンタルな幼稚な代物だつたに違ひない。

矢山氏はわざわざ一年生の教室までやつて来て私を呼び出し、舌鼓でも打つような熱つぽい独特の口調で、「形式への努力はあるが作品以前だ」「肉体がない」（つまり「徒らに観念的で肉づけを欠く」といふことだったたらう）と評し、太宰治を読むことを勧めた。その名は私ははじめて聞くものだつたが、当時太宰は三十歳を出たばかりで、世間的にもあまり広くは知られてゐなかつた筈だ。新潮社の「新選文学叢書」の一冊として『虚構の彷徨』といふ小説集が出て間もない頃で、私はそれからかなりの期間、在来の小説形式を思ひきり壊した、この自己顕示と自己卑下にみちた作家の文体に幻惑されることになつた。

戦後、流行作家となる太宰治も、この当時は全くの新人だったが、矢山は早くから太宰の才能に注目し、まわりに喧伝していたのだ。「こをろ」第四号では「太宰治論」を企画し、同人三人が太宰論を書いている。矢山自身も「手紙」と題する友人宛の手紙の形で太宰治の「二十世紀旗手」に触れて、

あのうすい青表紙の本「二十世紀旗手」が田舎の高校生をどんなに狂喜させたことか。自分の愛する者に書物を読ませるといふことに、深い意味を考へることなく深い意味を持たせすぎてゐた僕は、あのひとにこの書物を与へた。

矢山は己れが感動した本は恋人に進呈したり、友人たちに読ませたがる多血質の男だった。こ

の当時、彼は福高の先輩でもあった檀一雄（第八回文乙）に私淑していたし、檀といい太宰といい、日本浪蔓派系の作家と親しんでいた。

療養中の一丸章を海辺のサナトリウムにたずねたこととといい、一年生の那珂太郎の教室に乗り込んできたこととといい、矢山はオルガナイザーの資質が強かった。那珂太郎は矢山の強い誘いで、二年生になってからの第三号（十五年七月）から参加しているが、同クラスの親友だった伊達得夫と湯川達典は参加しなかった。その件は後述する。

創刊同人には、広島高校三年生だった阿川弘之も名を連ねていた。創刊同人のなかに、矢山の一級下の理科乙類に吉岡達一(8)がいたが、阿川と吉岡は広島の小学校の同級生だったので、吉岡に誘われての参加だった。阿川はこう書いている。

詩人の矢山は、人を惹きつける不思議な魅力を備えた親分格、リーダー格で、「外郭団体」のお嬢さんたちも彼を中心に集まって来ていたように思う。真鍋は行きとどいた世話役、矢山親分の女房役、吉岡、矢山、真鍋の三人には、行く度世話になった。矢山の家に泊まって次の朝、正座して朝飯を食う私を見て、矢山が、

「谷崎潤一郎はボロボロ、ボロボロこぼして、行儀悪うして飯《めし》ば食うげなたい」と言った。

自分がひどくつまらない人間のような気がしたのを覚えている。

矢山は阿川の行儀の良さが気に入らなかったのだ。ちんまりおさまっていたんでは小説家には

成れんぞ、と一発かましたのだ。

「こをろ」のまわりには高校生たちがドイツ語で「メッチェン」と呼ぶ文学少女たちが集まるようになり、彼女たちは「グルッペ」（グループ）と呼ばれることになる。矢山たちはこのグルッペをひきつれて海や山によくピクニックに出かけるようになるが、その遊びのリーダーも矢山だった。そんなある日のピクニックを、吉岡達一がこう書いている。

> ピクニックの日はいつも晴天だったようだ。海は青く、砂は白く、山ならば、木陰の風はさわやかだった。二十人近い男女がしゃべり、食べ、鬼ごっこやなわとびをして騒いだ。
> 「お前、ウォールフラワー（壁の花）ちゅうと、知っとるや？」と矢山さんがいう。そして、みんなの騒ぎから離れて腰をおろしている何人かの方をあごでしゃくる。
> 「あげんとは、傷つかんけんね」
> その連中は、ただすこしてれているだけなのか。ウォールフラワーというのは、本来どういうことをいうものなのか、そんなことはどうでもいい。たしかに矢山さんは、いつも、みんなのまっただなかで、とびはね、口をとがらせ、傷ついてばかりいた。

「こをろ」構成メンバーは、矢山哲治をリーダーとする旧制福高グループ、島尾敏雄、川上一雄[9]、中村健次、星加輝光、冨士本啓示らの長崎高商グループ、真鍋呉夫、百田《ももた》耕三、加野錦平《きんぺい》らの福岡商業グループ（川上、中村も福商出身）が主力だが、福商出身の真鍋呉夫は矢山との出会いをこう書いている。
　昭和十四年春のある日、それから六年後には米軍の空襲で焼失した東中洲の茶房メトロの二階で、私ははじめて矢山哲治に紹介された。紹介者は福岡商業時代に一級上級であった川上一雄である。矢山は二十一歳で九大農科に入学した直後、私は十九歳で日立製作所に勤めていた頃であったろう。（中略）その矢山から県庁前のフリーという喫茶店で、長崎高商の連中を代表して「こをろ」創刊の打ち合わせに来たという島尾敏雄に紹介されたのは、同じ十四年の夏の終わりか秋のはじめのことであったろう。

前列左から矢山、川上一雄、中村健次、後列左から冨士本啓示、島尾敏雄（『矢山哲治全集』未来社より）

　矢山と島尾を結びつけたのは中村健次で、だから島尾はこう書いている。

　「こをろ」同人の構成は多様であるが、いわば成立の核となった矢山哲治の出身校である旧制福岡高校出の者が多かったことは否めない。それに中村健次の母校である福岡商業を卒業して実社会に勤務を持っていた者も少なくなかったと思う。言ってみれば、「こをろ」の同人は、矢山と中村の文学交遊を軸として集まったとみてもよかったろう。その結果、当時の校風もあって、高校出身者と商業・高商出身者とのあいだに、文学観や気風の上で互いに批判し合う面が潜在していたことは認めなければなるまい。大雑把に言えば、福岡高校出身者には当時の風潮の「日本浪蔓派」的な傾きが強く、商業・高商出身者にはそれになじまぬ者が多かった。

そうした溶け合えない面、対立する面もあって、「こをろ」は何度か、分裂、解散の危機を迎えている。創刊当時、すでに日中戦争はいつ果てるともなく続き、毎日のように出征兵士を送る日章旗が町に村にはためく時代になっていたが、言論統制、検閲も厳しくなり、同人雑誌発行も容易ならざる時代になっていた。

「こをろ」創刊に参加した長崎高商グループの島尾敏雄、中村健次、川上一雄らはすでに前年の昭和十三年四月に刊行した同人誌「十四世紀」で痛い目に遭っていた。島尾敏雄が「私の文学遍歴」のなかで、この「十四世紀」発禁問題についてこう書いている。

ようやく第一号ができ上がったあとで、私たちは内務省から発売禁止の処分の通知を受けた。当時の法律にもとづいて律義に二部の納本を行なっていた結果のことだ。私たち五人は長崎警察署の特高室に呼びだされて個別にしらべられた。発禁の原因は出版法第十四条（と記憶しているが、今手もとに文献がないのでたしかめられない）による風俗壊乱の項目に、川上と私の小説の中のいくつかの表現が抵触するというのがおもだった理由であったが、私たちが問いつめられたのは反戦的な思想をもっているかどうかにあったようだ。中村健次の「目的なきリレー」という詩が、反戦的なにおいがするという理由で、もっともしつこく追求されたが、私たちに背後の関係をさぐりだすことは見当はずれと言ってよかった。私は特高刑事たちのおおげさな嫌疑にあっけにとられて、自分の考えのなかにまではいりこんでくる権力的な審きの力におそれを覚えた。

すでに同人雑誌の発行も難しい、息苦しい時代になっていたのだ。

「十四世紀」発売禁止処分を受けたあと、島尾たちは、不適当とされた何個所かを黒インクで塗り潰して発行しようとしていたところ、長崎署から全部没収の命令が来た。

このとき「十四世紀」創刊号に発表した島尾の「お紀枝の貞操とマコ」は、その後、島尾が「お紀枝」と改稿、改題して、月刊誌「科学知識」の懸賞小説に応募して佳作入選したため、同誌の昭和十四年八月号に掲載されて残っている。『島尾敏雄全集』第一巻に収録されているので読めるが、幼馴染のマコ（誠）とおキイ（紀枝）が布団の上で遊び戯れる姿などを描いたもので、これがどうして風俗壊乱となるのか、ほとんど理解しがたい。

矢山もそうした「十四世紀」発禁問題をよく知っていただけに、「こをろ」発刊には慎重だった。刊行を待つばかりになっていた昭和十四年九月二十七日。長崎高商の島尾宛の手紙にこう書いている。

「今日午後、警察特高課の某氏に逢ひにゆく。『こおろ』のことを内諾して貰ふために一人でゆくつもりだ」

さらに十月二日には、やはり長崎高商の川上一雄宛の手紙にもこう書いている。

ながいこと音信もせず、毎日かけまはつてゐたのだから許せ。特高課の偉い人々とも、今朝やつと逢へた。一週間無駄足を踏んだんだぜ。「こおろ」という名と、俺の趣旨にはひどく好意をもつてくれたらしいが、何分「新聞紙」の取締り、粛正の折から、それが一段落するまで発行を待つてくれ、あと半年ぐらゐという。そこで、恐る〳〵申訳ありませんが、原稿と金をあつめ、印刷屋に渡してゐるからといふと、それでは「出版法」でこんど一回かぎり、あとは自発的に休刊して、来年からにするといふことにした。

内務省は、昭和十四年三月以降、原則として新聞・雑誌の創刊は認めないという方針をとっていたので、矢山は特高幹部相手に懸命の駆け引きをして、やっと創刊に漕ぎつけたのだった。たしかに誌名「こおろ」はものを言っただろう。この誌名は矢山が『古事記』上巻の国造り神話から採ったもので、その原典が毎号、表紙裏に掲載されている。

こゝに天ツ神諸《もろもろ》の命《みこと》以《も》ちて、伊邪那岐《いざなぎ》ノ命《みこと》伊邪那美《いざなみ》ノ命二柱の神に、この漂《ただよ》へる国をつくり固め成せて詔《の》りごちて天《あめ》ノ沼矛《ぬぼこ》を賜ひて、言依《ことよ》さしたまひき。故二柱の神、天の浮橋に立たして、その沼矛を指し下して攪《か》きたまへば、鹽こをろこをろに攪きなして、引き上げたまふ時に、その矛のさきより滴る鹽、積りて島と成る。これ淤能碁呂《おのごろ》島なり。その島に天降りまして、天之御柱を見立て、八尋殿を見立てたまひき。

そして矢山は「創刊のことば」をこう書いている。

こおろ。この言葉を愛することから、この言葉を呼ぶことに例へなく雄大なそして典雅な誇りで胸を溢れさせることから、僕らの新しい日の雑誌は出発する。
僕らは日本とともに若い、昭和聖代のこどもは、島国といふ言葉がかつてかたちづくつた意識を理解し得ない。海は太平洋であり、陸は大陸でしかない。二千年の日本の文化はもはや一頁に尽きてしまつた。今日、始められた新しい文化に比べては。
こおろ。これより若く、新しい言葉を知らない。

「昭和聖代」の新しい国づくりの抱負を述べているわけだが、そうした時代認識から抜け出ることはまず難しい時代であったし、また、こうした装いがなければ、「こおろ」創刊は困難だったことだろう。すでに文学青年は軟弱な自由主義者であり、警察はもとより学園でも「要注意」のレッテルが貼られるような存在になっていた。
創刊時の同人は三十二名。福高グループが最も多数で、矢山と同期の第十五回文科の鳥井平一、鈴木珊吉《さんきち》（児童文学者、鈴木三重吉の息子）理科の矢山、小山俊一、大野克郎、久保山魏、佐藤昌康、安河内剛、牧野昌雄、横倉弘吉など、矢山との関係で理科生が多いのが目立っている。

長崎高商グループは島尾敏雄、川上一雄、中村健次、冨士本啓示、星加輝光など。

その他、福岡商業出身の真鍋呉夫、百田耕三、加野錦平、福岡中学出身の一丸章、広島高校生の阿川弘之などなど。

福高グループで途中から参加するのは、第十六回理甲の田尻啓、第十七回文乙の福田正次郎《しょうじろう》（那珂太郎）、同文丙の小島直記、第十八回文甲の千々和久弥《ちぢわきゅうや》、文乙の猪城《いき》博之など。

そのころ、「こをろ」の主力となった福高のキャンパスはどんな状態だったのだろうか。

昭和十三年春入学の伊達得夫、那珂太郎と同クラス（文乙）で、三年生のとき全寮総代を勤めた岩猿敏生（福高から京都帝大哲学科）が、戦後の昭和二十四年に刊行された『学而《がくじ》寮史』（学而寮は福高寮名）のなかでこう記している。

> 入学当時はまだ天皇は「天チャン」なる愛称と蔑称のチャンポンになった様な色彩の言葉で呼ばれていた。これが私達が二年生になると、かかる称呼が聞かれなくなり、三年生になった時は、かかる称呼を用うることは一部の学生から猛烈な反撃を受けるようになった。（中略）
> こうした雰囲気のなか、中央においては蓑田胸喜《みのだむねき》[10]、三井甲之《みついこうし》[11]等の右翼的学生運動が盛んになり、二年の二学期頃からは全国各地の高校に右翼団体が組織し始められ、九州では佐高（佐賀高校）が最も猛烈だった。そして、そうした連中が全く志士気取りで寮にも遊説に来、

一高（第一高等学校）の同信会連中までやって来たことがあった。こうした気運は支那事変の困難化、世界情勢の悪化と伴って益々拍車をかけられ、九大内の右翼団体も寮に働きかけて来たりした。

昭和六年九月の満洲事変後、全国的にスメラギズム（天皇主義）研究の気風が全国の学園に拡がっていたし、福高でも七年、「福高スメラギ会」、八年には「神風《しんぷう》学会」が結成されている。そんな時代の「こをろ」創刊であった。

戦後、「書肆ユリイカ」を創設して多くの詩人を育てた伊達得夫は、「こをろ」創刊時、福高二年生だったが、弁論部に所属していて、十五年二月九日、西中洲の市公会堂で開かれた福高弁論部主催の弁論大会で、同学年の小島直記、岩猿敏雄などと演壇に立ったりしていた。彼らの演題は、

岩猿敏雄「人生論上の浪漫主義を論ず」
伊達得夫「苦悩の肯定」
小島直記「人間の課題」

などであり、いずれも、青春を如何に生きるべきか、人生の理想と苦悩を、旧制高校的ハイトーンで語ったものであったろう。

国家主義グループが睨みをきかせるような時代になっても、福高にはなおリベラルな校風も残っていた。矢山哲治らの三級上の第十二回文甲（昭和十一年三月卒業）には、大日本帝国陸軍の

内務班の実体を、対馬《つしま》要塞の砲兵聯隊を舞台に、詳細かつ滑稽に描き、軍隊を通して、因襲的、不条理、無責任体系の日本社会そのものを笑いとばした一大喜劇ともいうべき戦後文学最高峰の大作『神聖喜劇』の作者、大西巨人(12)(のりと、筆名はきょじん)がいる。この『神聖喜劇』に、作者自身を仮託した主人公、東堂太郎二等兵の旧制高校時代の出来事を記述した一節がある。

東堂太郎が二年生のとき、教練課業として福岡県内の大刀洗《たちあらい》陸軍飛行隊見学旅行が実施される。その日、東堂は飛行隊見学はボイコットするが、軍事教練の装いをして学校に登校する。もうひとり、同じ行動をとった生徒がいた。兄が共産党員で獄死し、マルクス主義文献を多数所持、読破していた西条靫負《ゆきえ》であった。この二人は、当日欠席とされたうえ、国策、学校の指導に背く「赤化学生」と目されて、生徒主事、配属将校の問責を受ける。そのとき、「きみたちを赤化学生と見るのは学校側の多数意見だ」という生徒主事に、東堂太郎はこう反論する。

私の身近な所では、われわれ文二甲組主任の浦里冬雨先生、夏目漱石門下の真摯なイギリス文学研究家であり、詩集『白日夢』の篤実な詩人である浦里教授や文二乙組主任の秋月五郎太先生、ホフマン、カロッサ、リルケ、マンの立派な反訳者であり、第六次『新思潮』同人時代以来の独自な作家である秋月教授が、そんな途方もない見解とかこんな奇怪な勧告内容とかにやみやみ同調されるとは、私は、まず信じません。(『神聖喜劇』第一部、第三、夜)

浦里冬雨は英語教授浦瀬白雨のことであり、秋月五郎太はドイツ語教授秋山六郎兵衛のことである。
旧制福高は大正十一（一九二二）年の創立で、九州では、明治二十七年創立の第五高等学校（五高、熊本）明治三十四年創立の第七高等学校（七高、鹿児島）、大正九年創立の佐賀高校（佐高）に続く最後発の高校だった。浦瀬白雨の福高在任は大正十三年～昭和十七年、秋山六郎兵衛は大正十五年～昭和二十五年（福高廃校まで）と、共に在職期間が長かった。

二人の文学的業績はほぼ『神聖喜劇』で述べられている通りだが、この二人は、昭和十二年八月、「九州文学」（第一期）を創刊するなど、福岡でも文学活動を続け、後進者を育てようとしていた。この浦瀬、秋山両教授に文才を嘱目され、かわいがられたのが矢山哲治である。二人は矢山を「九州文学」同人として、作品発表の場を与え、矢山の第一詩集『くんしやう』（昭和十三年八月刊）には、浦瀬白雨が題字を書き、序句「勲章や木馬で坊の観兵式」を寄せている。

いつも飄々としていて、生徒たちから「六さん」の愛称で親しまれていた秋山六郎兵衛は、東京帝大独文科を卒業して、まだ二十四歳の若さで福高教授に就任していた。生徒のなかには二、三年浪人したのもいて、秋山教授よりも年上もいたほどだ。

秋山教授赴任の前年、福高では「社研事件」と呼ばれる騒動が起きていた。福高では、開学まもない大正十三年六月、社会科学研究会（略称、社研）が結成されていたが、この社研活動が全国的な拡がりを見せ始めていたため、文部省はこれを危険視して、昭和十四年、反共的な法学博士、蜷川新《にながわあらた》(13)を、社研活動が活発な高校に派遣して反共演説をさせた。その蜷川博士が同年十一月二十一日、福高にやって来て、講堂の演壇に立ったが、演壇の近くに社研の活動家たちが詰めかけて、「御用学者、ひっこめ！」と猛烈な野次を飛ばしたのだった。

この事件は地元の新聞にも書きたてられることになり、学校当局も黙視できずに、多くの処分者が出た。放校二名、論旨退学二名、無期停学六名、その他。

この事件のとき、フランス語の講師をしていた石川 淳[14]（作家）は、たかが反共講師を野次り倒したぐらいのことで、この厳しい処分は納得できないとして、翌十五年三月にはさっさと辞職して東京へ帰ってしまっている。その石川淳と入れ替るようにして赴任して来たのが秋山六郎兵衛だが、六さんはこうした事件に拘泥せず、のち共産党の地下活動に入り、肺結核で若死にした神吉《かんき》洋士《ひろし》（第五回文乙）との交情を、エッセイ集『不知火《しらぬひ》の記』のなかでこう記している。

> 彼（神吉）は文学の愛好家で左翼系ときていたから、ブラックリストのうちでもその最たる存在であった。……頭が極めて鋭くドイツ語もよく出来た。やせて骨ばった青白い顔に無精ひげをはやして、わたしが教壇に上ると教室の隅の方からぎょろりと鋭い眼でにらんだ。まるで私が教えるドイツ語など問題にしていないというふうであった。それかといって当ててみると見事に訳したのだから、私の方でもこの男には一目《いちもく》おかざるを得なかった。

やがて神吉は親しい仲間二、三人と共に秋山家をよく訪ねてくるようになったが、玄関先で「今日は何を食いたいから、買ってきてください」と抜け抜けと言うような男だったという。旧制高校にはそんな型破りの男がよくいたし、また、そんな生徒たちの信頼を得る教師たちもいた。

昭和15年、雪の福岡高等学校（『福岡高校80周年記念誌』より）

神吉洋士と同期の第五回文甲には、敢然と兵役を拒否した石賀《いしが》修《おさむ》(15)もいた。石賀は福高から東京帝大西洋史学科に進んだが、在学中、矢内原忠雄(16)らの無教会キリスト教に共鳴して、非暴力平和運動に献身、昭和十八年八月、軍の強制的な「簡閲点呼」の命令を受けたとき、それを拒否。本籍地の岡山憲兵隊に出頭を命じられたが、憲兵から暴力を振るわれても断乎として自己の信念を変えずに二か月半拘留されている。そのうえ札つきの反戦思想家と烙印を押されて東京憲兵隊に護送され、その年の暮れ、ようやく「罰金五十円」で釈放されている。のち石賀は日本の代表的なエスペランチストになり、スウェーデンのノーベル賞作家、ラーゲルレーヴの『エルサレム』や『キリスト伝説集』などを翻訳、反戦平和運動の生涯を貫いた。

神吉洋士といい、石賀修といい、自己の信念のままに「非国民」の道を歩いたが、その精神の骨格は福高時代に培われていたといえよう。

言論思想の統制が強まっていた戦時下、矢山たちが「こをろ」を創刊できたのも、こうした福高のリベラルな校風と無縁だったとは思えない。

詩人、矢山哲治

たかが百部、二百部の些々たる同人雑誌にさえ、特高警察の厳しい監視の眼が光っていた戦時下に発禁や作品削除の制裁を受けながら、ともかく十四冊を刊行した「こをろ」の存在理由、刊行を続けさせた青春の意志・情熱は如何なるものであったろうか。

「こをろ」主要メンバーのひとりだった小山俊一が「思想の科学」昭和三十四年十二月号に発表した「戦争とある文学グループの歴史」が、その間の事情、「こをろ」の性格をよく物語っているので紹介する。

小山俊一は矢山哲治同様、九州帝大農学部卒で、戦争末期、陸軍軍属として従軍、ボルネオ島で敗戦を迎え、オーストラリア軍の収容所で七カ月余捕虜生活を送っている。

戦後、中学・高校教諭になったが、昭和二十七年には、東京で安部公房[15]、真鍋呉夫、吉岡達夫、戸石泰一らと発起人になって、「現在の会」を組織、福高の後輩で、戦後、書肆ユリイカを起こしていた伊達得夫も誘い込んで、機関誌「現在」は一時、ユリイカを発行所としていた。

この「現在の会」には、最初、阿川弘之、庄野潤三、吉行淳之介らも参加したが、「現在」は「政治と文学」を編集テーマとしていて、安部公房、小山俊一、真鍋呉夫らの中心メンバーが日本共産党に入党したため退会者が多く出て、やがて「現在の会」は解体する。小山は「現在の会」党員グループのキャップもしていた。そんな思想経歴を経た小山俊一の「こをろ」観である。

昭和十八年十月二十一日、神宮外苑の「出陣学徒壮行会」の写真というのは、だれでも見たことがあるだろう。最近私は幾人かの戦後世代の人たちにたずねてみた。あの顔がわかるか、あれらの陰欝な無表情の内側にあるものが想像できるか。私の余断はこうだった。あれらの顔が、その日以後、何に直面し、どんなふうに歪んだかは、どうにか想像できるだろう。戦争体験談はくさるほどあることだし、ともいえるし、『きけわだつみのこえ』一冊と若い想像力があれば充分だ、ともいえるだろう。

しかし、あれらの顔が、その日以前の数年間、何を望み、何に魅入られ、どんなふうに黙りこんでいたかは、おそらく想像しにくかろうと。

その「出陣」以前の若者たちの内面は、戦争を知らない世代にはよくわからないのではないか。それは、「末は博士か大臣か」の立身出世主義に駆られた明治の書生や、真面目で頭のいい学生たちが「赤化」した昭和初期の学生たちとくらべて、たいへんわかりにくいものだろうと前提して、「こをろ」に集まった若者たちの営為について筆を進める。

二十年前の自分（たち）の形骸が、これほど火照《ほで》りを返してくるとは思わなかった。雑誌（「こをろ」）と通信（「こをろ通信」）をかつての仲間（筆者註、島尾敏雄と推定される。島尾はそのすべてを保存していて、一九八一年、復刻版となる）から借りてきて、まる三日かかって読みおえていると、その頃の息苦しさにからみつかれて、時々水をかぶったり、出歩いたりしないと正気に返らぬ始末だったが、こいつを徹底的につきはなし、対象化して、その基本性格を状況とのかかわりのなかに位置づける。それはうまくゆけば、現在の自分のヴェクトルを、より正確に計ることに役立つだろう。

「こをろ」というグループは結成当初から精神的な集団という意識と文学への指向という、二つの異なった面を自覚的にもっていて、ウエイトははっきり前者におかれていた。これは始終変っていない。第一の面は「通信」にたとえばこんなふうに表現される。

「私たちだけの精神的、文化的な気圏をつくろう」「向上的な生活を生かす自由な自治的な団体と機関誌をもちたい」「真にデモクラチックな自由と自治集団」。

すでに「真にデモクラチックな自由」はほとんど圧殺されかけていた時代だが、彼らはあえてこのようなスローガンを掲げ、自分たちの「精神的な気圏」をつくろうと懸命だった、と小山は見ている。

雑誌を出すため発表のための集合であってはならぬ、文学青年の集まりでは無意味だ、ということが、くりかえし強調されている。メンバーの上でも、結成当時から理科系の学生約十名が有力な要素としてふくまれていた。そのほとんどが文学青年としてではなく参加しており、その意義が積極的に認められている。

「こをろ」同人に福高理科生が多かったことは前述したが、矢山哲治、小山俊一を中心に、創刊同人三十二名中、福高理科出身者が、十一名も占めていた。文学同人誌としてはまったく異例の構成メンバーといえよう。矢山の上級生の原田義道、同期の佐藤昌康、牧野昌雄、横倉弘吉は医学博士となり、同期の大野克郎は工学博士になっている。

「こをろ」は集団としての綱領も文学上の明確な主張も持たなかったし、ただ「精神の気圏」「自由の精神」といった熱っぽい言葉でつながれた仲間だった。

昭和十五年は皇紀二千六百年ということで、「紀元は二千六百年、ああ一億の胸は鳴る……」といった歌声が全国津々浦々に流れ、七月には海軍の米内光政内閣が総辞職、第二次近衛文麿内閣（陸軍大臣東條英機）が成立して、大政翼賛、総力戦の近衛新体制が声高に叫ばれるようになるが、そのさなかに発行された「こをろ」第四号（昭和十五年九月刊）には、次のような巻頭言が掲げられている。

私達、昭和の子らは、新体制へ欣然と参与致します。

文章の一途に結ばれた私達は、また日本の運命に直面して、敢為でなければなりません。かへりみますと、この雑誌を創刊して満一年、その間、自らを訓練するとともに、私的なものはやうやく止揚されつつあります。（中略）

文章の道は、隠微にして至難であります。私達は、決して大声をいたす者ではありません。しかし、日本の一偶に、私たちは、若い世代を顕現するものであります。私達は西南の美しい風土に生育致します。私達は昭和の精神であります。

ひそかに苦渋をしのばせた揚言だったが、新体制の荒波をかぶって、「こをろ」は沈みかけていた。十五年末には強い解散論も出る。小山俊一はそのひとりだった。やがて抜ける者は抜け、第六号（十六年三月刊）から再出発を計ることになるが、同年十二月八日、日本軍の真珠湾攻撃、日米開戦を迎える。

十二月八日の衝撃は深刻だ。現実の対応物をもたぬままに昂揚し空転し失速していた「自由」も、「何のための〈何〉がなくてもよい ―― 意志」も、のしかかってきた現実の〈何〉の前では、青ざめてしまう。根深く食い入っていた虚偽意識が雷に打たれたように一時的に窒息する。（中略）

昭和十八年一月末、グループの中心であった矢山哲治という青年の死が、すでに命脈がつきていた「こをろ」に終止符をうった。十七年以降の「こをろ」については、この死をのぞいてはほとんど語るべきものはない。（小山）

矢山哲治の生存中に発行された「こをろ」は、昭和十七年十二月刊の第十二号が最後で、矢山没後の十八年六月に発行された第十三号は矢山哲治追悼集、さらに第十四号（昭和十九年四月刊）まで出るが、矢山の死とともに「こをろ」は終止符を打ったという、小山俊一の推断は的確なものだったといえよう。

小山は、「こをろ」にとって矢山哲治がいかに大きな存在であったかを物語っているわけだが、矢山哲治とは如何なる人物だったのか。

矢山哲治については、近藤洋太著『矢山哲治』がよく調べ、委細を尽くしているので、それに準拠しながら記述を進めたい。


矢山哲治は、大正七年四月二十八日、福岡市中石堂町で、恒屋喜三郎・フサ夫妻の次男として出生。上に十歳年長の兄喜三治（明治四十一年生）、姉ハツ（明治四十三年生）、下に妹一枝（大正十一年生）の四人兄妹の三番目だった。従って出生時の氏名は恒屋哲治である。

福岡市は市内中央部を貫流して博多湾に流れ込む那珂川を境に、東部は商人の町博多、西部は黒田藩の城下町福岡と分れていたが、中石堂町（現在、中呉服町）は博多部に入る。

生家は「粉屋《こや》」と称する金物商で、母フサの実家、淵上家は、那珂川に近い対馬小路《つましょうじ》で明治末まで砂糖問屋を営んでいた屋号「深江屋」。「粉屋」「深江屋」の血を享けた哲治は、いわば生粋の博多っ子だった。

哲治の父喜三郎は、大正十二年、哲治五歳のとき、腸閉塞の手当が遅れたため四十一歳で死亡、哲治は早く父親を失っている。

哲治の姓が矢山と変わったのは、昭和三年、十歳のときのことだが、矢山家から恒屋家の養子に入って「粉屋」を継いでいた祖父角次郎の生家、矢山家の後嗣が絶える事態となったため、祖父角次郎の存念で矢山家の後嗣にされたのだった。

矢山哲治は中学高学年の頃から、ペンネーム「恒《つね》屋《や》喜《き》壮《そう》」で、「文芸首都」「若草」「蠟人形」などに投稿するようになるが、旧姓への愛着が強かったのだろう。

父喜三郎が亡くなったとき、祖父角次郎はもう老齢で、家業を続けることが困難になって廃業。その後、恒屋家は春吉下寺町（旧城下町）に転居し、貸家の家賃などで生計をたてることになる。この転居で、哲治は小学校一年生のとき、博多部の奈良屋尋常小学校から福岡部の春吉尋常小学校に転校することになったが、この転校は、矢山哲治の人生の方途を塗り変えるようなものだった。

矢山は「こおろ」第三号（昭和十五年七月刊）に発表した自伝風小説「桃日」のなかでこう書いている。

> 郊外にちかい場所にある借家の一軒を改造して移転したので、香島は商家の子弟ばかりであつた小学校から、この都市で最も高級な家庭を背景にしてゐる、鶴子の小学校へ転校した。鶴子の家も商売に見切りをつけて、父は銀行に関係してゐた。環境の変化は、少年の性格を複雑なものにしたやうである。

東京でいえば、江東区の小学校から杉並区の小学校に転校したようなものである。文中の「鶴子」は哲治の初恋の人となるが、この件は後述する。

この春吉小学校で哲治は中村健次、加野錦平と同級生になり、のちに「こをろ」誕生の原動力となる友情が結ばれている。旧藩時代からの富裕な酒造家「萬屋《よろずや》」の加野家に生まれた錦平によると、哲治は浅黒い顔の大柄な少年で、学業成績はクラスのトップだったが、高学年になると、もう大衆雑誌の「キング」を読みふけったりする早熟な少年だったという。

彼らが学んだ春吉小学校は進歩的な学校で、当時の公立小学校では珍らしく、図画や音楽の専任教師がいたという。昔の小学校の多くは、図画も音楽も体育も、すべての学課がクラス担任教師の仕事だった。この図画や音楽の専任教師がいる恵まれた教育環境も、芸術志向、詩心を育てる培養土となったことだろう。

加野錦平との交友も、哲治にとっては刺激的なものだった。加野家は郊外の雑餉隈《ざつしよのくま》に、北原白秋によって「環水荘」と名づけられた広壮な別荘を所有していたが、当主の宗三郎は高尚な趣味人で、来福する文人墨客をよく環水荘に招いて厚くもてなしていた。錦平の父宗平（宗三郎の弟）が環水荘の管理を任されていたので、錦平はよく哲治たち親しい級友を環水荘に誘って遊んでいた。

矢山哲治の第三詩集『柩』のなかに、散文で書き出された「環水荘」と題する詩がある。この詩に矢山は「小学校よりの友、キンペイ君に」と献辞を入れていた。

　日曜ごとにこの邸のガアデンにつどつて、おべんたうを開いたものだつたが、いくどか、国民的老詩人にお逢ひしたことがあつた。午前、陽のみちた芝生をポオチの方からやつて来られて、悪漢ゴツコに勢揃ひした僕らを、あつたかくぎろりと光る眼で見渡されたり、夕暮、僕の膝から画板をとりあげ、ゆうかり樹をうつした池水の色をためされたりした。

この「あつたかくぎろりと光る眼の国民的老詩人」とは柳川沖ノ端出身の北原白秋(18)のことである。

東京で高名な詩人となった白秋は、昭和三年夏、二十年ぶりに帰郷して盛大な歓迎を受けているし、翌年も一か月ほど帰郷しているので、その頃の出会いだったのだろうが、白秋はまだ四十代の壮年だった。哲治少年にとってこの「国民的詩人」との出会いは「ぎろりと光る眼が」強く印象に残る程度のものだったようだが、「環水荘」が少年たちにとっていかに刺激的な場所であったか、よくわかる詩である。

島にいすぱにあ風の館
ゆうかりの樹
くすのき　かなめのき
いつせいに金の若葉がきらきら鳴つた
島をめぐつていつぱいの池
池へ　日なが夜どほし

水が　五月の水が
らんらんらんと走りこんだ
（後略）

この春吉小学校時代、学校の近くに在った九州帝大仏教青年会（九大仏青、Y・M・B・A）付属中央日曜学校の活動に参加したことも、矢山の人間形成に大きな影響を与えたものと思われる。この九大仏青は、明治四十年、福岡医科大学（九大医学部の前身）時代に創立され、大正七年には慈善施療院も開設して幅広い社会福祉活動を続けていた。

日曜学校の主な行事は、四月の花祭り、八月の魂《たま》祭りなどのほか、遠足、児童劇、舞踊劇などもあり、矢山も児童劇に出演して喝采を浴びたりしている。後年矢山は「こをろ」のメッチェン・グルッペとよくハイキングを楽しむことになるが、この日曜学校の女の子も一緒の遠足の楽しさが忘れられなかったのだろう。

昭和六年春、矢山哲治は春吉尋常小学校を卒業して、旧福岡藩校の福岡県立中学修猷館（五年制）に進学する。福岡県立中学では、旧久留米藩校の明善校、旧柳川藩校の伝習館などと並んで最も古い県立中学校で、多くの著名人を出してきた名門校である。

修猷館でも矢山は優等生だったが、注目されるのは三年生のとき一年間（昭和八年四月～九年三月）、海べりの西職人町に在った玄洋社に寄宿していたことである。この事実は「こをろ」の片腕だった真鍋呉夫すら知らなかったそうだが、『矢山哲治』の著者、近藤洋太が、哲治の兄喜三治（五高―東京帝大卒）と面談したり、玄洋社記念館で当時の記録を調べたりして、矢山の一年間の寄宿を確認している。

玄洋社は、敗戦後、占領軍によって、超国家主義団体として解散を命じられ、約七十年の歴史を閉じたが、矢山入寮の頃はまだ健在だった。

玄洋社は、自由民権運動が盛りあがっていた明治十一年秋、箱田六輔[19]、進藤喜平太[20]、頭山満[21]らによって、まず民権政社「向陽社」として発足するが、同十三年五月、「玄洋社」（玄洋は初代社長、平岡浩太郎の号）と改名、次のような玄洋社憲則を掲げた。

第一条　皇室ヲ敬戴ス可《べ》シ
第二条　本国ヲ尊重ス可《べ》シ
第三条　人民ノ権利ヲ固守スベシ
右之条々各自ノ安寧幸福ヲ保全スル基ナレバ熱血確護シ、子孫ノ子孫ニ伝へ、人類ノ未ダ此ノ世界ニ絶エザル間ハ、決シテ之ヲ換フルコトナカル可シ、若《モ》シ後世子孫ニ背戻セバ、粋然タル日本人ノ後昆ニ非ズ矣、嗚呼服膺ス可キ哉此憲則。

国権論と民権論がごちゃまぜになったような憲則だが、第三条は最初「人民ノ主権ヲ固守ス可シ」となっていたのを、警察当局が難色を示したため、「主権」が「権利」に改められたという。この一事が物語るように、第三条は次第に影が薄くなり、天皇制国家（国体）護持の国家主義団体の色彩が濃くなっていくが、名利を求めることを恥とし、無名の国士に徹することを誇りとした玄洋社の社風、気概は変わることはなかった。晩年、右翼陣営の大御所に祭りあげられた頭山満も、決して一身の利害で動き、私腹を肥やすようなことはなかった。

矢山の玄洋社入寮の頃は頭山満はまだ健在（昭和十九年没）で、矢山は、茫洋として無欲な頭山を尊敬していたという。

矢山哲治が何を思い、何を得たいと思って玄洋社に一年間寄宿したか、この件については「こをろ」の仲間にも何も語らず、書き残したものもないので、類推するほかないが、中学三年生といえば、少年期から青年期に移る時期で、これからどういう道を歩けばいいか思い悩む年頃でもある。それに彼には家庭的な悩みもあった。十歳年長の兄喜三次は、熊本の五高から東京帝大へ進学し、早くから家を出ていたし、母フサと姉ハツが哲治にとってはわずらわしい存在になっていた。

小説なので事実そのままではないだろうが、前述の小説「桃日」のなかにこんな一節がある。東京へ出ていた兄が急死して白骨で帰ってきたという話（フィクション）を前提にして――。

四十歳で未亡人になつてゐたその母が、心労と絶望から臥床の日が多くなつた。彼女がこの兄を敬愛してゐた度合いは、末子である香島が自分の兄を特別な者と信じこめたほどに激しかつた。

と、長男を偏愛していた母に対する反感、怨みをにじませたあと、ヒステリックな姉に対するうとましさものぞかせている。

その兄に一つ若い香島の姉が、其の頃からヒステリックな言行が目立つほどになり、不眠症から、母娘は終日、枕をならべて休みながら、未明に突然、争ひの泣声をあげて香島を眼ざめさせた。（中略）

香島は少年時代から家庭がうとましかつたが、学校を好んだのは勉強が得意であつたからではなかつた。一日を過せる場所なら、何処でもよかつたわけである。……中学生の香島は、読書と、友達のない散歩を愛してゐた。

こんな家庭からは逃げ出したいという気持ちが強くなって、玄洋社寄宿を思い立ったのだろうが、大柄ながら頑健な身体ではなかった哲治は、玄洋社のなかで自分を鍛えれば、もっと心身共に逞しい男になれるかもしれないとも考えたことだろう。

玄洋社には書生用の勉強部屋も数室あり、矢山が入寮していた頃は十人ほどの中学生が寄宿していたという。

玄洋社は明道館道場を持ち、武道が盛んだったが、修猷館の大先輩、中野正剛[22]や緒方竹虎[23]はこの明道館でも猛稽古して、中野は柔道・剣道の有段者として、中野の一級下の緒方は柔道の有段者として、二人とも校内で武名を轟かせたものだ。

矢山も剣道で初段をとるが、繊細な資質の彼は、中野や緒方のように、国家有為の士となる志は立てず、こまやかな神経が織りなす心の深部に分け入る文学の道を選ぶことになる。

なお、矢山は、四年生のときも、修猷館から福高進学が同期の理科甲類生となり、のち「こをろ」同人に誘い込む鈴木真《まこと》(24)の父、九州帝大農学部教授、鈴木清太郎家にも一時下宿していた。鈴木教授は農業気象の専門家だったので、矢山は其の影響を受けて、九大農学部では農業気象を研究し、卒業後は農業気象で世に立つ意志を持っていたほどだ。

矢山は昭和十年春、中学修猷館を四年修了(四修)で福高理科に合格、甲類組(第一外国語、英語)に入る。定員三十名の同クラスに修猷館組が鈴木真はじめ八名もいた。

旧制高校は、成績優秀な者は中学四修で入学する道が開かれていたが、これは優等生の中でもトップクラスだった。ちなみに、福高四修入学組には、文学関係では檀一雄(足利中学)、大西巨人(福岡中学)、福田正次郎(那珂太郎、福岡中学)などがいる。特に大作『神聖喜劇』で怖るべき記憶力と学識を見せた大西巨人は少年時代から抜群の知能にすぐれ、小学校も五年修了で中学校に進学し、さらに福高にも四修入学と、最短コースを歩いている。昭和十年春、矢山が福高に入学したとき、文科三年甲類に大西巨人がいたが、大西は大正八年八月生まれで、大正七年四月生まれの矢山よりも、なんと一歳年下だった。

矢山も四修の先駆け組だったが、二年生の秋、肺結核初期の肺門浸潤と診断されて休学したため一年原級に止まり、卒業は一年遅れの第十五回生となる。

しかし、この一年原級に止まったおかげで友達の輪が広がるが、もともと一年上級だったので先輩風も吹かせて、第十五回生の理科仲間をどっと「こをろ」に誘い込むことになる。ただ修猷館組は安河内剛だけで、大野克郎、久保山魏、牧野昌雄、横倉弘吉など福岡中学組が多かった。「こをろ」随一のウルサ型となる小山俊一ともこのとき同期となるが、小山は筑豊直方の鞍手中学出身で、炭坑で栄えた土地柄、喧嘩腰の強い男だった。

　福高に入学した頃から矢山の文学指向は強まっていたが、最初に心酔したのは、福高先輩の檀一雄だった。

　檀一雄も父の任地だった足利中学からの四修入学（昭和三年春）だったが、二年生の秋、福高では、生徒たちの共済会設置要求を学校当局が拒否したため、檀のクラス、文科二年乙類が中心となってストライキを敢行する「共済会事件」が起こる。学校当局が拒否したのは、多額の予算を要することと共に、共済会が左翼勢力の温床になる怖れがあったからだ。大正十四年の「社研事件」につながる動きと警戒したようだ。この「共済会事件」のとき檀一雄は主謀者のひとりとみなされて停学処分を受け、一年卒業が遅れている。

　檀一雄は福高から東京帝大経済学部に進学するが、講義にはほとんど出席せずに文学活動を始め、昭和九年十二月には、太宰治、中原中也《ちゅうや》(25)、森敦(26)らと同人誌「青い花」を創刊、翌十年三月には、保田与重郎《やすだよじゅうろう》(27)、亀井勝一郎(28)、中谷孝雄(29)、神保《じんぼう》光太郎(30)らによって創刊された「日本浪曼派」に合流している。

　そして昭和十一年には「文藝春秋」五月号に「花筐《はなかたみ》」が掲載されて注目を浴びるが、矢山哲治はこの「花筐」を読んで、檀一雄に強く惹きつけられている。十二年七月には、「此家の性格」

「美しき魂の告白」「花筐」「夕張胡亭塾景観」など八編を収めた檀一雄の第一創作集『花筐』が、佐藤春夫の題簽、装幀で赤塚書房から刊行（五百部）されるや、矢山はこの『花筐』を飛びつくように求めている。

矢山はこの小説集のなかで、生母に去られ久留米郊外の母の家にひとり預けられて、孤独な少年期を送らねばならなかった檀の生い立ちが色濃く投影されている「此家の性格」に特に強烈な印象を受けている。

旧家の誇りでいつも威丈高な父、役者に入れあげる母、父母の争いは絶えず、毎夜のように寝小便をしかぶる僕……。

「此家の性格」は檀二十歳のときの処女作である。

翌朝不図《ふと》目覚めて見ると父は母の襟首をもつて床に据えつけてゐるやうだつた。母の裾がまくれついぞ見たこともない白いふくらはぎが覗き、この売女奴《ばいため》がと酔ひはふけた父の声も顫《ふる》へてゐた。僕は尻にしめつけてくる寝小便の上でぢつと睡を飲んだ儘《まま》動けなかつた。（ルビ筆者）

この小説はフィクションで、檀の両親の姿をそのまま写したものではないが、寝小便にまみれながら、愛憎の泥沼に陥ちて争う親の姿をみつめなければならなかった「僕」は、一雄の少年期が如何なるものであったかを物語っている。檀一雄はその地点から立ち上がって己れの文学を生み出さねばならなかった。

矢山哲治はこの「此家の性格」に触れてこう書く。それは、己れの家庭から立ちのぼる感懐も込められていたことだろう。

日常、ぼくらを脅かす汚辱と絶望からなほ贋物と真実をぎりぎりに切裂く、与へられた生命が檀一雄のものであつたら、「此家の性格」は作家檀一雄の宿命を決定した。あらゆる憎悪をむき出しにひきむいて、己自身のアセリをどうにもなし得ない寂寥のなかに最後の救済がある、と書けば、日常性と精神の限界に一切を賭けて生命を保つてゆく（仕事をはたしてゆく）ことの苛酷と忿怒を安価なものと見せるかも知れぬ。あくまで少数者の運命なのだ。檀一雄はかういふ血統の烙印を帯びた一人として現代に、何より昭和時代に現はれて来た。

少々たどたどしい文章だが、「汚辱と絶望のなかからなほ贋物と真実をぎりぎりに切裂く」とか、「どうにもなし得ない寂寥のなかに最後の救済」とか、檀一雄の文学の美質を読みとろうとする視覚は見える。

このエッセイ「花かたみ」の最後のほうで、矢山は、若者の浪曼主義を色濃く煮つめたような青春小説「花筐」についてこう書く。

この美しい物語の、そして美しい少年少女がぼくらであつてはならない理由はすこしもない。この美しさが当然のものとして日本をあつと云はせた手柄はここに美の昂揚が新しく論理の展開を伴つて光芒を放つ如く現はれたのだ。檀一雄のものなのである。ついでにとりのぼせて書くのではないが、花がたみの「譬へもなく青い海が町の戸毎に間断のない波の音が運んでゐた、架空の町」は福岡であつてよく、ぼくには福岡でなければならぬ。

たしかに「花筐」の舞台は、博多湾の浜辺と思料されるもので、檀一雄にとっては青春の地であり、矢山哲治にとってはわが産土《うぶすな》であった。日本浪曼派の影響を受けていた矢山が「花筐」に全身的にのめり込んでいった背景がよくわかる小説である。

この頃、もうひとり、矢山哲治が親近した文学者がいる。「四季」派の詩人、立原道造《たちはらみちぞう》である。立原道造は大正三年七月生まれなので、矢山よりも四歳年長だが、東京帝大工学部建築科一年生のとき、堀辰雄主宰の月刊誌「四季」に参加して盛んに詩を発表、若くして著名な詩人になっていた。たとえばこんな詩を書いた。二十二歳のとき、「四季」第二十二号に発表した詩。

わかれる昼に

ゆさぶれ　青い梢を
もぎとれ、青い木の実を
ひとよ　昼はとほく澄みわたるので
私のかへつて行く故里が　どこかにとほくあるやうだ

何もみな　うつとりと今は親切にしてくれる
追憶よりも淡く　すこしもちがはない静かさで
単調な　浮雲と風のもつれあひも
きのふの私のうたつてゐたままに
弱い心を　投げあげろ
噛みすてた青くさい核《たね》を放るやうに
ゆさぶれ　ゆさぶれ

ひとよ
いろいろなものがやさしく見いるので
唇を噛んで　私は憤ることが出来ないやうだ

こんな立原道造の詩が矢山哲治の感性にぴったり合ったのだろう。矢山は福高三年生の十三年八月、第一詩集『くんしやう』を刊行したとき、立原に贈呈したのかもしれない。その頃から文通が始まっていたが、初めて立原と顔を合わせたのは、同年十二月二日、博多でのことだった。そのときの出会いを、矢山は自伝風小説「十二月」（昭和十六年八月発行「こをろ」第八号掲載）のなかでこう書いている。

（友達と）肩をならべて書店などある方へ歩きはじめると、学校の独逸語の篠井教授が黒いソフトで人波を歩いてくる小柄な姿をみとめた。脱帽した彼へ親しげに教授はやあと――

――君に速達しようかと話してゐたところだつた。杉原君だよ。」

――あ。」

全く気付かなかつた連れ立つた背の高いほそい男が伊太利人でもかぶりさうなへりの広い帽子をかぶつた画家風な、この町で異邦人と一見してわかる草色の背広姿の男が、待兼ねてゐた杉原民造と云ふ若い詩人に違ひなかつた。太郎のこはばつた頰がゆるんだ。

友達は彼にだけ判る合図で人波に消えていつた。

民造は大きくぎよろつとした魚のやうな眼つきで太郎を呑みこむやうにまじまじ見下してゐた。

――さつき着いたばかりなんだよ、報せなくつて。」

応へる言葉がなかつた。美しいひとであることはすぐわかつた。

（当時、電話は普及しておらず、急用は電報か速達郵便が多かった。）

篠井教授は前出の福高ドイツ語教授、秋山六郎兵衛であり、杉原民造は立原道造である。秋山は第一高等学校（一高理科）から東京帝大独文科に進んでおり、立原も一高理科出身で、共に一高理科生から文学の道に踏み入った先輩後輩の関係にあった。

すでに胸を病んでいた立原は冬場を長崎で過す目的で九州へやって来たのだが、三人、県庁前の喫茶店でコーヒーを飲みながら話すうち、立原が白秋の生地柳川を訪ねてみたいというので、矢山が案内役を買って出た。

翌日、矢山は秋山家に泊まった立原を迎えに行き、西鉄電車で柳川へ向かったが、途中の久留米駅で下車、久留米の特科隊に入隊していた檀一雄を訪ねている。生憎、檀は台湾に出張していた。柳川では古風な宿を希望する立原のためにあちこち歩きまわって、ようやく立原が気に入った宿に押し込み、夜遅く福岡の自宅に戻っている。胸に疾患がある矢山も体調悪かったが、立原のために心を砕いて疲れきっていた。

立原道造は十二月四日、長崎に着き、いったん友人武基雄《たけもとお》の父親の武医院に寄寓し、静養の宿を南山手の異人館に探そうとするが、六日には喀血、病臥してしまう。七日の立原日記 ——

観念的な夢想と、希望とが、自分の肉体の限界で破れてしまつてこのかた、僕は光を失つてゐる。いつも「暗闇をとほつて」光を得るといふ、あのひとつの救ふ者の地盤をさへ失つたことは暗黒だ。おまへの優しさと母の愛とも、何ものかに、おそらく僕の甘い追憶の歌にさへぎられて、ここには光となってさしてゐないやうだ。(中略)

夜つぴてあらしのなかに立つてゐた、木枯らしの音が頭をかきむしつてすぎて眠られない。……僕は自分のしなければならない仕事を点検した。僕の生はもうをはりに近いのではないだろうか。不吉なおもひが僕を暗がりのなかで責めたてた。

立原病臥の知らせを受けた矢山哲治は、立原に八、九日とたて続けで手紙を出し、十日には長崎に駆けつけている。矢山も肺患で一年休学している。他人事《ひとごと》ではない。まして敬愛する詩人の大事だ。矢山は小説「十二月」にこう書く。

民造が起きかかるのを制して太郎は彼の傍の夜具の端に腕をついて臥した。そんな姿勢が見舞はれる病人にいちばん気楽なのではないかと思つて。

詩人は枕もとに書物やノオトをいつぱい散らしてゐた。千代紙のやうな装釘のインゼル文庫が多かつた。ある私版で太郎が欲しがる「テオ・フアン・ホツホの手紙」をぎよつとさせるほど細い腕に重く支へて読んでゐたらしかつた。

そんな細やかな心遣いをする矢山は、立原が長崎での静養をあきらめて帰京するとき、立原が乗った急行列車に博多駅から同乗して、特急富士に乗り継ぐ下関駅まで見送っている。立原道造が二十五歳で死去したのは、翌昭和十四年三月二十九日のことだった。

矢山はこの頃から投稿誌の「文芸首都」「若草」「蠟人形」などに、本名や恒屋喜壮で盛んに投稿し、投稿仲間に名を売っていた。小学校同級生、中村健次の紹介で知り合った長崎高商の島尾敏雄、川上一雄、中村健次らが十三年二月に創刊した「十四世紀」にも参加、矢山は「青春」を寄稿したが、前述したように発行禁止処分を受け、「十四世紀」は一冊も陽の目を見ることなく闇に消えた。しかし、島尾の「お紀枝」同様、矢山の「青春」も生き残り、『矢山哲治全集』に収められている。

「青春」は、肺病で若死にした親友の大原豊と「僕」の青春の日々を描いたものだが、こんな文章で綴られていた。

それから僕らの昆虫採集と、それにつれて近郊の山といふ山の跋渉が僕が今の学校（福高か）に移るまで続いた。一匹のイシガキテフを狙つて、それはこの地方の特定の山にしか棲息しないのだが、小一時間の緊張と疲労と陶酔。そんな休暇の露営の朝、明けやすい高地の大気に肌を露して麓の炭坑地の暗い靄のなかの幾十の電灯の点滅を凝視《みつ》めると、僕らは無性に涙ぐんできて「巴里の屋根の下」を唄つた。

昭和十三年四月、矢山は三年生に進級すると文芸部員になり、「校友会誌」に作品を発表するほか、福高教授の浦瀬白雨、秋山六郎兵衛らが十二年八月に創刊していた第一期「九州文学」に参加して詩を発表する。

この「校友会誌」や「九州文学」などに発表した詩を選んで、矢山は十三年八月、第一詩集『くんしやう』を刊行した。限定四十部の非売品で、題字序句は浦瀬白雨。

この詩集から二篇を挙げる。

勲章

一、
み国のご紋と、こどもはしつてゐた
菊の勲章
菊の勲章
白菊は　こどもの胸に
ほこり　さいた

二、
　　　南京ニ菊ハ咲キマシタカ
慰問袋から　ぽろりとおちた
いくつか　黄色になえた
こどものつんだ　白菊の冠
かみしめかみしめ
兵士は　ほろほろないた

この詩の初出は不詳だが、（二）の添え書きに「南京《なんきん》ニ菊ハ咲キマシタカ」とあるところを見ると、昭和十二年十二月十三日の南京攻略のあとに書かれたものだろう。このときの「南京大虐殺」は当時の新聞は全く報じなかったので、一般国民は知る由もなかった。報じられるのは「赫々たる戦果」ばかりで、十二月十八日の「朝日新聞」夕刊は、第一面全面に、皇族の朝香宮を先頭に松井石根《いわね》最高指揮官（極東裁判で縊首刑）らが乗馬して南京城に入城する写真を掲げ、見出しは「万歳の嵐　けふ南京入城式の壮観」。

だが、この矢山の詩には、戦時下の風は吹いているが、戦争賛美の色はない。彼の視点は、戦地の兵士を慰める慰問袋に入れるため、小さな指で摘んだ白菊にあり、その白菊の勲章を手にしてほろほろ泣く兵士の姿にある。兵士はおそらく戦場の地獄絵を眼にしていたことだろう。その眼に写る白菊の美しさ、すがすがしさ……。

矢山は反戦詩、反戦的な文は書かなかったが、彼が影響を受けた「日本浪曼派」の保田与重郎、亀井勝一郎のように、きらびやかな文で皇国思想を鼓吹するようなことはなかった。白菊の勲章をもらった兵士のほろほろ涙には、戦争の時代へのアイロニーが仄見える。

もう一篇、「川と葦のうた」を挙げておきたい。矢山の初期の詩の代表作といってもいい詩だ。

かなしみをうち叫び、よろこびにふしまろびながら
ゆきつくす涯ない　川のながれであつた

ほこらかに肌はをののき、はぢらうて茎つようなり
北風にえたゆる　ひともとの葦であつた

終日《ひねもす》流れて黄昏れた、川はいつた
葦よ、ひとの顔はもう見えなくなつた　また明朝《あした》まで
終日陽をあびて風がひえた、葦はいつた
川よ、あなたの声は終夜《よとほし》　わたしの眠りをやはらげませう

葦よ、川よ、と　よびかうた
やがて　すべては闇ととざされるのだつた
ままならぬ奔流《ちから》のそらおそろしさゆえ、川は
葦をいたはりいたはり　きよめてやるのだつた

み動きならぬ身の運命《さだめ》のせつなくて　葦は
川をおもうて　茎もたわわに鳴りひびくのだった

この詩は、「九州文学」十三年五月号に、恒屋喜壮のペンネームで発表されたものだが、「九州文学」の同人仲間で親しくなり、一時は矢山が恋情を抱きながら拒まれたことがある松原一枝(31)の、矢山哲治を本名で主人公にした小説『お前よ美しくあれと声がする』によると、この詩は、矢山の春吉小学校の同級生で初恋の人となったF子との切ない恋情をうたったものであり、川は

矢山、葦はF子が寓意されているという。

この詩は、先に紹介した矢山の自伝風小説「桃日」にも取り込まれているし、たしかに松原一枝が小説のなかで物語っているように、F子との恋が投影された詩と読むことが出来ようが、この詩は、川（男）と葦（女）の根源的な性のドラマを浪曼的に美しくうたったものでもあった。

詩集『くんしやう』には、ほかにも、茶道を学んでいたF子をうたった「茶ひと」もあるが、F子は己れの気持ちのまま真直に踏み込んでくる矢山に怖れをなしたし、そんな矢山はF子の母親からも危険視されて、この初恋は実らなかった。

そんな悩み多い青春の果の「こをろ」創刊であった。

註解

（1）阿川弘之（一九二〇―）旧制広島高校三年生のとき「こをろ」に参加。海軍予備学生に志願、敗戦は中国の漢口で迎える。昭和二十七年、学徒の青春を描いた『春の城』で読売文学賞。代表作に戦記物の『雲の墓標』『山本五十六』『暗い波涛』などに大作評伝『志賀直哉』ほか。

（2）小島直記（一九一九―）福岡県八女市出身。昭和十八年九月、東京帝大経済学部を繰り上げ卒業して海軍経理学校に入って主計将校、敗戦を名古屋海軍監督官として迎える。終戦後、一時帰郷して母校八女中学の教壇に立つが、福岡で第三期「九州文学」を主宰して本格的な文学活動を始め、昭和二十七年上京。旺盛な筆力で伝記文学の第一人者となる。『小島直記伝記文学全集』全十五巻あり。

（3）一丸章（一九二〇―二〇〇四年）県立福岡中学卒。生来病弱で肺結核にかかり、療養所に入所中、「こをろ」に参加。戦後、福岡を代表する詩人として活躍。昭和四十八年、五十一歳のときの第一詩集『天鼓《てんこ》』で第二十三回H氏賞。病弱だったが永生きした。

（4）檀一雄（一九一二―一九七六年）彼がまだ子供のころ、母とみが出奔してやがて離婚。久留米の母方の実家に預けられたりして孤独な少年時代を送ったが、それが作家として育つ糧となっている。福高から東京帝大経済学部に進学したが、授業にはほとんど出ずに創作に打ち込み、昭和八年、「新人」に発表した「此家の性格」で注目される。以後、旺盛な創作活動を続け、昭和二十六年、「長恨歌」「真説石川五右衛門」で第二十四回直木賞。遺作となった『火宅の人』の最後は、病室で口述筆記でようやく書きあげた。

（5）立原道造（一九一四―一九三九年）東京日本橋の木箱製造業の家に生まれ、一高理科から東京帝大建築科卒。一高時代から盛んに詩作、堀辰雄主宰の月刊「四季」を創刊して、若くして著名な詩人になったが、肺を病んで早逝。

（6）浦瀬白雨（一八八〇―一九四六年）長崎県出身。本名・七太郎。東京帝大英文科卒。専門はシェークスピア。長崎高商教授を経て、大正十三年、福高教授。昭和十一年、同僚の秋山六郎兵衛らと第一次「九州文学」を創刊。矢山哲治の文才に注目してひきたてる。風格があり、酒が入ると楽しい先生だったという。

（7）秋山六郎兵衛（一九〇〇―一九七一年）香川県出身。一高理科から東京帝大ドイツ文学科卒。大正十五年、二十四歳で福高教授。旧制高校廃止後は、九州大学教授。ヘッセ、ホフマン、ハウプトマンの研究飜訳で知られる。飄々とした人柄で「六さん」の愛称で親しまれた。

（8）吉岡達一（一九二〇―）三菱電機の技師だった父を事故死で早く失ない、母とともに各地を転々、広島の小学校で阿川弘之と同級生になる。福高理科から東京帝大農学部に進んだが、文学部仏文科に転部。戦後、東宝映画、川端康成らが創設した鎌倉文庫、中学校教師など転々。共産党の活動家だった時期もある。四十一歳のとき開業した仕出し弁当屋「千里」が成功、丸の内のオフィス街で宅配弁当が大当りする。
(9) 川上一雄（一九一八—一九八六年）長崎高商で島尾敏雄と同期生になり、同人雑誌「十四世紀」で親交を深め、島尾とともに長崎高商グループを率いて「こをろ」に参加。主要同人のひとりになる。九州帝大卒業後、会社員となり、文筆活動を中断したが、亡くなる数年前、百枚ほどの中篇『水の反映』を自費出版、知友に配って形見代わりとした。透析患者となった老後の一日を、筆名・板場卯兵衛を主人公に淡々と描いた佳作だが、序文島尾敏雄、跋文真鍋呉夫と、温かい友情で飾られていた。那珂太郎も、エッセイ集『鎮魂歌』のなかで、「水の反映」を全文紹介して、川上の死を悼んでいる。
(10) 蓑田胸喜（一八九四—一九四六年）熊本出身の右翼運動家。五高から東京帝大文学部卒。東大在学中から熱烈な皇室主義者で、大正十四年、三井甲之らと「原理日本」を結成、反共運動に熱中。敗戦後、自殺。
(11) 三井甲之（一八八三—一九五三年）山梨県出身。本名・甲之助。蓑田と「原理日本」を結成した右翼運動家で、吉野作造、美濃部達吉ら進歩的な東大法学部教授を猛烈に攻撃したが、歌人でもあり、代表作に『明治天皇御製研究』。
(12) 大西巨人（一九一九—　）福高文科から九州帝大法文学部に進学したが、中退して大阪毎日新聞西部支社（門司）に入社。在社中の昭和十七年、召集されて対馬要塞砲兵聯隊に入隊。そのときの軍隊体験を基に二十数年かけた四八〇〇枚の大作が『神聖喜劇』。戦後文学の最高峰と評価する声も少なくない。いまも健在で盛んな筆力を見せている。
(13) 蜷川新（一八七三―一九五九年）静岡県出身。東京帝大法科卒。大蔵省に入省したが、辞職して新聞記者になり、日露戦争には国際法顧問として従軍。パリ留学後、同志社大学、駒沢大学教授。戦時中の国家主義的言動によって、戦後、公職追放される。
(14) 石川淳（一八九九―一九八七年）東京浅草生まれ。東京外語大仏語科卒。慶応義塾仏語科講師を経て、大正十三年四月、福高フランス語講師。同年十一月の「社研事件」で、関係生徒の処分に反対して退職。学校当局から左翼学生のシンパとみなされ、辞職を要請されたとも伝えられる。帰京後、旺盛な文学活動を始め、昭和十一年、『普賢』で第四回芥川賞。ユニークな作品で特異な存在となる。
(15) 石賀修（一九一〇―一九九四年）北九州八幡生まれ。県立小倉中学から福高文科、東京帝大西洋史学科卒。東大在学中から矢内原忠雄らの無教会キリスト教集会に参加、戦争反対インターナショナルの活動家となる。軍の簡閲点呼出頭の命を拒否したため、憲兵隊に拘留されて迫害を受けたが、非戦の信念を曲げなかった。石賀は日本の代表的なエスペランチストでもあり、生涯、非暴力平和主義を貫いた。
(16) 矢内原忠雄（一八九三―一九六一年）愛媛県出身。東京帝大法科卒。大正十二年、東大経済学部教授。植民政策の批判的研究を積み、論文「国家の理想」が反戦思想として軍部に睨まれ、辞職に追い込まれる。戦後、東大に復帰、昭和二十六年―三十二年、東大総長。平和主義のクリスチャン学者として名を残す。
(17) 安部公房（一九二四―一九九三年）東京生まれ。満洲の奉天（現・瀋陽）で育つ。東京帝大医学部卒。昭和二十三年、「終わりし道の標べに」でデビュー。同二十六年、カフカ的な不條理の世界を描いた『壁—S・カルマ氏の犯罪』で芥川賞。三十七年の長篇『砂の女』が勅使河原浩監督によって映画化され、カンヌ映画祭で世界的な評価を受ける。著書多数。

(18) 北原白秋(一八八五—一九四二年)福岡県柳川生まれ。本名・隆吉。早稲田大学中退。若くして「明星」の新進歌人として活躍。明治四十二年、処女詩集『邪宗門』、同四十四年、抒情小曲集『思ひ出』刊行。耽美的歌人の名を売る。大正七年、鈴木三重吉が創刊した「赤い鳥」に参加して盛んに童謡を書くようになり、生涯に一千編に及ぶ。

(19) 箱田六輔(一八五〇—一八八八年)福岡藩の下級武士だったが、高場乱の興志塾で頭角を現わし、のちの玄洋社グループの頭領格となる。維新後、民権思想に傾き、民権政社「向陽社」社長。この「向陽社」が「玄洋社」に衣替えして、国権色を強めてゆく。明治二十一年一月、自宅で玄洋社の方針をめぐって頭山満と激論、頭山が立ち去ったあと切腹して憤死。

(20) 進藤喜平太(一八五一—一九二五年)興志塾で、箱田六輔や頭山満と親しくなり、生涯、頭山と行動を共にし、玄洋社の第二代、第五代社長。沈着剛毅な人物で、社員の信望が厚かった。

(21) 頭山満(一八五五—一九四四年)箱田六輔、玄洋社初代社長平岡浩太郎とともに「玄洋社三傑」と呼ばれ、若くして頭領の器だったが、玄洋社はやがて大アジア主義を唱え、日清、日露戦争、韓国併合などに積極的に関わり、国家主義を強める。頭山は玄洋社の頭領として、晩年、右翼陣営の大御所的存在に祭りあげられる。

(22) 中野正剛(一九八六—一九四三年)修猷館から早稲田大学卒。朝日新聞入社。大正九年、衆議院議員になり政界で活躍。太平洋戦争中、東條英樹首相と対立して憲兵の取調べを受けたため、それに抗議して自刃。

(23) 緒方竹虎（一八八八―一九五六年）修猷館で中野正剛の一級下で、早稲田大学、朝日新聞と行動を共にし、生涯の盟友だった。緒方はずっと朝日に残り、政治部長、編集局長、副社長を歴任。敗戦直後の東久邇内閣の書記官長、第四次吉田茂内閣の官房長官。総理の声もあったが、成らずして死去。

(24) 鈴木真（一九一八―）修猷館で矢山と同級生。その縁で矢山は中学時代、一時、鈴木家に下宿して、真の父、農業気象学者、鈴木清太郎九大教授の影響を受けて、九大農学部に進学、農業気象学者をめざしていた。真は音楽ファンで、九大フィルハーモニイでヴァイオリンを弾いていた。卒業後、東芝入社。

(25) 中原中也（一九〇七―一九三七年）山口県出身。京都の立命館中学時代に、高橋新吉『ダダイスト新吉』に刺激されて詩作を始める。その頃から、富永太郎、小林秀雄と親交を深める。ボードレール、ランボーに傾倒し、昭和九年、第一詩集『山羊の歌』を刊行して詩壇の注目を浴びたが、同十二年、結核性脳膜炎で死去。翌年、『在りし日の歌』が刊行される。

(26) 森敦（一九一二―一九八九年）長崎県出身。朝鮮の京城中学から難関の一高に入ったが中退。横光利一に師事し、昭和九年、「毎日新聞」に「酩酊船」を連載。太宰治、檀一雄らと同人誌「青い花」を創刊して有望視されたが、筆を折って各地を放浪。永いブランクのあと、昭和四十年、『月山』で芥川賞を受賞して復活。

(27) 保田与重郎（一九一〇―一九八一年）奈良県出身。旧制大阪高校から東京帝大美学部卒。東大在学中の昭和七年、同人誌「コギト」に参加、小説、評論を発表。同十年、亀井勝一郎らと「日本浪曼派」を結成。精力的な評論活動を始めたが、伝統主義、反近代主義の立場に立ち、昭和十年代の国枠主義体制に呼応することになった。戦後、右翼文学者として公職追放されたが、戦後も一貫して文学的立場を変えず、執筆活動を続けた。

(28) 亀井勝一郎（一九〇七―一九六六年）北海道函館生まれ。東京帝大美学科卒。東大時代に左傾して共産主義青年同盟に加わり、昭和三年、治安維持法違反で逮捕され、二年半獄中生活。のち転向し、保田らと「日本浪曼派」結成。宗教への関心を深め、『大和古寺風物誌』は戦前の代表作。戦後、ライフワーク「日本人の精神史研究」にかかったが食道癌で中断。

(29) 中谷孝雄（一九〇一―没年不詳）三重県出身。東京帝大独文科卒。京都の三高時代の友人、外村《との》繁《むら》、梶井基次郎らと同人誌「青空」を創刊して小説を書く。佐藤春夫に師事して「日本浪曼派」に参加。

(30) 神保光太郎（一九〇五―一九九〇年）山形出身。京都帝大独文科卒。「日本浪曼派」「四季」同人。詩集『雪崩』で注目される。戦後、日大芸術学部教授。

(31) 松原一枝（一九一六―）福岡女子専門学校（現在、福岡女子大）国文科卒。「九州文学」同人になり、新参の矢山哲治と親しくなる。『お前よ美しくあれと声がする』で田村俊子賞。ほかに、『藤田大佐の最後』『いつの日か国に帰らん』『今日よりは旅人か』など。

「こをろ」創刊

同人誌「こをろ」が創刊されたのは昭和十四（一九三九）年十月だが、その創刊に向けての助走は前年初頭から始まっていた。

昭和十三年二月に刊行された長崎高商組の「十四世紀」創刊号が発禁処分を受けて出端を挫かれてしまったことは前述したが、矢山哲治は中村健次との縁でこの「十四世紀」に参加したことで、島尾敏雄ら「十四世紀」グループと交友を深め、新雑誌に意欲を燃やし始めていた。

すでに矢山は第一期「九州文学」の準同人となって詩その他の発表舞台を得ていたし、昭和十三年九月に創刊された第二期「九州文学」にも参加したが、一世代上の火野葦平(1)、岩下俊作(2)、劉寒吉(3)、原田種夫(4)、矢野 朗《あきら》(5)など頭株の作風になじめないものがあったようで、昭和十三年十一月九日、「十四世紀」で親しくなった長崎高商の川上一雄（福岡商業出身）への手紙に「俺たちだけの雑誌を新春出したい、一切雑務は俺がやる。今から印刷屋を探す」と書いていたし、さらに十二月七日にも川上宛に「ある意味で、矢野朗、原田種夫を尊敬してゐる。芸術家として、としてもさしつかへなし。だが、他方、はげしく嫌悪し、侮蔑する。人間として、ともいってよい」とも記している。

おそらく矢山は「九州文学」の自然主義風、世俗的な私小説風などにあきたりず、地方文壇の雄として鼻息荒い先輩たちに反撥するものがあったのだろう。さらに矢山は川上への手紙にこう続けていた。

　二年来、拙（者）の絶望は極まつてゐる。理由はない。ただ、一年来詩をかくことを知り、詩を書いてゐる間、詩は亜《ママ》片の如く酔はしてくれるが、さうではない時やつぱり絶望してゐる。自意識といふなかれ。

矢山の親友のひとりに、小倉中学出身で福高同期の文科乙類にいた鳥井平一[6]がいる。鳥井は福高から東京帝大法学部に進学して銀行員になった人物だが、鳥井との文通はすこぶる多く、几帳面な鳥井が矢山の書簡をきちんと保存していたこともあって、『矢山哲治全集』に収録されている矢山の書簡では、鳥井宛のものが最多である。鳥井はかなりの読書家でドイツ語にすぐれていたので、「こをろ」にドイツの詩人シュトルムの訳詩を何篇か載せている。

鳥井は人柄もよかったので、鳥井への矢山の手紙には少しも構えるところがなく、率直に心情を語ったものが多い。

「こをろ」発刊計画が熟しつつあった昭和十四年五月十日、東京中野区の鳥井平一宛。

　ぼくが歩きまわる処、笑ひと激論をまきちらし、そして、あとに害《ママ》ついた獣のやうなぼくが残ります。かういふお芝居を一生ぼくは打ちつづけます。（中略）

日曜日は日曜学校（九大仏青）のこどもをつれて名島にゆき、終日、感情の洗濯をやつたけど、こどもがぼくの帽子を海へ落して、くちやくちやになり、乾くと白い粉をふいた。月曜日、体格検査（学内）でやっぱり健康でないらしし、その帰りに、とうとう矢野朗とぐれ出し、ビイルを十五本飲んだ。今月はどうも赤字公債の必要あり。

子供のころ楽しませてもらった九大仏青の日曜学校の後輩たちの面倒を、矢山はずっと見てやっていたのだ。福高時代の肺疾患は治りきっていなかったが、矢山はしゃべりだすと止めどがなくなるので、ドイツ語で「ネーベンザッッ」（副文章）という渾名がついていたほどだ。しゃべりまくれば、当然反撥する声も出るし、激論にもなる。己れも相手も深く傷つくこともある。だが矢山は、腹一杯自己主張し、まわりの友人たちを自分の土俵に引き込むことをやめなかった。戦時下の厳しい時代に「こをろ」を生み出したのは、そんな矢山の性《さが》だった。

矢山が九州帝大農学部一年の夏休み、ようやく参加者も固まってきて、昭和十四年八月二十三日、那珂川河畔の喫茶店「ブラジレイロ」(7)で第一回同人会が開かれた。同店は昭和九年春の開店だが、白亜二階建て、総ガラス張りのたいへんモダンな喫茶店で、福高や九大の文学青年たちはこの店をたまり場にしていた。

この日の出席者は、矢山哲治、小山俊一、真鍋呉夫、吉岡達一などの福岡グループに、長崎グループ代表の川上一雄が加わった十名。この席で、誌名は矢山発案の「こおろ」（四号から「こをろ」）、創刊号は十月発行と決まった。

昭和十四年十月十日、創刊号発行。編輯兼発行人は福岡市春吉花園の加野錦平。発行所は福岡市大濠町、真鍋呉夫方。本文八十二頁。発行部数四百部。頒価三十銭。

雑誌と歩調を合わせて刊行されることになった「こおろ通信」第一号によると、創刊時の同人は次の通り（カッコ内は所属）。

阿川弘之（広島高校）、一丸章（療養所）、内村享（日立製作所）、小山俊一（九州帝大農学部）、大野克郎（九州帝大工学部）、加野錦平（大日本麦酒）、川上一雄（長崎高商）、川崎寿美雄（九州帝大法学部）、古賀政久（九州帝大法学部）、久保山魏（九州帝大工学部）、上妻善一（国際運輸）、後藤健次（福岡高商）、佐藤昌康（東京帝大医学部）、島尾敏雄（長崎高商）、中村健次（石原産業）、鈴木真（九州帝大工学部）、囲時夫（長崎高商）、志佐正人（長崎高商）、鳥井平一（東京帝大法学部）、楢崎恭三（京都帝大法学部）、原田義道（九州帝大医学部）、原田和夫（福岡高商）、冨士本啓示（九州帝大文学部）、藤三男（日本鋼管）、星加輝光（長崎高商）、牧野昌雄（九州帝大医学部）、真鍋呉夫（日立製作所）、百田耕三（福岡商業卒、出征中）、矢山哲治（九州帝大農学部）、山下米三（日立製作所）、安河内剛（東北帝大理学部）、吉岡達一（福岡高校）、横倉弘吉（九州帝大医学部）、村瀬多真雄（西南学院高商部）

総勢三十五名中、福高グループ十四名、長崎高商グループ十一名、社会人・福岡高商はあらかた福岡商業出身で、「こおろ」はこの三グループの構成で発足している。異例の参加者は、吉岡

中洲・西大橋を行く福高生、後ろに見えるのが「ブラジレイロ」(「カフエと文学」福岡市総合図書館)

達一との縁につながる広島高校の阿川弘之ぐらいである。

なお、島尾敏雄は長崎高商で冨士本啓示、中村健次と同級だったので、本来なら昭和十四年春の卒業だが、島尾は一年課程の海外貿易科に居残って、まだ長崎でくすぶっていた。その夏休み、毎日新聞社主催のフィリピン派遣学生旅行団に参加して、「こをろ」に「呂宋紀行」を連載することになる。彼が九州帝大に進学するのは翌十五年春である。

創刊号の内容は 以下の通りである。

立原道造が矢山に宛てた「詩人の手紙」
矢山哲治の詩「小さい嵐」「無花果」
吉岡達一の詩「河辺のうた」
久保山魏の短歌「哈爾浜《ハルピン》の印象」
鈴木真の詩「五月の日に」
小山俊一の評論「非論理の素描」
吉岡修一郎の評論「芸術の普遍性」
星加輝光「現代映画批評の欠陥に就いて」
阿川弘之の小説「大和路」
島尾敏雄「LUZON紀行」
川上一雄の小説「一つの関」

この創刊号は発売禁止は免れたが、早くも鋏禍（検閲による一部削除）に遭っている。槍玉に挙げられたのは川上一雄の小説「一つの関」。

この小説は中学五年生の主人公が通学のバスで見初めた女学校三年生に好意を抱き接近するが、少女は不良っぽい娘で、あえかな恋に終わる顚末を描いたものだが、その一部の削除を命じられている。「こおろ通信」第二号にこう書かれている。

『一つの関』の一部が不幸削除を見ました。大過なかったことは望外の喜びです。ジイドの日記引用の一部がいけなかったとのこと。このことは、むしろ、こおろへの試練であり、いましめとなったといふ意味で意義があった」

当局への弁明とも聞こえるが、削除されたのはジイドの『地の糧』からの引用のようだ。そのほかにも、接吻シーンの削除かと見られる不自然な箇所があるが、「十四世紀」の苦い経験があるだけに、これは校正の段階で自己規制したのかもしれぬ。船出から、当局の検閲にこのように神経を尖らせなければならなかった。

矢山が巻頭に掲げた立原道造の「詩人の手紙」は、軽井沢で静養中の昭和十三年九月七日付のもので、こう書き出されていた。

たびたび、おたよりをありがたう。
たうたう、僕の夏も、をはりになつた。
「さようなら！　短かつた夏の日の僕らの強い光よ」と、ボオドレエルが、別れを告げる

「秋の歌」のをはりの一節を僕は、いまたいへんに愛する。

だれのために！　昨日は夏だつた、今は
秋だ
不思議なひびきが空で鳴りわたる出発の
やうに

僕は、これにこたへる言葉をつひに知らない。「今は秋だ」と僕の心も言ふきりだ。……

秋の夜の冴えた月の光、深い霧に濡れた屋根の美しさ、山々の黒い沈黙……季節の変容を繊細な神経でとらえ、自分の詩も矢山の詩も、萩原朔太郎[8]に始まったことに血縁を感じると記し、「心と身体をつくりなおすため」の旅に出ることを語っている。

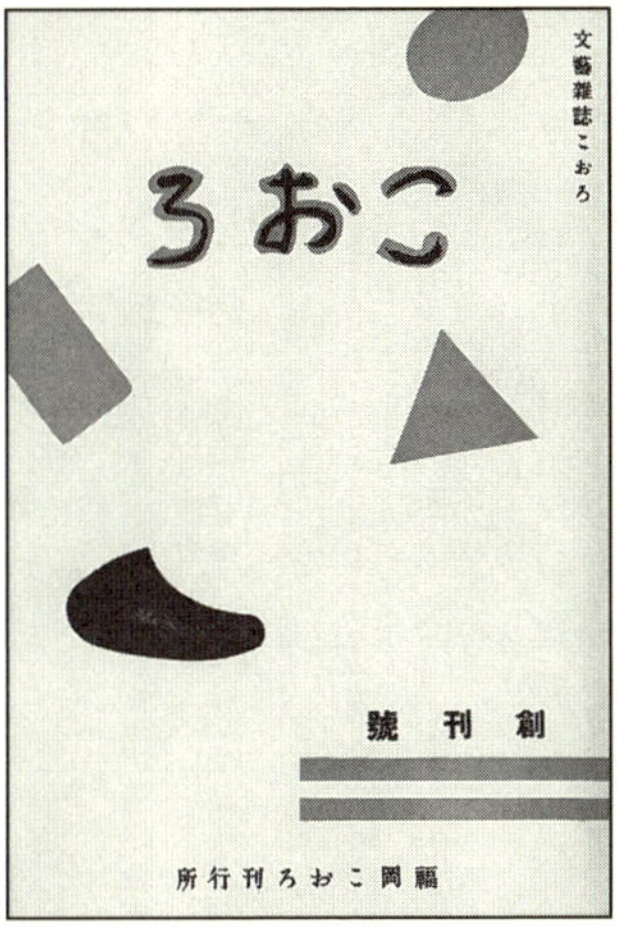

「こおろ」創刊号表紙
（『復刻版こをろ』言叢社）

翌十四年三月末、二十五歳で夭折した立原道造の、これが最後の秋だった。

「こおろ」創刊号をまっ先に届けたかった立原道造はもういない。この美しい手紙を巻頭に掲げたかった矢山の心情はよくわかる。

創刊号では、西欧哲学者の翻案が多い日本の哲学者の欺瞞性を衝いた小山俊一「非論理の素描」、映画批評の貧困を批判する星加輝光[9]「現代映画批評の欠陥に就いて」には力がこもっているが、あまり見るべきものがない。

阿川弘之の「大和路」はエッセイ風小説。法隆寺でたまたま出会った友人と連れ立って奈良の町へ戻り、博物館、東大寺、春日神社などのめぐり歩きを、平明に淡々と、的確な筆致で綴っていて、後年の阿川文学の萌芽は見える。

島尾敏雄の「ＬＵＺＯＮ紀行」（二回目から「呂宋紀行」）は、長崎高商海外貿易科の昭和十四年七月、毎日新聞社主催のフィリピン派遣学生旅行団に参加したときの記録だが、これは連載なので、次章でまとめて記述する。

矢山にとってこの創刊号はかなり不満があったようで、刊行直後の「こおろ通信」第二号で次のような檄を飛ばしている。

「創刊号は、立原道造の手紙と、矢山の詩と、小山の論文だけでよかった。あとは創作以前の稚作だ」という外部者の厳しい手紙を紹介して、

「残念ながら正に正鵠を得た手紙の一節です。しかし、ボクらは、すでに充分その愚を心得、そのやうな低徊は蹂み躙つてゐるはずである。こゝに、こおろの光明を見出さなければならない。そのためには、自己に寛容であつてはならないのである。自己へのきびしさ —— 勉強が、今日最も切実に要求されてゐるのです」

「こおろ」は当初、隔月刊の予定だったが、第二号は五か月経った昭和十五年三月の刊行とな

った。その間の事情を、「こおろ通信」第三号でこう記している。（無署名）

「この前の通信でご承知の通り、はからずも鋏禍にあひ、たまたま中央からの指令で、福岡地区の娯楽雑誌、同人雑誌、小新聞紙の整理が始まつてゐて、当局から「こおろ」も当分の停刊を勧告され、再度の指令を待てとの事でありました。が、今月八日、当局の方がわざ〳〵真鍋呉夫を訪ねて再刊を承認してくださいました」

そして、真鍋呉夫が「編輯後記」にこう書いている。

「創刊からこのかたの五ヶ月余、あらゆる意味で随分長かつたが、《こおろ》は、明らかに発芽の峻厳な光の時期を閲して来た。……ただ、なによりも、《こおろ》の清澄と純性を誇りたい」

第二号は十五年三月二十五日発行。編輯発行人、加野錦平、発行所、真鍋呉夫方と、創刊号と同様。本文九十四頁。頒価四十銭。

巻頭は矢山哲治「お話の本」だが、これは（1　序）をはじめとする十五篇の小詩集。そのなかから二篇を挙げる。

2　春

乗馬の好きな少年に
この徑《みち》を　去年もぼくは歩いた　をとどしも
椿はあかく黄く　光をはぢらひ葉はあつく

何やら　あつたかい香ひに　しみわたつてて
この徑は　雑林をぬけると　丘　水仙と
ヒヤシンスの村　青空に　風がはためく町よ
池　兵士の墓地　古風な城　パノラマの国

この徑を　明年ぼくは歩かない　また次の年に
椿はあかく黄く　葉はつやつやにこんもりと
しかし誰かが見るだらう　聴くだらう　光のなかを

この徑につづく空を　あれ　あの丘を越えて
それは何？　繰返しかへり　また駈けゆく
一つの方位へ　ひしめきながら　ギヤロップもたかく

この小詩集には先に紹介した加野家の別荘「環水荘」も入っているが、もう一篇。

14　麦藁帽子

まだあつたまらない部屋で　耳なれた

ヂプシイソングがしづかに弦を鳴らしてゐた
ひと少ない午前のとある喫茶店　テエブルに
置いた大きなぼくの麦藁帽　色あせた紅リボンに

旋風機の風が乾いておだやかだつた　何を
田舎へ帰る友達とぼくは語つてゐたことか
おびただしいおしやべりに　何と自分を
放ちながら悔もなく愉しかつたことか——

はすかひの隅から黒い麦藁帽のやさしく冷いふかい瞳
意味もなくゆきちがふと　ああ　ぼくは満ちたりるのだ!

聴きほれて友達にするあつい眼ざしの頬を
リンネルの腕が支へてて　ああ　ぼくは見るのだ!

知らない　さうして　もう逢へない約束が
ぼくを堅信へたかめたことだ!——　七月のとあ　る日に……
(筆者註——　麦藁帽子は福高夏の略帽で、茶色の縞のリボンがついていた)

矢山は「九州文学」同人のなかで親近感を持っていた矢野朗の『肉体の秋』出版記念会に出席したときのエッセイも載せている。

当時満二十歳になったばかりの真鍋呉夫の「蹠」は早熟の文才を発揮していて、小説陣のなかでは出色だが、彼は「こをろ」に小説を第三号「野良犬物語」、第五号「心象玻璃第一景」、第十一号「冬」、第十二号「反歌」と、五篇発表しているほか、詩、エッセイも多いので、島尾敏雄の「呂宋紀行」その他とともに、第三章でまとめて後述する。

真鍋呉夫と島尾敏雄はそれぞれ独自の文学世界をつくって名を挙げるが、この二人の作風は「こをろ」のなかで最も対照的なもので、片や日本浪曼派風の天翔ける文体、片や地を這うようなねばっこいリアリズムの文体と際立った特色を見せていた。

この「こをろ」グループの面白さは、普通の同人誌のような文学青年一色ではなく、哲学青年、科学者まで集まって、いつも歯に衣《きぬ》着せずの厳しい相互批判を展開していたことだ。それが「こをろ通信」に如実に反映されているが、特に辛辣なのが小山俊一。第二号に対する批評はざっと次の如し。

▼矢山の詩—全体トシテアマリニ以前ノ矢山臭フンプン。俺ハ好カヌ。「序」スバラシ、「春」俺ハ好キ、5、6、7、8、9、10、11、12、ミンナ好カヌ、アトハ好キナリ。
▼矢山のエッセイ「肉体の秋」矢野朗氏出版記念—コノ文章、「こおろ」ニナゼノセタ！　イササカ面白クナイ。全クノ書評ニシテノセレバヨカツタ。矢山ハ困ツタ男ナリ。

▼島尾敏雄「呂宋紀行」—今度ノ大ヘン面白カッタ。前号ノヤツハ、腹ガ立ッタ。……若スギルト言ハネバナルマイ。コレガナケレバ、スグレタじゃあなりすとノ文章ニ近クナリ、ハッキリシタ面白イモノニナラウ。
▼真鍋呉夫「蹠」—ア、、マタシテモ、トイフキガシタ、ツヒニカ、ル技巧ヲ生ゼシメタコト、ソノイキサツ判ル気ガスル。……俺ハコノヨウナ作品ニ心打タレテモ無理ヤリニ抑ヘツケテ打チ殺シタイ。「あなうら」如キガ何ダ。畜生。アキモセズ、コンナコトヲヤツテレバ大キク育タナイト俺ハワメク。作者ハ辛カツタロー、オハリ」

とびきりの毒舌だが、仲間の作品に真剣勝負で立ち向かっているし、島尾の文学の特質も見抜いているし、文才ゆたかな真鍋の技巧に走りがちな才華の危うさも指摘している。

この真鍋の小説には賛否両論。

川上一雄「もやもやと美しい。面白い。かなしさはひしひしと身に迫る」

山下米三「これは頽廃小説ではない。鋭い青い若芽である」

吉岡達一「ファンタジイがのさばりすぎている。もう少しすなほに、そして深く書いて貰ひたい」

阿川弘之「やはり遊びなのだろうか？　一寸こわく

「こおろ」２号表紙
（『復刻版こをろ』言叢社）

なる所があります。最后の一頁余り新しくてきれいだつた」

ところで、バッサバッサと仲間の作を斬り捨てる小山俊一の作の評価はどうなのだろうか。「感想」は「哲学する精神は素直な偽らぬ精神である。あくまで妥協を許さぬ精神である」といった記述が見える哲学論考だが、概して好評で、真鍋は「漠然とながら、ぼくは激しく搏たれた」と書き、矢山は「小山は当分かういう脱糞をするしか外あるまい。この位の迫力が皆に希しい。文章は大分上手になつた」と評していた。

この号の「通信」には、四月からの新同人として、福高生の猪城博之、福田正次郎（那珂太郎）など八名を紹介しているが、一方、中村健次、三浦愛夫の陸軍入隊も記されている。このころから徴兵期を迎えた同人の入隊が相次ぐことになる。

「こおろ」第三号は十五年七月発行。編輯発行人は真鍋呉夫になり、本文九十二頁。小説は矢山哲治「桃日」、福田正「界」、真鍋呉夫「野良犬物語」の三篇だが、「野良犬物語」が当局の検閲で出版法第十四条の風俗壊乱が適用され、雑誌自体が発禁禁止処分を受けている。

「こおろ通信」の第五号に、真鍋呉夫がその間の事情をこう記している。

「同人宛発送後二日目——八月二日、当局より発送停止処分を受け、翌三日朝、福岡署特高係員来宅、発禁申渡を受け、直ちに川上（一雄）及び来博中の鳥井（平一）と共に署に行く。その間、印刷所に預置中の二百五十二部没収。それまで表紙（原田義道《よしみち》）といふ事になつてゐた発禁理由が始めて小生の「野良犬物語」——風俗壊乱と判明。被発禁作者としては貴重な雑誌に莫大な損失を与へた事と諸同人、殊に三号執筆者に対してお詫びの申し上げやうもない」
　表紙は創刊号、第二号、第三号と、同人の原田義道[10]（福高理科―九州帝大医学部）が描いていたが、第三号の表紙は、高校生らしい蓬髪の若者の上半身で、顔の左半分が空白になっていた。ナチスの「頽廃芸術」には該当するだろうが、いくらなんでもこれで発禁処分は通らない。で、真鍋の「野良犬物語」が槍玉に挙げられたわけだが、こんな話だ。
　女流作家に飼われていたノロ公が、飼主の頭の禿を隠すためのかつらを食いやぶってしまって追い出され、野良犬に転落、浮浪者のたまり場に住みつく。そこでさまざまな出来事に出会うが、ある日、犬殺しに捕われてはかない運命となる。社会の底辺に眼を向けた大人の童話様のものだが、次のような記述が問題になったとしか考えられない。

――ほんとに憎たらしい。毎晩抱いて寝てやるほど可愛がつてやつたのに……。また、ピシリと来て、女主人の水色の下着と女中の未だ子供子供した花模様の下のものが、ノロ公の鼻の先で乱れ揺れた。それがだんだん一緒になつてきてノロ公に快感を与へた。俊敏な雌犬に耳を噛まれた時の気持に似てゐる。……と思つた。

「こおろ」3号表紙
（『復刻版こをろ』言叢社）

若いツバメ（情人）の前で禿がばれてしまった女流

作家から追い出され、浮浪者のたまり場に流れ着いたノロ公は、雨の一夜、眠りこけた女浮浪者の懐にもぐり込む。

女はふつと眼を開いたが、ノロ公を抱へ込むやうにしてまた寝息を立てはじめた。女の胸は驚くほど熱かつた。……女のはげしい腋窩の臭ひと、浅黒い皮膚にすべすべと光る生毛の感じが、ノロ公に母の体臭と、母の顎《おとがひ》の裏のしんねりした柔毛《にこげ》の感触を思ひ出させてゐた。ますます激しくなる雨音のなかで、栗の花のやうな乳房の香に浸りながら、ノロ公の体は真つ白い深ぶかとした扇の中に静かに落ちてゆくやうであつた。

こうした記述でさえ、風俗壊乱に問われる時代であった。

矢山哲治の「桃日」については多少前述したが、自伝風小説で、作者を仮託した香島の、小学校の同級生、鶴子への想い、その想いが叶わぬいきさつをこまごまと書いたもので、「十二月」とともに、矢山のひたむきな性格、パッション、繊細な神経、女性観、家庭観、などがよくわかる青春小説である。

注目されるのは福田正の「界」。福田正は本名・正次郎。詩人として大成する那珂太郎である。四百字詰め十枚弱の短篇で、こう書き出されていた。

空はあおく、街は白い。

はれた五月の午前《ひるまえ》である。とはいへ、電車の軋みはぢりぢりと汗ばむほどで、鋪道の錯る人ごみはなかなか爽やかではない。

まぶしい光の五月の街。男が入った地下の喫茶店のこじんまりとした店内に流れる音楽。つややかな髪に紅いリボンをつけたウエイトレスの少女。コーヒー一杯。音楽に耳傾けながら男の思い……

はたとワルツがとだえる。刹那、ふいに夢幻のリズムを断たれ——と、墜ちた意識に魔法めかしく、テエブルに白い陶器が浮かび出てるのである。濃いコオヒイからたちのぼり、高い香気は、ゆらゆらと妖しい貌を空間に描く。たゆたふ気体のあのかたちを、正体のままとらへることはできないのか……

そんな文体で統一されたほとんど散文詩だが、やがて詩人、那珂太郎となる資質が充分読みとれる短篇である。

福田正次郎は昭和十三年春、福高入学の文科乙類（文独とも称す）だが、このクラスには、伊達得夫、哲学者となる猪城博之、高校教師をしながら詩人・評論家となる湯川達《たつ》（筆名・達典《たつのり》）、全寮総代をつとめた岩猿敏生など、優秀な生徒が集まっていた。

彼らは二年生三学期の昭和十五年一月からガリ版刷りのクラス雑誌「青々」（全五冊）を刊行

するが、この第三号では、島尾敏雄は「呂宋紀行」を休載し、一風変わった小説風の「断片一章」を掲載しているが、この作品は彼の「呂宋紀行」などと共に島尾敏雄の項で後述する。

阿川弘之の意見で「こをろ」と題字を変えた第四号は、昭和十五年九月の刊行だが、この第四号の編集に関する「こをろ通信」第六号によると、阿川の小説「初恋」が掲載禁止処分を受け、そのいきさつをこう書いている。

「同人会を満場一致で通過した阿川の佳作小説「初恋」は、不幸、当局の原稿内閲の結果、掲載禁止を云ひ渡さる。当局内閲は、三号の轍を踏まぬため、慎重を期して当方より願ったものである」と、編輯部から内閲を願い出た事情を記し、「原因は、学生の恋愛であること、作者が学生であることに在るらしい。これでは何も書けぬことになつてしまふが……」と嘆いているが、清純な初恋物語でさえかかる始末であった。

昭和十五年という年は、七月二十二日、第二次近衛内閣(陸軍大臣、東條英機中将)が成立、東條新陸相は聖戦遂行の陣頭指揮をとると訓示、「新体制」が叫ばれる。八月二十三日には左翼系の新協、新築地両劇団が弾圧されて解散、九月二十七日、日独伊三国同盟成立、十月十二日、大政翼賛会発会式、十一月十日、神宮外苑で五万人参加の紀元二千六百年式典開催 —— といった、戦争一色に染まっていった時代である。

やがて戦士となる子供は生めよ増やせよで、十月には、「輝く興亜の子宝部隊」と全国で一万家族が表彰される騒ぎもあった。

そんな年の第四号の主な内容は、矢山哲治の詩「相聞歌」、小山俊一「思想以前のこと」、島尾敏雄「呂宋紀行」第三回、アンケート「太宰治論」（吉岡達一、平山吉瑋、後藤健次）、小説は阿川弘之の「初恋」が削除されたため、山下米三の「興亜文化乗合馬車」一篇のみ。
矢山の「相聞歌」はかなり長い詩だが、彼の新体制下の心情、戦争に対する姿勢がうかがえるので全部引用する。

相聞歌

子等よ　二つない生命は
ただ一途に鋼線の柔軟をたもつて征け　と
至上の声を聴いたとき
ぼく達は新しい世代へ跳躍の姿勢に立つた

同伴する同志よ
すばやく肩と胸を重ねて一個の落体であつたが
孤独にひそむ悪霊奴は
海底へ沈めてぼく達は飛翔し始めてゐた
美しい四肢をからみ

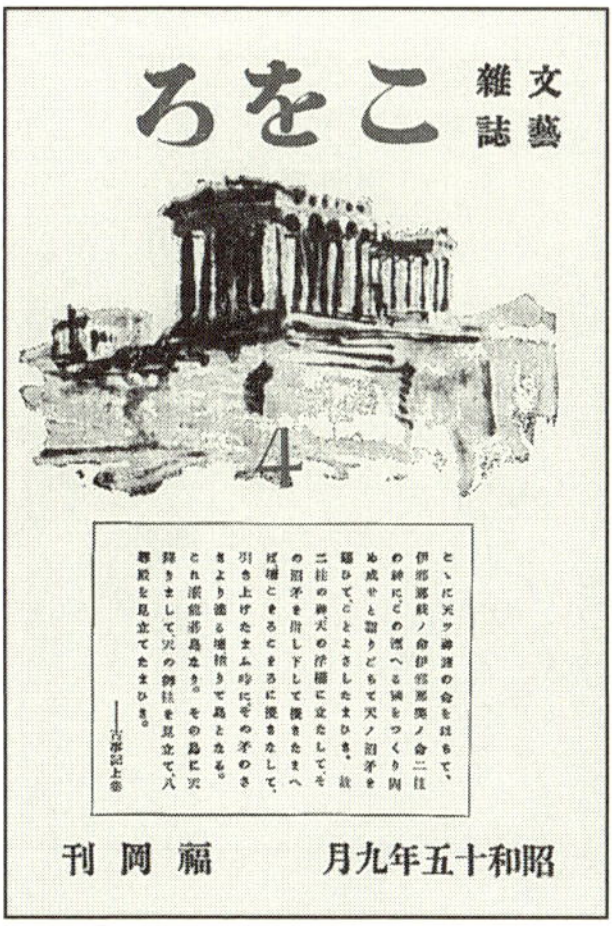

「こをろ」４号表紙
（『復刻版こをろ』言叢社）

塔状雲より高くあをく双翼を輝かしながら
地平に溢れやまない
大鵬の雛達を先導しぼく達はなほ中間者だつた

太陽が栄える時
お前の童顔は葡萄のやうにみづみづしい精神をたたへ
空間を内包する
ぼくの圧力は月色のお前の乳房に草花より優しかつた

やがて戦列へ進め
愚劣の征矢を防ぐお前は友情の銃架だつた
暗黒を掃射しつつ
ぼくの理性は四囲を木の葉のやうに明るく散らす

静穏の日だとて
ぼく達の抱擁はまた正しい営為ではなかつたか
お前は克服しぼくは確保し
白虹は唯一ぼく達に与へられあたかも月桂冠に見えた

かうして歳月は
容赦なく試練をくり返しぼく達をさらに彫刻し
ぼく達は兄弟姉妹
戦士であり天使また理性と友情の比翼鳥だつた

かの雛達は老死する
功績をしるす剝製の羽毛はひらひら深海に
消えた
なほ光年を数へてから
青い双翼も墜落するであらう殞星のそのやうに
山嶺に跪座して
お前とぼくの間もう対話すら必要ではなかつた
この枯木の腕を
幼いお前の切髪に敷いてお休みぼく達は永遠に眠らう

腐土と還つた時
ぼく達の遺跡新しい耕土から民族は再び芽生えて
やがて高い梢から

至上の声が眠りの子等を戦列へ呼ぶだらう呼ぶだらう。

「至上」の声にうながされて「征く」ほかない時代の青春の苦悩、諦念、「腐土に還つて民族の新しい芽生え」を待つ決意が切々とうたいあげられた詩ではないだろうか。

明らかに日本浪曼派の影響が読みとれるが、太平洋戦争勃発とともに、手放しの「聖戦」賛歌に走った「四季」派や日本浪曼派系の詩人たち —— 三好達治[11]「捷報いたる」、丸山薫[12]「戦ひの意志」、神保光太郎「国民詩の進撃」、伊東静雄[13]「大詔」、高村光太郎[14]「彼等を撃つ」、草野心平[15]「われら断じて戦ふ」などの戦争詩とは全く異質である。

この「相聞歌」に対する同人の評価はおおむね高かった。

一丸章「『相聞歌』ただ嬉しかつた。今までの矢山的な脆弱さが一掃されて力強い。しかも、燃えあがる美しさがある。やつぱり矢山は詩人だ」

阿川弘之「大鵬の雛達といふ象徴が僕にはわかりかねるが、最後の一節からは、作者がもつた同じだけの感動をうけとつたつもりである」

真鍋呉夫「矢山の烈々たる精神を感じる。これは贋物の精神ではない」

島尾敏雄「息吹は感じます。飛翔する大きな鳥の羽ばたき。第三聯の『中間者』第五聯の『友情の銃架、僕の理性』第六聯の『お前は克服し、僕は確保し』で、若々しいものに出会ふ。飛翔する大きな鳥を少なくとも私はみまもるであらう」

アンケート「太宰治論」は、矢山か真鍋の企画かと思われるが、多数の寄稿をと呼びかけたものの、寄稿は三名に止まっている。

太宰治は日本浪曼派系の新進として文壇に登場し、第一創作集『晩年』（昭和十一年六月刊）、第二創作集『虚構の彷徨』（十二年六月刊）、さらに「富嶽百景」「女生徒」「二十世紀旗手」などで、多くの文学青年を惹きつけていたが、アンケートに応えたのは吉岡達一、平山吉璋、後藤健次の三人だけ。それぞれ、かなり太宰を読み込んではいたが、「いづれも面白いが、いづれも舌足らずの感あり。三つを一緒にしてもまだその感は抜けない」という川上一雄の評がけだし適評。

山下米三の小説「興亜文化乗合馬車」はなにやら時局の匂いがする題名だが、子供の頃からの仲良しで、ひとりはずっと会社員、ひとりは第一次大戦で青島《チンタオ》出征といった道を歩きながら、生涯の友として、車体に白ペンキで「興亜文化乗合馬車・K村←→R温泉」と記された馬車に、二人して老馭者となっての、のどかな暮らしぶりを、素朴な筆致で温かく書いた物語。

この第四号発行に先立つ九月二十五日、矢山哲治は第二詩集『友達』を刊行している。非売限定七十五部。

ぼく達の背後に
美しい娘達が待つてゐる
誰か知らないが待つてゐるのだ。
さうしてぼく達は
前方にまつしぐらに死地へ歩いてゆく

そう枕書きしたあとに、「美しかつた日に」という長詩が続く。

胸を日章旗のやうに
はためかせ
友達であるしるしに
ぼく達は腕をかさう

海へゆかねば
ぼく達の髪をいつせいに
撫でつける
あの母の手に招かれる

むごい夏から
健康を保持するやうに
移りやすい世間には
お互を防禦せねばならない
日焼けた腕をとつて
きみは胸をゆたかに歩きたまへ

ぼく達の全歩速が揃ふかぎり
希望はゆくてだ　明るい空の下だ

（このあと、「こをろ」グルッペと福岡市南郊の油山に登ったときの詩が続き、途中で二か所、ドイツ語で「クニエ嬢へ」「クニカ嬢へ」と献辞が入る。
これはグルッペのなかでも、矢山が特に親しくなっていた山崎邦栄・邦歌姉妹のこと。矢山はグルッペのリーダ格だった邦栄に思慕されながら、明るく活発な妹の邦歌に心惹かれて、結婚を考えたりしている。男っぽい矢山だが、女性関係は妙にねじれることが多かった。この長詩の終章につなぐ。）

あの時をおぼえておいでかいあの春の野辺だよ
今日風に馬車をつつ走らせたぼく達だつたが
嬉しいといひ悲しいといひもろい歌ばかりに
あの日をあのやうにしるした季節はいぢわるな奴

老いた馬と若い馬と競りあひながら倦きもせず
まへの箱からいつせいに絹のハンカチが呼び
あとの台からてのひらのメガホンがこたへ

現実はまつたく馭者の鞭のやうに迫つてゐたとは
ふたたび春に列車の上からぼく達は右手を揚げる
遠離るきみ達よ胸にかくすハンカチにおなりよ
また停車場の鳩のやうに舞ひあがり汚れない
白い胸をかがやかしこの朝を浄めておくれ

お互どこで浅く眠つたつてぼく達は逢ふことだらう
さうしてきみ達の内部をぼく達の外部がかたどる日を
自然がいつか望むならきつときみ達を生むだらう
父にまして美しい男を　母にまして勁い娘を

第五号は昭和十五年十二月の発行で、本文一二三頁と厚く、主な内容は、矢山哲治の詩「優しい歌」「無花果」、吉岡達一の詩「はいまつの中の自分」、古賀正三「報告 ── 三木清(16)氏をよむ」、藤三男「羽仁五郎(17)について」、島尾敏雄「呂宋紀行」第四回、真鍋呉夫の小説「心象玻璃第一景」など。

古賀正三の「三木清」、藤三男の「羽仁五郎」はいずれもよく読み込んだ力作で、文学青年だけの同人誌では、まずお目にかかれない論考である。

藤三男（日本鋼管勤務）は羽仁論考の最後を「とまれ羽仁五郎氏の市民民衆と共に非ざる思想の空虚さに対する痛烈なる批判は、永久に私の生活の指標となるであらう」と結んでいた。羽仁五郎の『ミケルアンヂエロ』は「危険思想の書」とされたものだったし、そうした本を称揚した、こんな論考にこそ検閲の眼が光るはずなのに、見のがされている。わかりやすい阿川の「初恋」は槍玉に挙げても、ややこしい論考になると、地方警察の特高はもうお手上げだったのだろうか。

真鍋呉夫の「心象玻璃第一景」は、彼の初期の代表作ともいえる力作だが、これは第三章の真鍋呉夫の項でまとめて論述する。

「こをろ」５号表紙
（『復刻版こをろ』言叢社）

この第五号刊行の直後に発行された「こをろ通信」第九号には、昭和十五年十二月現在の同人名簿が掲載されていて、同人は四十九名にのぼっている。だが、十二月十五日、東中洲の明治製菓で開かれた同人会に半数近い二十一名が出席して、第五号合評のあと、矢山が私案として「こをろ」同人の解散を提案、さらに討議を深めることになり、十二月二十一日、ブラジレイロで、前回よりさらに四名加わって討議、現状維持派と改革派に二分されたが、改革派が多数を占めた。さらに、十二月二十四日、第三回同人会が開かれ、解散を強く主張する小山俊一、真鍋呉夫と、解散せずとも改革が可能ではないかという矢山その他の意見が対立したが、一応、同人解散という結論になった。
この解散のいきさつについて、矢山が「こをろ通信」第九号にこう書いている。

一、こをろ同人が結成されて、約一年余経つた。雑誌「こをろ」も、五号を重ねて確固たる地位を得たかに見える。
かういふ今日、私が、こをろ同人の解散を提唱することは、大方には、いささか唐突、しかも暴挙を敢へて為さんとするに受けとられるかと恐れる。勿論、私は充分、この誹謗に答へるだけの覚悟と、提唱するの決意を有つものだ。私はこをろのやうな集団の意義を否定し、今日の、時勢下に於ける同人雑誌の存在理由を疑ふほど愚かしくはなく、私の提唱根拠も、その一点の重大さにあるとも云ひたい。また今日まで私が、こをろと一喜一憂を共にして来た如く、どの同人諸兄もこをろへ善き意志を抱いて来られた筈だとおもふ。この一点で、私が何故、こをろ同人の解散を主張せざるを得ないか、聴き入れて頂けるものと思ふ。
二、こをろ創刊の日に一応帰りたい。創刊の主唱者である私は、私たちだけの精神的、文化的気圏をつくりたかつた。さういふ私達だけに意味のある発表機関を持ちたかつた。「作品」以前の私達の生活の雰囲気、向上的な私達の生活を生かす、私達の自由な、自治的な団体と機関誌を持ちたかつた。それが「こをろ」といふ小集団の意味だつた。（後略）
三、それでは、「こをろ」は、集団（人間）と雑誌（経営、作品発表）の関係が、合理的に、良心的に、目的的に行はれてゐるのであらうか。断じて、否である。

今日、単に、雑誌あつての集団にすぎない。しかも、現に、その雑誌は、少数者の全的な犠牲に担はれてゐるに過ぎぬ。同人の大部分は雑誌を出してゐることで、いたづらに文化的な自慰、もつとも、下等な精神的遊戯にふけつている現状ではないか。（後略）

要するに、戦時下、精神の自由さえ奪われかねない今日、矢山は自分が夢みる「精神的気圏」「文化的気圏」が一向に実らないまま、雑誌発行だけであぐらをかきだした仲間たちに一撃を加えたのだ。これは直情的な詩人としての感性が求めるものではあったろうが、筆者には、中学三年生のとき一年間寄留した玄洋社の「精神的気圏」につながるものもあるようにも思える。玄洋社は昭和に入って超国家主義志向を強めるが、語り合わずともわかり合えるような同志的結合、「精神的気圏」を尊重するグループだった。思想の当否は別として、おそらく矢山はその快よさを知っていた。でなければ、一年間も寄留するはずはない。

そんな矢山の思いに小山俊一と真鍋呉夫が賛同し、解散の提案になったものだ。

三回、多くの同人参加の討議を重ねた上で、三回目の同人会で、次のような決議になった。

一、昭和十五年十二月末日を限り、こをろ同人を解散する。

（備考）一、雑誌こをろの発行によつて生じた負債は、こをろ同人の責任に於て完済す。

二、こをろ同人、ならび、雑誌こをろに関する整理事務を真鍋呉夫に一任する。

（それほど真鍋の存在は大きかった）

三、結果的に見て、今回の解散が解散のための解散に終るか、過去と断絶するための積極的解散となるかは、各自の反省と、自発的な態度に待つ将来のことである。

いったん解散したものの、「こをろ」は死ななかった。

翌昭和十六年一月二十五日、明治製菓で新「こをろ」結成会が開かれ、十七名出席、それぞれ意見を述べたあと、ブラジレイロに席を移して討議を深め、次のような趣旨・規約を定めている。

私達は日本の文化を育成したい。
「こをろ」は、この趣旨に集まつた「友達」である。
「友達」は、この趣旨のために会誌「こをろ」を持つ。
「友達」は世代を同じくし、責任ある態度をとる。
「友達」は各自の勉強を尊重する。
「友達」は各自の勉強によつて「こをろ」を維持する。

※

発行所　福岡市高宮本町五十八番地、真鍋方
発行係　真鍋呉夫
総務係　矢山哲治
会計係　島尾敏雄

（維持費）毎月三円

真鍋呉夫は残ったが、解散を強く主張した小山俊一は残らなかった。川上一雄もやめた。彼は「こをろ」の運営で矢山と意見が対立することが多く、解散問題をめぐってなぐり合いの喧嘩までしていた。

創刊当初からしっかり手を組んできた矢山哲治、島尾敏雄、真鍋呉夫の三人が、「こをろ」の三本柱として、今後も「こをろ」を支えていくことになる。

註解

（1）火野葦平（一九〇六―一九六〇年）北九州若松の沖仲仕、玉井組の玉井金五郎の長男として出生。本名・玉井勝則。小倉中学から早稲田大学英文科卒。昭和十三年、『糞尿譚』で第六回芥川賞。従軍体験を描いた『麦と兵隊』『土と兵隊』がベストセラーになって「兵隊作家」の道を歩かされることになる。多作家だったが、昭和三十五年一月自殺。

（2）岩下俊作（一九〇五―一九九〇年）北九州小倉生まれ。本名・八田秀吉。小倉工業卒で八幡製鉄入社。昭和七年、劉寒吉らと詩誌「とらんしつと」を創刊して、盛んに詩、評論を書く。のち小説に転向。十四年、「九州文学」に発表した「富島松五郎伝」が阪東妻三郎主演映画「無法松の一生」になる。

（3）劉寒吉（一九〇六―一九八六年）北九州小倉生まれ。本名・浜田陸一。小倉商業卒。パン屋

「浜田屋」を営みながら創作活動を続ける。火野葦平、岩下俊作は生涯の友だった。

（4）原田種夫（一九九〇―一九八九年）福岡市生まれ。法政大学中退。福岡貯金局に勤めながら、詩、小説を書く。昭和十三年、第二期「九州文学」創刊とともに編集長になり、永く「九州文学」を支える。

（5）矢野朗（一九〇六―一九五九年）北九州小倉生まれ。幼少時は神童と騒がれる。十六歳のとき中学を中退して文楽の竹本津大夫に入門したが、酒色にふけって破門される。義太夫の師匠で生活費を得ながら文学活動を続ける。代表作に「肉体の秋」「神童伝」など。

（6）鳥井平一（一九一九―　）北九州戸畑生まれ。福高時代に矢山哲治と親しくなり、「こをろ」に参加。矢山の死去まで親交を結び、几帳面な性格から矢山の書簡を多数残す。東京帝大法学部を出て第一銀行入社。

（7）「ブラジレイロ」昭和九年四月、那珂川に架かる西大橋のたもとに新築開店。本店は大阪で、東京、神戸、京都、福岡に支店を持つブラジル・コーヒーのチェーン店。白亜二階建て、総ガラス張りのモダンな店で、博多モダニズムの拠点だったが、戦争末期、強制疎開で姿を消した。

（8）萩原朔太郎（一八八六―一九二四年）前橋市出身。熊本の五高中退。大正6年、処女詩集『月に吠える』で詩壇にその名が轟く。口語自由詩の最初の完成者として、日本の詩壇に大きな影響を与えた。

（9）星加輝光（一九二〇―）北九州門司出身。小倉中学から長崎高商。在学中、島尾敏雄と親しくなり、「こをろ」に参加。戦後、軍隊から復員して国鉄門司鉄道管理局に勤めながら文筆活動を続ける。昭和五十四年刊行の『小林秀雄ノート』が高く評価された。

(10) 原田義道（一九一六―一九九〇年）久留米出身。九州帝大医学部卒。戦時中は海軍軍医となって巡洋艦などに乗り組む。佐世保海軍病院に勤務中、長崎原爆と出合い、救護活動に当る。晩年、肺癌になったとき、被爆と自分の病気との関係を調べ、『長崎原爆救護の記録』を残す。

(11) 三好達治（一九九〇―一九六四年）大阪出身。東京帝大仏文科卒。京都の三高時代に梶井基次郎らの「青空」に参加して詩作を始め、昭和五年、第一詩集『測量船』を刊行。同年、堀辰雄らと「四季」創刊。「四季」派の代表的詩人となる。

(12) 丸山薫（一八九九―一九七四年）大分県出身。東京帝大国文科卒。少年時代、海洋にあこがれ、東京高等商船学校に入学したが病気で中退して、三高―東大。昭和七年、第一詩集『帆・ランプ・鷗』で昭和叙情詩の方向を示す。「四季」派。

(13) 伊東静雄（一九〇六―一九二九年）長崎県出身。京都帝大文学部卒。大阪の中学校で国語教師を勤めながら詩作。昭和八年、「コギト」に発表した「わがひとに与ふる哀歌」で有名になる。「日本浪曼派」同人になり、叙情詩集『夏花』『春のいそぎ』を出すが、戦争詩も書く。

(14) 高村光太郎（一八八三―一九五六年）彫刻家、高村光雲の子として東京で生まれ、東京美術学校彫刻科卒。彫刻家としても名を成したが、詩人としての名も挙げる。妻智恵子の精神病発病から死に至る日々を歌った『智恵子抄』はいまも人気の書。戦時中、戦争協力詩を多く書いたため、戦後七年間、岩手県花巻郊外の人里離れた山小屋で流謫の日々を送る。

(15) 草野心平（一九〇三―一九八八年）福島県生まれ。慶応義塾普通部中退。四年間、中国各地を流浪したあと帰国して、屋台の焼鳥屋をしたりしながら詩作に励む。草花と蛙などの小動物と親しみ、「蛙の詩人」といわれる。昭和十年、同人誌「歴程」創刊。日本を代表する詩誌に育て、昭和六十二年、文化勲章。
(16) 三木清(一八九七—一九四五年)兵庫県出身。京都帝大哲学科卒。卒業後、ヨーロッパに留学してハイデッカーに師事、帰国後、法政大学教授。昭和五年、非合法の共産党に資金援助して検挙される。その後もファッシズムに抵抗したため投獄され、敗戦直後に獄死。
(17) 羽仁五郎(一九〇一—一九八三年)群馬県桐生市の森家に生まれ、東京帝大国史学科在学中に自由学園創始者の羽仁家の娘説子と結婚して羽仁家に入る。わが国で初めてマルクス主義の史学体系をつくる。昭和八年、治安維持法で逮捕され、さらに二十年三月にも逮捕され、敗戦を獄中で迎える。戦後、参議院議員二期。

「こをろ」同人群像

真鍋呉夫と島尾敏雄

ここで、「こをろ」の軌跡をたどるのを中断し、三本柱の二人で、文学観、作風がかなり対照的だった真鍋呉夫と島尾敏雄の「こをろ」を舞台とした文業を検討してみたい。

まず真鍋呉夫の「こをろ」掲載作を挙げる。

（第二号）小説「蹠」―あなうら―
（第三号）小説「野良犬物語」
（第五号）小説「心象玻璃第一景」
（第六号）矢山哲治詩集「友達」について
（第七号）安河内剛追悼特集
（第十一号）俳句「冬のうた」小説「冬」
（第十二号）俳句「うた二ツ」小説「反歌」

（第十三号）矢山哲治追悼特集
（第十四号）「筐底歌集」小説「時鳥」

小説が六篇で、「こをろ」同人中最も多く、かつ最もレベルが高い。二十代前半の若者たちが集まった「こをろ」では、小説では突出した才腕を見せていた。

真鍋呉夫は大正九（一九二〇）年一月二十五日、真鍋甚兵衛・おり子夫妻の長男として、福岡県遠賀郡岡垣村の母の実家で生まれ、主に福岡市で育つ。上に姉ヒロ子がいたが幼死、五つ年下の弟越二（昭和二十二年病死）の二人兄弟だった。

父甚兵衛（雅号、天門《てんもん》）は、俳誌「天の川」を主宰した福岡出身の吉岡禅寺洞(1)と同年で、若い時から禅寺洞と親しかった俳人であり、呉夫が生まれた頃は、中国浙江省の杭州で西陣織機の販売をしていたため、呉越同舟の故事にちなんで、長男を呉夫、次男を越二と名付けたという。母おり子（雅号、織女《おりじょ》）も俳句をたしなんでいた。

父の職業柄、最初は杭州で育ち、杭州の日本人小学校に入学したが、一年足らずで帰国、福岡周辺の小学校を転々、さらに小学四年生のとき、やはり父の仕事で中国の漢口に移り、漢口の日本人小学校に一年間だけ在籍、また帰国、といった流浪の少年時代を送っている。両親が俳人という家庭環境もあったが、こうした少年時代の有為転変が呉夫の詩心を育《はぐく》んだのかもしれない。

昭和七（一九三二）年春、福岡市立福岡商業学校（福商）に入学、福岡市春吉で質屋を営む伯父の家に預けられて通学したが、同家には、講談全集、落語全集、立川文庫などがそろっていて、読みふけったという。同級生に加野錦平、一級上に、やがて「こをろ」の仲間となる中村健次、川上一雄、百田耕三らがいた。

昭和十二年春、福商を卒業して上京、予備校で学び、翌年、慶応大学をめざしたが失敗、帰郷して日立制作所福岡営業所に勤める。そんなとき、川上一雄に矢山哲治を紹介されて「こをろ」にはまり込むことになった。

ちょうど「こおろ」創刊号発行の日（十四年十月十日）、それに歩調を合わせて、真鍋の母おり子が、東中洲に近い片土居町で純喫茶「木靴」を開店したので、創刊号の裏表紙には「木靴」の一面広告が掲載されている。

博多川端生まれで、福商先輩の画家・詩人だった青柳喜兵衛[2]のランプを描いたカットが使われ、惹句の「木靴は幼いいい夢をのせて来る」は、たぶん呉夫のコピイだったろう。

青柳喜兵衛は前年八月、東京で病死していたが、同窓のよしみで入手していたのか、あるいは、やはり福商の先輩で青柳と親しかった画家、太田嘉兵衛[3]のカットを、「こおろ」第二号の扉や目次に使っているところを見ると、太田が提供してくれたのかもしれない。

木靴
木靴は
幼い
いい夢を
のせて来る
純喫茶
博多片土居町
「こおろ」創刊号に掲載された木靴の広告

この真鍋の母の店「木靴」は、「こをろ」仲間のたまり場の一つとなるが、やがて警察から眼をつけられて、「木靴はロシア語でサボちゆうじゃろが。サボはサボタージュ（フランス語で怠業）じゃけん、けしからん。変えろ」

と文句をつけられて、「門」に改名している。博多弁で言えば「冗談《ぞーたん》じゃなか」話だったが、そんな難癖がまかり通る時代だった。

前置きが少々長くなったが、真鍋呉夫の作品の検討に入る。

最初に第二号の小説「蹠」。ウルサ型の小山俊一にチャカポコやられた小説だが、こんな書き出しで始まる。

たゞもう顔のまんなかに愛嬌をふりまいてゐるやうな鼻と、めくれあがつたくちびると、掌が切れそうな粗い髪をもつた、二十八歳の醜女《しこめ》でした。

……ただ、その瞳だけは――あゝ、その瞳とても、他人の目からみれば、特にこゝろ惹かれるものではなかつたかもしれません。

――それは決して、キラ〳〵と白く光るのではないのです。ぜんぶがぜんぶ、黒瞳といつても良いかと思はれるのでありますが、それでゐて、あの真紅の芥子の花のやうに、まつさをな穹《そら》にゆら〳〵とうかびいで、くれないのきはみ、とう〳〵心をしびれさせてしまふ黝《くろ》さに凝つたあの南国のはなばなのやうに、光澤《ひかり》のない絢爛さで、爪先までやはらかく蔽つてくれるのです。

少年時、嫉妬に狂った父が母に凶刃を振るい、父は入獄、母は命をとりとめたものの、精神に異常を来たしてやがて死ぬ……といった家庭悲劇から抜けきれず、無限地獄に陥ちたボクが、そんな醜女《しこめ》の娼婦に魂を救われるという物語である。
最後のほうで、まだ海を見たことがないという醜女をふるさとの海に連れて行ってやり、父と母の墓詣りをして、己れも救いを得たいと、ボクは決意する。

まあ、……海……しこめのしほざい、ひときは昂ぶるなかで、あの祈りのひとみの、死にたいほどに切なく顫へてゐるの、みました。そして、ひやりと、清浄の娼婦のからだの、たゞひとところの冷めたさがボクの忘我を搏ちました。しこめの蹠は、いのちの朝の気配に、白く醒めてゐたのでした。

—— つきのよの蹠ひらひらしずみゆく ——

矢山哲治（左）と真鍋呉夫、福岡・高宮の真鍋家門前にて（『矢山哲治全集』未来社より）

題名はこの最後の一句に呼応している。装飾過多の美文が空疎に響く個所も少なくないが、真鍋の文才の質はよくわかる。高く評価する同人もいたが、「アキモセズ、コンナコトヲヤッテレバ大キク育タナイゾトオレハワメク」という小山俊一の苦言はけだし適評であろう。
第三号掲載の「野良犬物語」は警察当局か

ら風俗壊乱の烙印を押され、そのため雑誌自体が発禁処分に処せられたことは前述したので、改めて論ずるほどのことはない。

第五号掲載の「心象玻璃第一景」は真鍋呉夫初期の代表作といっていい力作であり、キラキラ光る玻璃のような真鍋の才筆がきらめいている。

この小説は「故牧野信一へおくる」と献辞されている。牧野信一(4)は、西欧古典を踏まえた幻想的な小説「村のストア派」「ゼーロン」などで知られ、昭和十一年、神経衰弱が昂じて縊死した作家だが、真鍋は牧野の作風に親近感を持ち、それに作中に、小説「ゼーロン」に登場する馬車曳きの駄馬ゼーロン号を登場させているため、牧野への献辞となったのだろう。このことでもわかるように、この小説は幻想シーンが多い。

主人公の名は、作者の本名をもじった田部呉郎《たなべごろう》なので、おやおや真鍋には珍らしい私小説かなと思ったら、さにあらず、まったくのロマンである。こんな物語だ。

呉郎の弟蘭平《らんぺい》は子供の頃から昆虫博士になるのが夢だった。蘭平が中学生になったある日の朝、彼の勉強部屋になっている屋根裏部屋から、母のけたたましい叫び声が聞こえてきたので、呉郎が驚いて馳けつけてみると、狭い部屋一杯に牡丹雪のような白蛾が溢れていた。「こりゃ何事《なんごつ》ね?!」と母が問いただすと、蘭平は笑って布団の中から産卵紙を取り出して見せた。実験用の蛾の産卵紙を抱いて寝ていたのだ。そのため一夜にして、蘭平の肌に温められた卵が孵化して部屋中に溢れ出たのであった。

そんな蘭平の口癖は「とぼけちよるよ」だったが、ある日、中学校でとぼけてはおれない悲劇的な事件をひき起こす。彼の学校には鳩舎があり、鳩を愛するグループの「神聖鳩会議」で、それぞれ自分の好きな鳩に名前をつけていた。蘭平の鳩は「水精号《プルート》」だったが、ある日、蘭平は空気銃で誤って水精号を撃ってしまう。血まみれになって倒れた水精号に気が動転し、蘭平は精神に変調を来たして食事も摂れなくなってしまう。

　春——。青梅の酸つぱい香りが部屋に流れて来た。蘭平の中学の制帽は、長く壁にかけられたままであつた。その横に、昆虫採集用の広縁の麦稈帽と、捕虫網と胴乱が、順序よく列んでゐた。
　入梅の蒼鉛の天が、毎日毎日、低く垂れ落ちてゐた。蘭平は、苦悶せぬときでも眠るでなく、しやちこばつた正しい寝姿で、今は痩せさらばへた身体を仰臥させてゐた。譫言の中で、頻りに〈とぼけちよるよ〉を祈りのやうに連発した。（中略）
　ある夜、蘭平がまた、血まみれの水精号《プルート》に導かれて、石竹いろの蒼ざめた町の幻影の中で苦しみ始めた折り、
「兄《あん》ちやん！　大やんまの翅のちよん切れてから、ホラ、あげん。大やんま……瞳《め》の見えんけん、鰯雲のランプば吊しちやらにやあ。

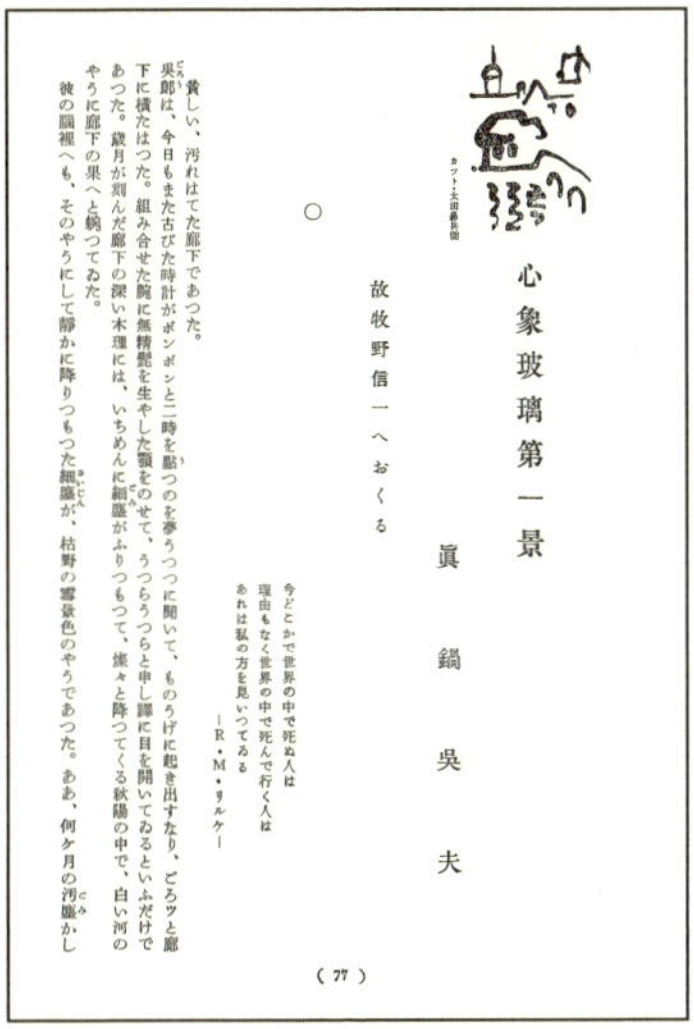
心象玻璃第一景

眞鍋呉夫

故牧野信一へおくる

今どこかで世界の中で死ぬ人は
理由もなく世界の中で死んで行く人は
あれは私の方を見いつてゐる
—R・M・リルケ—

○

貧しい、汚れはてた廊下であつた。

呉郎は、今日もまた古びた時計がボンボンと二時を點つのを夢うつつに聞いて、ものうげに起き出すなり、ごろツと廊下に横たはつた。組み合せた腕に無精髭を生やした顎をのせて、うつらうつらと申し譯に目を開いてゐるといふだけであつた。歳月が刻んだ廊下の深い木理には、いちめんに細塵がふりつもつて、燦々と降つてくる秋陽の中で、白い河のやうに廊下の果へと漲つてゐた。

彼の腦裡へも、そのやうにして靜かに降りつもつた細塵が、枯野の霜景色のやうであつた。ああ、何ケ月の汚塵かし

（77）

真鍋呉夫の「心象玻璃第一景」（「こをろ」5号（『復刻こをろ』、叢文社）

なあ、兄《あん》ちゃん、頼むけん……」

さう哀願しながら、痩せた手をあげて指さした……その方向を眼で追ふと、空にはいちめん、横ざまにぶつ倒れたやうな大やんまならぬ銀河が冷たい光りを栄輝してゐて —— 呉郎はそれでもうんうんと頷いて、屋根裏からランプを却して来たのだつた。

水精号《ブルート》は「神聖鳩会議」の仲間たちの手厚い介護で生き永らえていたが、あんまり蘭平が水精号の名を呼ぶので、呉郎は金網籠を買って蘭平の中学を訪ね、水精号を借り受けて来る。

そんなある日、村でただひとりの女学生、紺屋のカナ子が、「蘭平ちゃんに頼まれとつたリュウキユウムラサキばつかまえたけん」と届けに来る。それから何度も訪ねてくるうち、二人の会話はだんだんこの世ならぬものになり、やがてカナ子も蘭平に同化して異常になる。

食事も口に出来なくなった蘭平は、青梅の雨が降りしきる夜明け、「おつ母《か》しやん、水精号《ブルート》が迎えに来とるけん……やつぱり行かにやならん……」と言って息絶える。

翌朝、ふと不安になった呉郎が水精号の籠をのぞきに行くと、水精号はあたり一面に羽毛を散らして死んでいた。カナ子の仕業だった。

蘭平の葬式がすんだある月夜、カナ子が「あんね、カナ子のお城ば見せようか」と呉郎を誘いに来る。カナ子は「紺屋大尽」と呼ばれる村の分限者《ぶげんしゃ》（金持ち）の娘だった。カナ子は、「ちぎれちぎれに雲まよふ、夕べの空に星一つ、光りは未だ浅けれど、想ひ深しや空の海、ああ、カルデヤの牧人が、汝を見しより四千年……」と歌いながら行くが、次第に幻想的なシーンとなる。

呉郎はさつきから、泌むやうに胸の奥に響いてゐる、馬車の音を聴いてゐた。その音は、余程注意を集めぬと聞き分け得ぬ位のかそけさであつたが、耳を凝らすと、まぎれもなく音ならぬ音を立てて、二人の後についてくるのであつた。これは自分と狂女が月下の一群を満載した馬車の先頭に立つて進軍してゐるのだ……と、呉郎は思つた。しかし、どんなに勇気を揮つても、彼には振りかへることが出来なかつた。馬車を禦してゐるのは、眠るやうにとぼけた顔をした山川・馬車乗り・米三であるに違ひない。そして一群の中には、母もゐたし、蘭平も居た。宮沢賢治らしい人も、牧野信一らしい人もゐた。それから彼の数少ない友人 —— 詩人の弓矢哲治も、島田・ロマンチック・漂平も、葭切・汽車の釜焚き・達一も、板場・青髪・卯兵衛も、黙々と黒い影を交叉してゐるに違ひないと思つた。一群の最後には、水精号《ブルート》を鞍の上にとまらせたゼーロンが、二匹で一人前の影を作つて、トボトボと歩いてゐた。

「山川・馬車乗り・米三」は「こをろ」第四号に「興亜文化乗合馬車」を書いた山下米三であり、「弓山哲治」は矢山哲治、「島田・ロマンチック・漂平」は島尾敏雄、「葭切・汽車の釜焚き・達二」は吉岡達一、「板場・青髪・卯兵衛」は川上一雄。漂平は島尾の綽名。板場卯兵衛は川上一雄の筆名。戦後、共産党員となる吉岡達一はこの頃、中野重治の短篇小説「汽車の罐焚き」(「中央公論」昭和十二年六月号掲載)を読んで惚れ込んでいたのだろう。

「さあ、みんな、〈月夜の晩のピエロ殿〉を唄おうぜ」

詩人のかけ声で一行は「月夜の晩に、ピエロどの、文が書きたい、筆かしやれ、ホーイホイ……」と調子はずれの合唱をしながら行進する。

呉郎はこのはちきれんばかりの騒擾の中で、風に吹き抜けられたやうにフト深いかなしみに搏《う》たれて空を仰いだ。その眼に、大熊星の寄り添ふやうな青の光りがキリキリと飛びこんで来た。呉郎の心に、美しい神話の河が流れた。

「心象玻璃第一景」はそんな小説である。月夜の晩の幻想が生んだメルヘンといえなくもないが、四百字百枚余のロマンを、多少筆が走りすぎた冗漫なところがあるものの、巧みな構成で描ききった力量は端倪すべからざるものがある。なによりも、まだ二十歳の作者の、文学に賭ける情熱が赤々と燃えあがって見えるのがいい。

第六号では、矢山哲治の詩集『友達』について書いている。

詩集「友達」は私たちの心に流れる河である。河は心情の絶顚に源流し、岩石に砕け、山野を超え、凪にそよぐ蘆の根を洗ひ、つひに豊饒の緑野に幾多の同伴者を見出す。こゝに、かれらの「出会」が祝福される。海へ！　海へ！　かれらは声たからかに呼びかけあひながらやつてくる。……

文学の戦友に、熱いエールを送っている。

第七号には、急逝した同人、安河内剛の追悼特集に一文を寄せているが、第八、第九、第十号と掲載作なし。

第十一号、「冬のうた」「冬」。「冬のうた」には、次のような俳句をならべていた。

冬木また去年のかたちに枯れしかな
樹々はみな枯れ落ちてゆく夜の太虚
いつぽんの冬木とともに在るいのち
兒の熟睡《うまい》　ふかし　枯野を明るうす
毛糸編む　ひとの豊けさ　雪となる

後年、すぐれた俳人にもなる真鍋の資質がすでに現われている。

「冬」は短篇小説で、雪の夜、郊外の原っぱで、酔っぱらって行き倒れとなった家庭持ちの三十六歳の男と、朝方、雪に埋もれたその死体にけつまづいた若者の、ともに鬱屈した人生の交錯を描いたもの。

第十二号、「うた二ツ」「反歌」。


「うた二ツ」——

わが思ひ　遙《はろ》けし　ここに泉湧く
汝《な》が夢に　通へ　　この夜を湧く泉

汝が肩は　落葉のきんに堪へて佇《た》つ
わがうたは　空の間《あはい》に投げあげむ

「反歌」は、古代の山里を舞台に、その山里に流れ込んできた若い吟遊詩人夢助と、村長《むらおさ》の娘うつぎの恋物語。

うつぎの胸は訳もなく騒いだ。今までにこんな事はなかつた。……あたかもそれが彼女に忠実なかの若者のせいであるかのように、うつぎは眦を上げて彼を憎んだ。ふと歌の途絶へた合間に、遙かな唄声を聴いた。うつぎは思はず胸ふくらませて、遠い歌声に応へた。

――あれは疎林で風が歌つてゐるのであらうか？

うつぎは思つた。そのとき夢助も遠い歌声を聴いて、思つた。

――あれは、俺の歌が木魂してくるのであらうか？

やがて、それが風の音でも木魂でもないことを、二人は知つた。二人は相手の姿を互《かたみ》に想ひ浮べながら歩みを早めた。

相寄る魂を、原初の恋を、まことに抒情的に描いているが、夢助はこんな歌をうたう。

美《は》しけやし
やまの石楠花
地《つち》の里　天上《そらのへ》の花
高きより
流れながれて
いまここに我を浄めぬ
……………………

日本浪曼派の色濃い小説である。

日本浪曼派は、保田与重郎、亀井勝一郎、中谷孝雄らによって昭和九年十月に創刊された雑誌「日本浪曼派」（三年で廃刊）から名づけられたものだが、同系の雑誌に、昭和七年五月、保田、田中克巳らによって創刊された「コギト」もあり、堀辰雄、三好達治、立原道造らの「四季」もそのサークルのなかに在った。

この一団は開戦とともに、アジアの盟主意識に裏打ちされた「日本への回帰」心情を高め、戦争を「一個の抒事詩」と見て、戦争鼓吹の文学活動に走ることになった。

なかでも保田与重郎はそのイデオローグで、皇室美学をちりばめた『戴冠詩人の御一人者』

『御鳥羽院』『英雄と詩人』『日本の橋』などで、文学青年たちを惹きつけていた。

「こをろ」の仲間も、身近かな檀一雄や、彼らが関心を深めていた太宰治が「日本浪曼派」に所属していたこともあって、日本浪曼派色に染まった同人が少なくなかった。特に真鍋はその傾向が強く、この「反歌」などにその色彩が濃厚に出ている。

第十三号、「矢山哲治追悼特集」。真鍋も痛恨の文を寄せているが、まとめて後述する。

第十四号、「筐底歌集」「時島」。

昭和十九年四月発行で、これが終刊号となるが、すでに戦局重大、仲間の大半は軍隊に在り、真鍋も陸軍一等兵になっていた。

「筐底歌集」は戦時色一色に染まり、「英霊頌歌」が並ぶ。真珠湾攻撃の九軍神、山本五十六聯合艦隊司令長官戦死、ガダルカナル島の悲惨な大敗などへの挽歌ばかりだが、召集を受けた弟、陸軍二等兵真鍋越二に送る長詩も入っている。

陸軍二等兵　真鍋越二
なんぞ　そのよびなのよきかな
襟にかがよふ　一ツの星の
その星の如くに澄める
十九才のまなここそ
まだ明けやらぬ

大陸のふかい太虚《おおぞら》に点じて
お前はゆく
(中略)
年いまだ二十才にみたずして
遺書を残していつた
おまえのかなしさ　美しさ

……………

小説「時鳥」(時鳥はホトトギス)は、真鍋の作では珍らしく、戦時下の作者自身の心情を私小説風に綴った作である。

Y(矢山)の死後、入隊していた「僕」は休暇をとって、新H駅(博多湾鉄道の新博多駅か)で恋仲の女性と半年ぶりに落ち合い、志賀島《しかのしま》らしい海べりの町へ出かける。「僕」は陸軍一等兵の軍服姿だ。二人は綿津見《わたつみ》神社にお詣りして武運を祈るが、本殿の裏の幾つかある分社の一つの、観音開きになっていた扉の奥にのぞき見た御幣の、純白の美しさに胸を打たれた「僕」はこう思う。

美しいものは強いのだ。美しいものはあはれにせつなくはかないが強いのだ。なんども胸にくりかへして泪ぐんでゐた。美しいものほど強いといふのは、僕が兵士になつて思ひ知つた実感の一ツだつた。日本の兵器に限つて、精巧な威力あるものほど見てゐて美しい。この国の飛行機を見るがよい。その散りぎはの花びらのやうな美しさを思ふがよい。

僕たち二人に何の成算もない。僕たちが何を持ち合わせてゐるといふのだらう。だからといつて、どうして僕たちがいぢけてよいものか。だからこそ兵士の服装のままお前にも逢つた。

（中略）

「滅び」さへ僕たちの意志であらねばならぬ。兵士である僕は、兵士の服を着てゐることによつてお前への思ひのはげしさから妥協や姑息を除かうとした。僕はいのちを賭けてお前を奪ふ。


いつ死地に追いやられるかもしれぬ兵士の心情を率直に綴っているが、この作には、矢山や真鍋が強い影響を受けた檀一雄の第一創作集『花筐』が出てくる。


笛あらば吹けよかし。

笛あらば吹けよかし。


その薦むる詞を濃い藍の見返しに詩人が自賛し呼びかけた「花筐」も、Yが愛してゐた僕たち未青年期の聖書の一ツだつた。その書物を形見にとYのお母さんにおねだりしたのだ。こんな風にYや弟のことをいふのも、結局これからの僕たち運命のすべては、僕とお前との戦ひと創造にかかつてゐるといふ、はつきりした根抵に立つた上で、二人のことを記念したかつたのだ。

恋人と別れて、任地の孤島に向う車中の感慨をさらにこう書きついでいる。このころ真鍋は、豊予要塞重砲兵聯隊所属で、豊後《ぶんご》海峡、佐賀関《さがのせき》沖の無人島、高島の砲台に配置されていた。

任務について空と海の間《あはひ》に立つてゐても、このやうな美しい国が滅びる筈はないと心から思ふのだつた。……その海は○が居り、Tが居り戦友が激闘してゐる南溟へ続き、その天は国境の弟へと続いてゐた。

……このやうな国に生れた若人が美しくなからう筈はない。国内《くぬち》ことごとこのやうな風景に満ち、空と海の間《あはひ》に弓なりに溢れたこの山河のためならば、死んでも悔ひなしの思ひがまことに素直に僕の心底から湧き出てくるのだつた。僕たちは美しいもののためにのみ死ねる。

真鍋呉夫の遺書ともいえる小説だった。末尾に完稿の日をこう記していた「昭和十八年九月一日、孤島にて」。

一方、島尾敏雄は、漂平の綽名どおり、漂々とした足どりだった。

大正六年四月十八日、横浜市戸部町で、島尾四郎・トシ夫妻の長男として出生。矢山哲治は大正七年四月生まれなので、ちょうど一歳年長になる。なお真鍋呉夫は大正九年一月生まれの早生まれなので、小学校入学は、島尾敏雄、矢山哲治、真鍋呉夫の順となる。

島尾の父四郎と真鍋の父甚兵衛は共に明治二十二年の生まれで、甚兵衛と同年生まれの博多っ子には夢野久作(5)がいる。

南国の沖縄、奄美と縁が深かった島尾敏雄だが、島尾家の本籍地は福島県相馬郡小高町で、両親とも相馬出身だったので、敏雄は東北人の血を引いていた。博多商人の血筋をひく矢山や、真鍋とは、出自が全く違っている。

兄妹は同腹の妹二人、弟二人に、和歌をたしなんでいた母トシが、昭和九年十一月、敏雄が神戸商業五年生のとき病死したため、父が迎えた後妻に弟一人の六人兄妹。

父四郎は横浜で絹織物の輸出を営んでいたが、大正十二年九月一日の関東大震災で家は全壊焼失。たまたま敏雄が相馬で病気療養していたときで、家族全員で軽快した敏雄を迎えに出かけていたため、全員無事だった。

大震災で打撃を受けた島尾家は、敏雄が小学三年生の大正十四年秋、神戸に新天地を求めて移住、敏雄は神戸ッ子になる。彼はこの神戸で文章を書く楽しみを知り、小学三年生のときから兵庫県立第一神戸商業学校時代にかけて、『小兵士』と題するガリ版刷りの小冊子を五十五冊もつくっている。

昭和五年春、第一神戸商業入学、山岳部員になって、六甲山脈はじめ紀州の山々から九州まで遠征している。四年生になった八年春、同級の金森正典、その弟の正隆兄弟らと同人雑誌「峠」を創刊、長崎高商時代の昭和十二年までに、第一次、第二次、第三次と歩みを重ねて十六冊出している。

昭和十年春、神戸商業卒業。神戸高等商業学校（神戸高商）をめざしたが失敗、一浪してまた挑戦したが、またもや失敗。ようやく長崎高等商業学校（長崎高商）に合格して十一年春入学、柔道部に入り、二年生のとき初段をとっている。矢山は剣道初段だった。それも二人の気質を反映している。

この長崎高商時代に、島尾らが創刊した同人誌「十四世紀」が、創刊号で発売禁止処分を受けたことは前述したが、この頃から、島尾はドストエフスキーに熱中し、ゴーゴリ、プーシキン、レエルモントフなどロシア文学に親しんでいる。

昭和十四年春、長崎高商（三年）を終えたが、島尾は就職も大学進学もせず、同校の海外貿易科に居残り、同年七月、大阪の毎日新聞社が企画したフィリピン派遣学生旅行団に参加。そのときの記録が「呂宋紀行」である。


島尾敏雄の「こをろ」掲載作。

（第一号）「ＬＵＺＯＮ紀行」第一回。

（第二号）「呂宋紀行」第二回。

（第三号）小説「断片一章」。

（第四号）「呂宋紀行」第三回。

（第五号）「呂宋紀行」第四回。

（第六号）小説「暖き冬の夜に」
（第七号）詩三篇。
（第八号）「呂宋紀行」第五回。
（第九号）「熱河紀行」。（のち「満洲日記」）
（第十三号）「矢山哲治追悼特集」。
（第十四号）小説「浜辺路」。

小説はいずれもあまり冴えない短篇で、島尾の「こをろ」での仕事は、ほとんど「呂宋紀行」と「熱河紀行」の二つの紀行文に尽くされるといってもいいだろう。
フィリピン派遣学生旅行団に参加した動機を、島尾は第二回でこう記している。

近頃の私は、総てが行きつまつて身動きが出来ない。もろ〳〵の物思ひは揚句の果は、皆自分に還つて来るばかりであるが、死を思ふでもなし、卑屈の底に沈潜してゐる。この旅行が、自分の身体に、良いか悪いか分らぬが、兎に角、私は脱皮したい。若《も》し、仮令《たとえ》脱皮は、私の如きに不可能であつても、一応の区切りをつけ度い。たゞそれ丈で私は出て来たのである。だから私は一切の花やかさを拒否して、内心は兎も角も、表面は抹香臭い態度であつたに違ひない、少なくとも面白くない、最もいけない「無関心」の固りの様な面《つら》をしてゐたことであらう。

第一回は「LUZON紀行」だが、第二回から「呂宋紀行」に改題している。その理由を「LUZON的な見方より、どちらかと云ふと呂宋的の観点が多い事に気がついた故に」と説明している。

この呂宋旅行団には、東京、大阪の学生グループを中心に四十五名が参加しているが、長崎高商からは島尾ひとりだけだった。

昭和十四年七月二十三日、大阪の毎日新聞社ホールで結成式が行なわれ、同日、大阪港から大洋丸の三等船室に乗船して出港、途中、上海、香港に寄港して、同月三十日朝、マニラ入港、マニラに十日ほど滞在して見聞を広めている。

船内で五グループに分けられたが、年長ながら島尾はリーダーになっていない。彼のグループには、大阪外語スペイン語科の学生が五、六人いて、彼らは二等船室のスモーキングルームに押しかけて外人客に積極的に話しかけたりしたが、島尾にはそんな芸当は出来なかった。

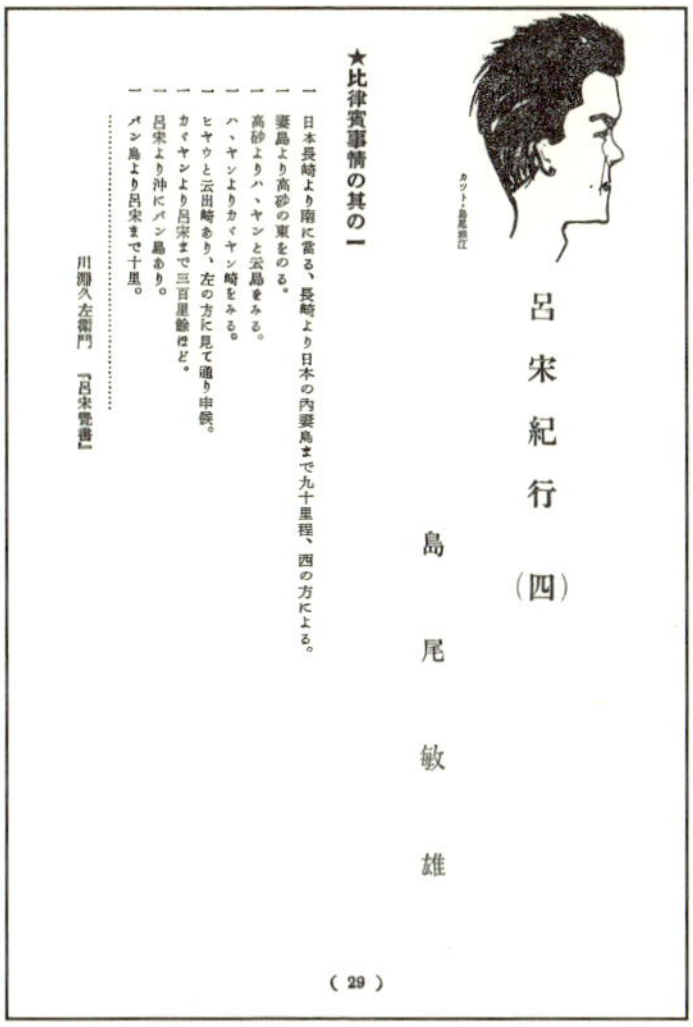

呂宋紀行（四）

島尾敏雄

★比律賓事情の其の一

一 日本長崎より南に當る、長崎より日本の内要島まで九十里程、西の方による。
一 要島より高砂の東をのる。
一 高砂よりハ、ヤンと云島をみる。
一 ハ、ヤンよりカイヤン崎をみる。
一 ヒヤウと云出崎あり、左の方に見て通り申候。
一 カイヤンより呂宋まで三百里餘ほど。
一 呂宋より沖にパン島あり。
一 パン島より呂宋まで十里。

川淵久左衛門 『呂宋覺書』

（29）

島尾敏雄の「呂宋紀行」4回目
（『復刻こをろ』、叢文社）

第一回は「へんなあひるの子」と小題し、こんな文で始まる。

甲板で子供等がさわぎ始める。始めて何処を見ても島のない大洋の真たゞ中に出た。何処を通つても小さな島影ばかり見てゐた私は、さつぱりした。孤独を愛するなどと、口では言ひ易いことだが、船などに乗つて見ると、どんなに弱い表現であることだらうか。

神戸育ちの島尾は、概して大阪グループに親近感を持ち、東京グループに異和感を持つ。彼は衆に交わらず、といって孤立もせず、あくまで冷静な観察者の眼を光らせている。

第二回は二十六日の上海入港に始まり、翌日、上海の戦跡を歴訪したときの思いをこう記している。

上海北站、鉄道管理局、四行倉庫などの激戦の残骸が、荒涼としてあつた。私は当時のニュースや、記録映画などの場面を思ひ浮べた。そして、無造作な感嘆詞をまきちらしつゝカメラのシヤツターを無暗にきる人々に、不愉快なものを覚えた。之は私に、冷静な、散文精神がないのであらうか。いさゝかでも文学をやらうとする私に、文学者の眼がないのであらうか。私は、たゞ黙つて、その荒廃した風景を頭脳の奥に、胸の中にそつと収めて置きたかつたのだつたが。

島尾は文学者の眼を持っていたからこそ、観光客の眼でやたらとカメラのシャッターを切る者たちを不愉快に感じたのだった。彼もカメラは持っていたが、この旅行中、出来るだけカメラは使わないという禁忌を己に課し、心眼で、人間を、事物を見ようと努めていた。実際、島尾は、親近感を持った仲間にすすめられて、船のデッキで一枚、自分のカメラで撮ってもらっただけである。

上海でかなりの船客が下船したため、学生団一行は、一ランク上の特別三等に移れることになる。島尾は船中でも、上海で買った『ギリシャ抒情詩選』（岩波文庫）や日本から持参した『アンデルセン童話集』などを読んでいるが、『アンデルセン童話集』は彼の座右の書だった

その物語の一つ「おやゆび姫」。花園の馨にほはんばかりの絢爛たる愛情の奔逸に私は酔つてしまふ。このあふるゝ草々、虫々の世界には、突然に、ふる里の野辺に立帰つた悦びを見つけ出す。私に未だ残つてゐる素直な気持が風をはらんで、ふわ〳〵と飛び廻る如くである。今、こうして船の上で知つてゐるのは、恐らく自分一人であらう。私は、溜息をつき乍ら、度々童話集を伏せて、かけめぐる頭脳を整理した。（中略）

「小さい人魚姫」、私は、広い海を眺めて、或ひは人魚がゐるかも知れないといふ気になる。こつそりと、人知れず、船の上のざわめきを珍らしがつて、寂しい人魚姫が、指をくわへてちらちらする波間のかげからのぞいてゐるのかも知れない。

童話を読むことによつて、子供の時に驚いた驚きの正体と云ふものを見つけよう、と、いろいろの物思ひの浮かぶにまかせて、私は、非常に、幸福であつた。

「こおろ」第三号では、島尾は「呂宋紀行」を休載して、心境小説風の短篇「断片一章」を発

表しているが、そのなかで、童話の世界へののめり込みとためらいをこう語っている。

路地で子供がかしましい。馬鹿にされてゐる様で腹立たしい。うんとにらみつけてやらうかと思ふのだが、私の顔はそれ程すごく出来てゐない。お陰様で。その為に、私の女の如き体質と相俟つて私の思考は、童話を愛して童話の中の馬鹿になれない。童話も僕には、いいい（憎さげな顔）をして見せる様なひがみがある。私は生涯に小さくてもい丶、しやれた童話集を一冊持ちたい。岩波文庫に、島尾敏雄童話集★

岩波文庫の★は価格を表示するもので、★一つは最安値。島尾はどんなに薄っぺらな童話集でもいいから、岩波文庫から一冊出したいという願望を持っていたのだ。

第三号は休載したため、「呂宋紀行」第三回は第四号になるが、次のような前書きを添えている。

今、筆を執るに際し、始めて私は、島崎藤村の「順礼」を読み、ポール・ゴーガンの「タヒチ旅行」、ハウプトマンの「希臘の春」などを読みつ丶ある。私は之等のものに影響されることを目ろんでゐるのではない。幾度か渋る筆を続けるべき何等かの、はげみの泉を探し当てる為なのである。

第三回では、まず「K氏の話」として、明治末、フィリピンに入植したK氏が語る当時のマニラの状況を何かの資料から引用することから、記述を始めている。

二十八日、香港に入港したが、香港では折悪しくコレラが流行していて、上陸出来ていない。船からきらびやかな夜景を眺めただけである。翌日、南シナ海に入ると、うねりがひどくなり、島尾は船酔ひで苦しむが、それでも読書は絶やさない。

三十一日朝、マニラ入港、午後上陸。

ここから、第五号の第四回が始まるが、まず、フィリピンの「自然」「住民」「歴史」「日比交渉史」「産業」「社会」「学制」などが、しっかりした資料をもとに記述される。帰国後、資料を渉猟したのだろうが、「日比交渉史」などかなり詳しい。

このフィリピン概説のあと、帰国後の同年十二月九日、長崎会館で行なった講演(約四十分)の原稿を記録しているが、フィリピンの歴史、現状を、自分の見聞を混えてわかりやすく書いている。なかなか周到な配慮による構成だが、講演した日の、いかにも島尾らしい日記も添えている。


夜、長崎会館で講演。視察報告「マニラ雑観」。肉体的な寒さを除く為に酒を飲んだ。自分丈はとんでもない講演をやつてしまふだらうと思つた事が、兎に角一人前にやつ

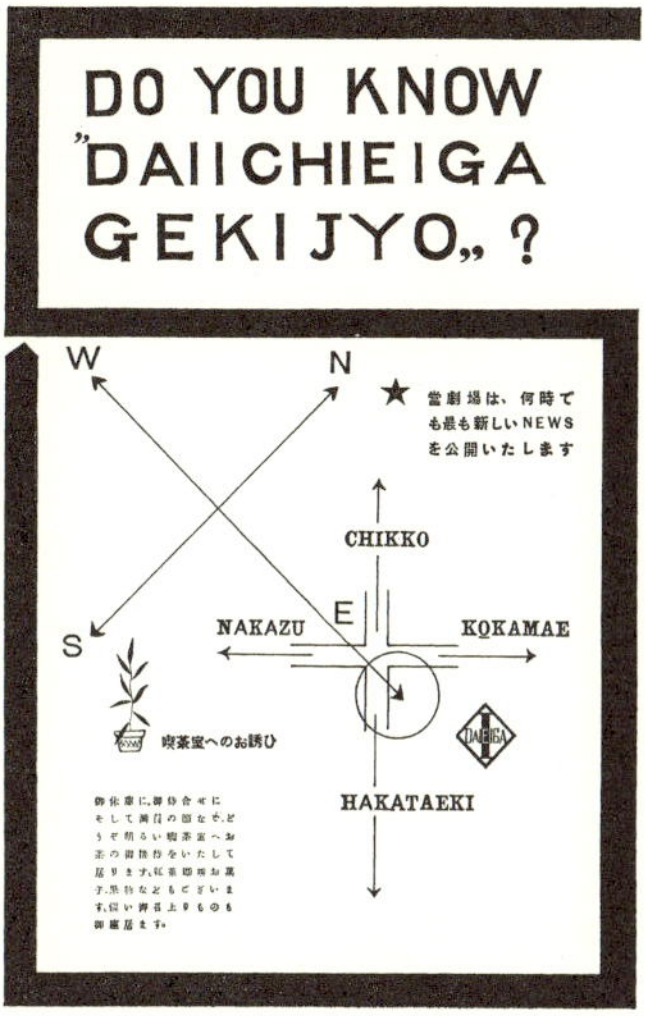

「こおろ」3号、昭和15年発行の裏表紙広告、博多第一劇場（『復刻こをろ』、叢文社）

てのけた後では、一つのさびしさになる。自分は矢張中途半端でしかあり得ない、と。原稿通りしやべつた。

（さらに、翌日の日記に）

□□の家で、居心地よく、島尾さんなら、講演は上手よなどと云はれて、心の底では、嫌悪にぐらぐら煮え立ちながら、昼飯迄御馳走になつてゐた。（傍点、島尾）

この講演と日記の引用を終えたあと、マニラの繁華街、サンタ・クルスの夜景の描写から、ようやく島尾のマニラ体験記が始まる。

突然に、つんざく様な叫声。半ズボンに、二の腕までまくりあげたシヤツ、頭髪を分けた少年新聞売子の売声、それに、カルマタ（辻馬車）の馭者たちの怒声。私は今、マニラ市中の盛り場のサンタ・クルスの雑踏の中に、降り立つてゐる。（中略）

彼等は、何と日本人そつくりなのだらう。若い者達よりも、年とつた人達に、私は余計に日本人を当てはめて見る。私は、物さえ云はなければ、平気な顔をして、あやしまれることなしに、此の街を歩くことが出来る。

第六号、第七号と休載して、第八号（十六年八月刊）の第五回でようやく完結。最後のほうで、最近読んだという二葉亭四迷[6]の『浮雲』や『平凡』が出てきて、こんな文が続く。

何処か一本調子なヒステリックな嗅覚でかぎ廻る若い時代の何かただならぬものは恐い。私は大分小説に毒されてゐさうであるが、明治初年の堺事件(7)で妙園寺に切腹した面々の中にも二十五歳二十四歳等の青年もゐたといふこと、天誅組(8)にも二十代の青年が多数加はつてゐたといふこと。然しこんなことを意識して呂宋紀行を書いてゐるのでは、何だかくだらなくなつて来さうだ。自分のきたならしさ、うつくしさ、かなしみ、よろこびは湧き出るやうに、又屑籠のやうに詩となつて来るやうでなければ駄目だ、と思つた。（昭和十六年四月二十七日欄筆）

あちこちで筆の迷いが見られる試行錯誤の紀行文で、上出来とは云えないが、常に内省的な島尾敏雄の作家としての特質ははっきり読み取れる紀行文である。

「こをろ」にはもう一篇、第九号掲載の「熱河紀行」がある。（『島尾敏雄全集』には「満洲日記」で収録）

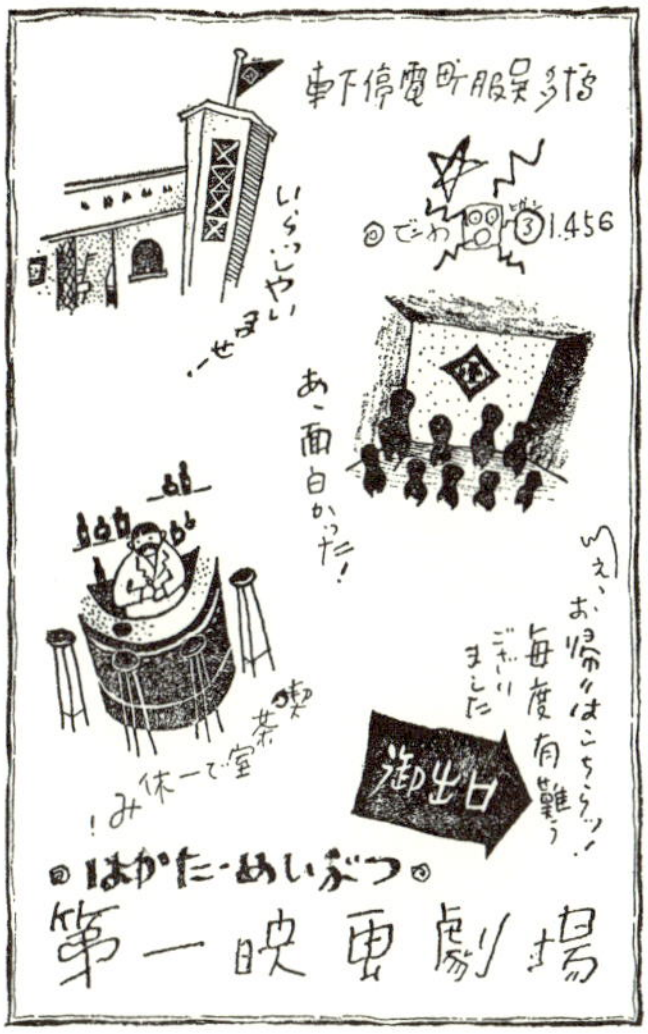

「こをろ」６号の裏表紙広告、博多第一劇場（『復刻こをろ』、叢文社）

この「熱河紀行」は、島尾が九州帝大法文学部東洋史科に在学中の昭和十六年の夏休み、結婚して満洲の奉天（現在の藩陽）に住んでいた妹の義江を、もうひとりの妹雅江と共に訪ね、奉天、新京、哈爾浜《ハルビン》―熱河省の承徳と旅したときの日記である。承徳には、従姉の「千代ちゃん」が住んでいた。

熱河省は満洲の西南部で、省都の承徳は万里の長城を越えれば北京に近く、清王朝の避暑用の離宮があった。

島尾は奉天で、共に姉を訪ねて来ていた「こをろ」同人の田尻啓《たじりけい》(9)（九州帝大工学部）と千々和久弥(10)（福高三年）と会い、田尻とは哈爾浜へ、千々和とは承徳へ行を共にしている。九州人にとって満洲は内地同様だった。

なお、二度も落第して、最初の同期生も、二度目の同期生（伊達得夫、那珂太郎ら）も卒業したなかで、まだ福高に居残っていた千々和と、共に慢々的《マンマンデ》の島尾は肌が合ったようで、この満洲旅行のあと、千々和は島尾の下宿に転げ込んできて、数か月同居している。その頃、二人とも下駄ばきで、小銭握って、博多から玄界灘の海辺添いに長崎県の方へブラブラ歩きをしたときの話が、島尾が「こをろ」第十四号（終刊号）に書いた小説「浜辺路」である。呑気そうな旅だが、いつ戦場に狩り出されるかわからない青春の哀感がにじみ出ていた。

なお、千々和久弥は、東京帝大文学部東洋史科を出て、西日本新聞社に入社、文化部長になる。東洋史専攻も島尾に同調したのだろうか。

さて、「熱河紀行」はこう書き出されている。

○七月十六日

高見順(11)の南洋旅行に取材した南海といふ小説をモダン日本で読んで作家のからくり、矢張り上手だな、だがその眼の位置はどうも少しきたない。自分と似通つたきたなさ。（中略）……

半可な気持を捨て去つて、ぐちる時には共にぐちり、泣く時は共に泣かう。人の行動に即して直ちにそれに対して割切らうとする気持は真平御免だ。ただ何かおどおどしてゐる気持。臆病者。男はずるくきたない。女もずるくきたない。だがちよつぴり男の方が余計にずるくきたない、さう話し合つた。

○七月二十六日（新京。現在、長春）

赫とまばゆいばかりの夏の空に広々と設計された忠霊塔が雲を截つてゐた。北に進むに従つて忠霊塔が高くなるやうな気がした。この街は日本の臭がした。駅前の相貌にして既にさうであつた。此の街がすつかり完成した時にはまた来て見たい。天候のせいもあつたが新京は明るかつた。後で思つたことだが、満洲国の性格を見る一助に此処の博物館と、別の意味で寛城子の部落に行つて見たかつたが、このことはずつと後で奉天を去る頃湧いて来た気持で、その時は早く新京を去つてしまひたかつた。

島尾は日本人が造る新首都、新京に嫌悪感を持ったようだが、寛城子は、新京の都市計画が始まる前からあった近くの古い町。その寛城子と、同地方の文化が詰まっている博物館を訪ねてみたかったという島尾の歴史嗅覚は、東洋史科の学生として当然のものだったろう。

○八月三日（奉天から承徳へ向う二等の車内で）

島尾は移動する汽車の車内でも、細かい観察の眼を光らせているが、たとえばこんな具合だ。

……向ひ合わせに満人の婆さんとその孫娘とが乗つた。豊満な身体つきの姿で、藍衣を脱ぐと、縞の絹物の下衣と白い玉模様のついた赤いパンツで大胆な姿態をした。一体に満人の女は下の構へが明つ放しだ。下にズボンをはいてないとすれば、このやうにパンツ丈の場合でも列車などに乗つて暑い時に上衣を脱いでしまふ。それに満人の女達の坐り方には早くから眼をひきつけられた。尻を落したまゝ、ぐつと前を開いて膝を立てるのだ。どんな所にでもまくわ瓜（香瓜子《シェンクワズ》）があるやうに、どんな所ででもこの恰好で子供をあやしてゐたり、休んでゐたりする女を見受ける。之は満人の女達がなかなか沓を脱がないのと同じやうなもので、上を守ることの方が礼儀正しいのでもあらうか。彼女達が身体全体を投げ出したやうにおなかをつき出して歩く姿態と相俟つて、之らは彼女達の印象を僕に強烈にする。

この「熱河紀行」も承徳に到着する前に、「未完」で終わってしまっている。「呂宋紀行」も尻切れトンボの風があり、起承転結きちんとメリハリつけて完成せずばやまなかった真鍋呉夫の小説と比べると、その点でもかなり対照的なものがあった。

伊達得夫と那珂太郎

矢山哲治と小山俊一が最上級の三年生になった昭和十三年四月、福高は文科三組、理科二組の一五〇名ほどの新入生（第十七回生）を迎えたが、文科乙類（文独）の新入生のなかに異風の男がひとりいた。

その新入生の姿を、のちに福岡で高校教師となり、詩・評論活動を続けた同級生の湯川達典《たつのり》（本名・達《たつ》）(12)が、エッセイ「プロフィール」のなかでこう書いている。


落第生も数名まじっていたが、新しい帽子、新しい制服に身を固め、あるいはまだ中学時代の菜っ葉服のままで、希望と緊張でからだを固くして席に着いていた。しかしその中にひとり、帽子も古ければ服も古く、おまけにうすよごれた手拭いまで腰にぶらさげた、典型的な高校生スタイルの生徒が、席に着きもせず、ガラス窓に身をもたせ、両手をズボンのポケットに突っ込んで、所在なさそうにしていた。やせて、背が高く、色の浅黒い、ユダヤ人のように鼻の先の尖ったこの男を、僕らはてっきり落第生か、浪人一年か二年の強者にちがいないと思っていた。


その男は、朝鮮随一のエリート校、京城中学から現役で入学した伊達得夫だった。

親しくなってから、伊達は湯川にこう語ったという。

「新しい制帽、新しい制服、いかにも今度入学したばかりの秀才でございてな顔して街を歩けますかってんだ」

また、こうも言ったという。

「俺はなあ、初対面の人間にも俺という男をはっきり印象づけなきゃ気がすまないんだ」

旧制福高は、市内の、福岡中学出身者が最も多く、学校では博多弁が標準語のようなものだった。耳なれない博多弁が飛び交うなかでは、植民地の標準語で育った伊達は、なんだこいつら！と身構えるものもあったことだろう。

彼はクラスの中でも、親しいグループの中でも、常に目立つ存在だった。飲み屋に行っても、女たちの関心は常に伊達に集中した。彼の名前、風貌、その軽妙な会話は初対面の者にも忘れ難い印象を与えるようだった。女持ちの、朱塗りの、柄の長いきせるできざみ煙草をふかして見せたり、腰にぶらさげたきせる入れのふたを、「ポン」といい音を立てて抜いて見せたりするときの彼の得意そうな顔は、なかなか憎めないものを持っていた。

芝居っ気、茶目っ気があった伊達得夫は、そんな自己演出にも長《た》けていた。

伊達はその後、全寮のコンパにクラスのメンバーを率いて、自分で脚色したゴーゴリの「外套」を演じたりしたが、むろん主役は伊達で、「外套」の登場人物に、煙たい生徒主事の永井重義教授（のち最後の校長）の名をもじった長井蒸古《ながいむすこ》とつけたり、平気で悪ふざけした。

このクラスにはもうひとり、端倪すべからざる生徒がいた。福岡中学四修で入学した福田正次郎で、背が低くて、つぶらな眼をした、まだ十六歳の少年だったが……。

福高では、自宅から通学出来る者以外は、少くとも一年は寮生活の規則になっていたので、伊達や北九州の門司中学出身の湯川は寮に入っていたが、毎朝のように、始業十五分ぐらい前になると、福田少年が市内住吉の自宅から朴歯の下駄をコトコト鳴らして、校庭の南端に在る寮にやって来て、伊達や湯川ら文独組がいる部屋に黙って入って来る。

借りて来た猫のようにおとなしく入って来ると、

「ちょっとドイツ語の単語うつさしちゃらん?・」とか、

「英語の単語ばうつさして」

ときわめてものやさしくいうのだ。一見秀才風に見えるこの少年が、案外チャッカリした一面を持っていることを僕らはやや意外に思ったものだ。そして教室で指名されると、彼はその朝うつし取ったばかりの知識を基礎にして、驚くほどすらすらと、流暢な訳をつけるのだった。その日本語の美しさはちょっと一驚に価いするものだった。(湯川達典「プロフィール」)

この福田少年が、後年、著名な詩人、那珂太郎となる。

この文独クラスには、伊達得夫、福田正次郎、湯川達に、哲学者となる猪城博之[13]、三年生のとき全寮総代に推された岩猿敏生、国税庁長官となる田辺博通、外交官となる前田正裕など多士済々だった。伊達たちが入学したとき、二年の文甲には千々和久弥、文丙には小島直記がいたが、二人とも三年進級時に落第して伊達たちと同期になり、千々和はさらに三年生も表裏やって五年在学、卒業は二年遅れの第十八回生となる。

落第はドイツ語でドッペルと言ったが、旧制高校でドッペルのは決して不名誉なことではなかった。ドッペリ組の多くは、読書にふけりすぎて、学業がおろそかになっただけのことなのだ。事実、ドッペリ組の千々和や小島はすごい読書家で知られていた。

伊達たちの文独クラスには朝鮮人もひとりいた。朝鮮半島に近い福高には、毎年のように二、三人、朝鮮人の入学があったが、京城第一高等普通学校出身の金永求《キムヨング》だった。高等普通学校は朝鮮人にとっての公立中学である。伊達が出た京城中学は日本人主体で、朝鮮人が入学出来るのは一学年数名という狭き門だった。金永求は福高から東京帝大法学部に進学するが、そんな彼でも京城中学には入れなかったのだろう。

入学そうそう、金の顔を硬直させる出来事があった。

文独は毎日二時間ドイツ語の授業があったが、ウルハンというドイツ語教師が、京城中学出身で特異な風貌の伊達も朝鮮人と思い込んでしまい、教室でドイツ語でこう言ったのだ。

「このクラスには朝鮮人《コリアン》が二人いますね。ヘルキンとヘルダタね」

ヘルは男子に対する敬称だが、朝鮮人にされたうえ、ダタにされてしまった伊達は立ち上がって抗議した。「ナイン（ノー）ダテ！」。

彼がいくら抗弁しても無駄だった。悲しいことにウルハンは日本語を解さなかった。そして伊達はドイツ語でウルハンにくわしくその誤解である所以を説明するほど、語学に堪能ではなかった。彼は身をよじってくやしがった。級友たちは腹をかかえて笑った。ただひとり、本当の朝鮮人であった金を除いては……金にとって、それはつらい数分間であった。

（湯川達典「プロフィール」）

まったく意図せぬことだったろうが、伊達は共に京城からやってきた金永求に屈辱を与えてしまったのだった。

この文独クラスは二年生の冬、伊達や湯川の発起でクラス会誌「青々」を創刊するが、その創刊号に、金永求が「虐げられし侏儒の言葉」という芥川龍之介の「侏儒の言葉」ばりのアフォリズムを書いている。

＊

人生は雲である。しかし「晴天の雲」ではない。嵐の夜の雲である。

＊

笑ふ者は幸福なる哉。彼は無知……無脳なればなり。

＊

祖国こそ人間の社会的存在の根本契機である。

＊

高校生!! 吾々は自分達の足の下に如何に多くの人々を踏みつけてゐることか。吾は偉大な犠牲者てふ足台の上に立つてゐる。

＊

吾人は社会万事の資本化を悲嘆の眼で眺めてゐる。終に教育まで資本化するに至つた。

産業革命は永遠に脳ましかるべき存在へと人間を駆りたてた。一七六六年を戦慄を以て想起するのだ。

＊

このアフォリズムは五十数項にわたるが、近代文明批判が強く、虐げられたユダヤ人排斥反対もあるが、最後に次のような言葉をつけていた。

「諸氏と同じ学窓にて既に二年を学んだが、『私が何者なるか』を知つてゐる人は少いだらう。何故か。私は諸氏と真に心を打ち明けて語ることが出来なかつた。何故か。その心境を諸氏は察してくれるであらう。賢明なる諸氏は――」

植民地朝鮮の苦渋を全身に抱え込んだ級友もいたのだ。この金永求は、昭和十四年暮れの、日本政府の「創氏改名令」で、金子永久と改名することになる。伊達がこの金永求とどういうつきあい方をしたかよくわからないが、心を割って話し合える親友になったけはいはない。文学青年と東京帝大法学部をめざした青年。資質も志向も違っていて、同じ京城出身とは言え、中学も違うし、話題の接点が少なかったのだろうか。

伊達得夫は、大正九年九月十日、朝鮮総督府の橋梁土木の設計技師だった伊達重吉・まつ夫妻の次男として釜山で出生。生後間もなく父の転勤で京城（ソウル）へ移り、京城中学を卒業するまでこの朝鮮の首都で少年期を送っているが、父も母も静岡県磐田の出身だったので、静岡県人の血を享けている。

伊達得夫は戦後書肆ユリイカを創設して、四十歳で亡くなるまでに、月刊誌「ユリイカ」を五十三冊刊行したほか、『戦後詩人全集』（全五巻）、『現代詩全集』（全六巻）、『稲垣足穂全集』（七巻）はじめ、多数の詩集、詩論集、小説を刊行して、大きな業績を残したが、彼自身の著書は、彼の没後、伊達の恩恵を受けた詩人たちによって編まれた遺稿集『ユリイカ抄』（再版は『詩人たち――ユリイカ抄』）の一冊あるのみである。彼は詩人を世に出す黒衣《くろこ》に徹したのだった。

この『ユリイカ抄』の「青春不毛」から、伊達の京城での少年時代を拾ってみる。

南大門小学校二年生の終業式の日、得夫は優等賞の賞状を胸に抱いて帰宅する途中、陸橋の上で鉛活字を一個拾い、外套のポケットに入れて帰り、その字が読めなかったので、夕食のとき父に見せた。


「どれどれ」父はその字を見て、眉をひそめた。「あんまり縁起のいい字じゃないナ」。そこには「否」の字が刻まれてあったのだ。父は迷信家だったし、少年のぼくも迷信に弱かった。「否」。それが「いいえ」という意味だと教えられてぼくは気がめいった。今日もらって来た優等賞が、見えないものの手で「否」と宣告されたような不安を感じた――。

その「否」は、戦争末期、一兵卒として内蒙古（モンゴル）に送られ、なんとか生還出来たのは「吉」だったが、戦後、「ユリイカ」を創刊してからは悪戦苦闘の「否」の連続だった。

伊達はこの「否」の話をこう書き継いでいる。なにしろ事務所が、神田神保町の裏通りで、それも一室だけの小出版社に机を一つ置いてもらっているだけなので、よく社の所在を尋ねる電話がかかってくる。

「ジンボー町です」と応答しながら、いつしかビンボー町と発音している自分に気づく。神田貧乏町。なんとなくゴロのしっくりするこのいや味な言葉を、暗い喫茶店で、あるいはたそがれの焼鳥屋でぼくは嚙しめることがある。そして、ふと、あの「否」を思い出すのだ。毎日活字の号付けをし、校正刷りを読んで日を送っているぼくに、活字にふれた少年の日の不安がよみがえる。それから、その「否」の活字をあらゆるものの上に捺して廻りたい、と思うことがある。

伊達得夫は文章がうまかった。ユーモアとペーソスに満ちた軽妙な文を、気張らず、さらりと書く腕を持っていた。この一文など、期せずして己れの正体を語っている。あらゆる権威、ニセモノに、彼は「否」のハンコをペタペタ押しまくりたい男だった。

父親が総督府の技師だった伊達家はいわば中流家庭で、ラジオや蓄音機（レコード・プレーヤー）があり、中学生になった兄が流行歌に凝ってさかんにレコードを買ってくるので、得夫は小学生の頃から流行歌で「東京」の匂いを嗅いでいた。特に兄は歌手二村《ふたむら》定一(14)の「神田小唄」をくり返し蓄音機にかけて、当時流行のチャールストンを踊るので、

「ぼくはその唄で、見たこともない日本、東京、それから神田を偲んだ」。

昭和七年三月一日、満洲国が建国され、五族協和（日・満・鮮・蒙・露）の国旗が市内にはためくなか、得夫は小学校を優等で卒業し、朝鮮全土から日本人の秀才が集まる難関の京城中学に進学する。

入学そうそう、放課後の校庭で五年生から応援歌の練習をさせられたとき、「休メ」の姿勢で歌ったものだから、鉄拳制裁を受ける。応援歌は「気ヲツケ！」の姿勢で歌わねばならなかったのだ。


「休メ」の姿勢で歌っていた一年生にはもとよりぼくの外にも多かった筈である。ぼくがその代表としてなぐられたことは、要するに、ぼくにヘンになまいきな所があり目立ってつまらなさそうな顔で歌っていたからだらう。


入学そうそう、「否」のハンコを押されたわけだ。

四年生になった頃には、悪友たちと「未成年者お断わり」の貼紙がある喫茶店におそるおそる入り込んで、タバコの練習をするような悪たれ少年になっていた。

五年生になった昭和十二年七月七日には「シナ事変」（日中戦争）が始まり、伊達ら五年生は四班に分けられて、毎日毎晩、満洲に向かって北上する軍用列車見送りのため京城駅に狩り出された。

バンザーイとぼくたちは声をかぎりに叫び、車窓の兵士たちもそれに応える。そして汽車が遠く去って行ったあとの白々しい空虚。ぼくはそんな日の感想をセンチメンタルに潤色して友達に書き送ったことがある。バンザイバンザイとさわいでいる兵士たちは可哀想だ。死にに行くつらさを酒でごまかしているんだ、というような趣旨であった。

ところが、その後、友人に送ったその手紙が問題になる。ある日、友人が青い顔でやってきて、夜外出していたとき、刑事の不審訊問を受け、煙草を持っていたため、家宅捜索まで受け、塵籠にちぎって捨てていた伊達の手紙を押収されてしまったというのだった。警察は左翼の非合法文書と見たのだろう。その数日後、伊達は京城警察の本署に出頭を命じられた。真冬のさなか、三時間も凍える廊下で待たされたあげく、刑事室に入った。

……ぼくの前に投げ出されたのは、こまかく千切られた紙片をうらばりして、見事に復原された、三枚のレターペーパーであった。(百以上の細片を、どうして三枚に復原し得たか、ぼくはいまもその技術に驚嘆のほかはない)

「これはおまえが書いたんだな」それからぼくの本籍に始まって趣味嗜好に及ぶこまかい調書をとられた。「どういう動機でこんなものを書いた?　え?　これは明らかに反軍思想だ。この聖戦を貴様は何と思っとるか」かれはあまり語調に気合いを入れすぎたのであろう。つづいて痛烈な放屁をした。その法螺貝の音も、しかし中学生の少年を一そう威圧するに足るものであった。

そんな罰点もあったが、昭和十三年春、伊達は京城中学を学術優等で卒業し、旧制福岡高校文科に合格した。

入学したときからの伊達の自己顕示、パフォーマンスは前述の通りだが、一年のとき寮生活を共にした湯川達典は、「プロフィール」で伊達のこんな一面も描いている。

彼は真面目な秀才型の友人をわざとまかない征伐に誘い出し、舎監の声をまねて、その友人がびっくりしたはずみに持っていた卵をぐしゃっとにぎりつぶしてしまったと言って、「ああ愉快、あいつブルブルふるえてやがるんだ、ヒッヒッヒッ」と、やせた肩をゆすりながら悪魔的な笑い方をして見せた。彼はかねがねその友人のどことなくキザに見える所を憎んでいたのである。（中略）

彼にはそんな意地の悪い面もあった。夏目漱石がきらいで、口をきわめてののしっていたというのも、彼のそういった道学者風のものへの反発、倫理主義やスノビズム（俗物根性）への嫌悪がそうさせたのであろう。

湯川達典によれば、個性的な生徒が多かった文独クラスのなかでも、特に目立つ文学青年は伊達得夫と福田正次郎（那珂太郎）だったそうだが、福田少年はよく本を読んでいたという。ドストエフスキー、パスカル、ニーチェ、ボードレール、ジイド、トーマス・マン、ヴェルレーヌ、ホフマンスタール……。

「知的で明晰なものを愛好する彼の傾向は少年の日から現在まで一貫しているといってよいだろう。」（湯川）

福田正次郎は、大正十一年一月二十三日、酒井清三・てる夫妻の五男として、福岡市麴屋町で出生、六男二女の八人兄妹の五番目である。生後間もなく近所の呉服屋、福田文三・とみ夫妻に貰われ、福田姓となる。

実父の酒井清三は、福岡の新聞界の草分けとなった「筑紫新聞」(15)（「西日本新聞」の発祥）を創刊した藤井孫次郎の次男。孫次郎の孫になる正次郎は、新聞人として生涯を通した祖父の血を色濃く享けていたのだ。孫次郎の次男だった父清三は、酒井家に養子入りしていた。福田屋は正次郎が奈良屋小学校三年生のとき廃業したため、正次郎は呉服屋の旦那となるのを免れている。家も住吉南小路に引越し、ここから、福岡中学、福高に通っている。

福岡市は市内の中央を貫流して博多湾に注ぐ那珂川をはさんで、東側は商人の町博多、西側は黒田藩の城下町福岡に分れていたが、正次郎の出生地の麴屋町は博多部のど真ん中で、彼は根っからの博多っ子だった。

詩人那珂太郎となった彼に四部構成の交響詩「はかた」（昭和四十七年作）がある。その（第二部）に彼が少年時代に親しんだ古い街並がぞろっと出てくる。

　どんたく囃子よ　舁《か》き山笠の掛け声よ
豊太閤をまつる社《やしろ》のなのみの樹の　赤い実よ

奈良屋尋常小学校の　砂場のそばのふるい肋木《ろくぼく》
蔵本番《くらもとばん》　行町《ぎょうのまち》　金文字の黒うるしの大看板
雨のはもんどおるがんの　古門戸《こもんど》町
上対馬小路《かみつましょうじ》　中対馬小路《なかつましょうじ》　下対馬小路《しもつましょうじ》
夜ふけの銭湯の　番台のおばしやんのおはぐろ
綱場《つなば》　掛町《かけまち》　麹屋番《こうじやばん》　復古堂の平助筆の文具ぶくろ
木《もく》煉瓦のかるいひびきの　仲新道《なかしんみち》の
桃太郎の金太郎の正ちゃん冒険の武者絵のぱつちん
むらさきいろみどりももいろの縺《もつ》れの　もつさん
日月《にちげつ》ぼおる　独楽《こま》　おはじき　らむねの玉
石筆でかいた陣とりの圓形をくまどる
翡翠のひぐれの蝙蝠の、点燈夫のともすガス燈よ
あのあそび仲間はみんなどこいつた？

…………

きわめて音楽的な階調を持った詩だが、事実、福田正次郎は音楽狂といっていいほどだった。
その音楽狂ぶりを、湯川達典が「プロフィール」に書いている。

彼はまた音楽を深く愛し、僕や猪城と一緒になると、「おい、リズムに行こうや」といって、その頃寿通りにあった音楽喫茶「リズム」に連れて行った。（中略）
那珂はウエイトレスが次々にかけ替えるレコードの音にじっと耳を傾け、いつまでも動こうとしなかった。僕らがしびれを切らして、「もう出ようよ」と云っても、「もう少し、あと一曲」とか、何か面白い冗談を言って僕らを笑わせては、またヴェートーヴェンやショパンの世界に入ってしまうのだった。

詩集にも、第二詩集『音楽』がある。昭和四十年刊行のこの詩集は、第五回室生犀星賞と第十七回読売文学賞を受け、那珂太郎の名を高めている。この筆名はいうまでもなく、博多の那珂川からとっている。

福田正次郎に誘われてよく川端寿通りの「名曲喫茶リズム」に通ったという湯川達典、猪城博之も四修組だった。

湯川達典は大正十年六月三十日、長崎県の五島で生まれ、父が日本郵船の社員だったため、北九州の門司で育ち、門司中学四修で福高入学。

猪城博之は大正十年九月二十一日、福岡市新川端町生まれの博多っ子。生家は明治二十三年創業の博多活版所で、福岡中学四修で福高入学。猪城と福田は福岡中学の同期生でもあったのだ。

この文学青年グループでは、伊達が年上で目立ちたがりもあって、リーダー格だった。

湯川達典の「プロフィール」は福高時代の伊達得夫や那珂太郎の姿を活写していて面白い記録

だが、「プロフィール」には矢山哲治も登場する。湯川と猪城は剣道部に入部するが、三年生に矢山哲治初段がいた。


　新入部員歓迎コンパの席上で、少し酒に酔った矢山はいきなり立ち上がって、

「おい、今から俺の詩を朗読するけん聞いてくれ」

といってポケットから紙片をとり出し、朗々と読みはじめた。上級生たちは別に驚いたような顔もせず、

「おお、たのむ、やってくれ」

といって静かに聴いていた。矢山はこういう席上でよくこうした詩を朗読するらしかった。しかしこういう経験の全然なかった僕にとって、それはかなりの驚きだった。


　矢山は稽古では最初は真面目にやるが、途中からがらりと態度を変えて、丹下左膳の真似をしたりしてふざけることもあったという。

　前述のクラス雑誌「青々」は、昭和五十六年に復刻版が出るが、その労をとったのも、福岡で高校教師をしていた湯川達典だった。

　誌名「青々」は、福高寮の通称「青陵」（正式名は学而《がくじ》寮）からとっている。同窓会も「青陵会」と称している。

「青々」創刊号は、彼らが二年生三学期の昭和十五年二月発行。第二号は復刻版から欠落して

いるので、発行年月がわからないが、三年生のとき。第三号は、落第生を除いてみな大学へ進学してからの十六年十二月発行。

第四号は十七年九月発行で、編輯者は京都帝大在学中の湯川達典。

第五号は敗戦一年後の二十一年九月発行。編輯後記を東京で出版業に就いていた伊達得夫が書いている。

まず創刊号に触れ、順次後述する。

創刊号はガリ版刷りで一五六頁。二十名が稿を寄せているが、福田正次郎の「失題」が光っている。伊達は、かなり構成に趣好を凝らした小説「手紙を見せる女」を書いているが、福田の文才には及ばない。

福田の「失題」は小説風エッセイといったところだが、新進作家の太宰治をおちょくったり、柳家金語楼(16)こそ落語界の浪曼派であり、ポール・ヴァレリー先生が数百行をもってする現代精神の解析も、金語楼先生の一片の動作に及ばないとか、珍説怪論を軽々と展開してみせている。まだ青くさい面はあるが、ひとりだけ抜け出ていた。

この福田の「失題」には、兄貴分の伊達も一本とられたようで、『ユリイカ抄』の「青春不毛」のなかでこんなことを書いている。

(入学した) その年の終わり、クラスで出したガリ版雑誌に、かれの小説を読んだとき、ぼくは「ひょっとするとこいつは秀才かもしれん」と疑った。三年生になった時かれはまた、文芸部雑誌に小説とも詩ともつかぬものを書いた。それは、「らららん」と題する人を喰った作品だったが、それによって、旧制高校というミクロコスモスの中で、かれは一躍英雄となった。しかし、その頃は、ぼくもまたちょっとした英雄であった。しかし、ぼくの場合は、しょっちゅう学校をサボることと、毎夜街に酒を飲みに行き放歌高吟することによって獲得した栄誉であった。一夜、英雄が英雄を訪ねると、かれは太宰治から来た手紙を見せた。「切手を貼らないで手紙出したら、こんな返事くれやがって。バカだよあいつ。わざわざ不足料はらったらしいぜ」と言った。当時、太宰治は処女作『晩年』を出したばかりの新進作家であった。

ここで福田の小説「らららん」が出てきたので触れておく。「らららん」はたしかに伊達がいうように小説とも詩ともつかぬ作品だが、福田がこの作を書きあげたときのことを、湯川達典が「プロフィール」にこう書いている。

「青々」創刊号

「彼が長いこと小説が書けずに苦しんでいて、やっと久しぶりに「らららん」という奇妙な題名の小説を書きあげたとき、僕や伊達や猪城は、彼が精神的にも長いこと便秘していたものが、やっと出たといって、笑いもし、祝福もしたものだった」

その「精神的便秘状態」だったときのことを、福田は戦後の昭和二十三年に書いた自伝的エッセイ「径」

のなかでこう記している。

人間は何のために生きてゐるのか。いつの頃から、身うちに巣食ひはじめるやうになつたのか。十代の終りの高等学校の数箇月間、この単純な唯一の問を懐いて、俺の心は、夢のやうに息ぐるしい生の中にあつた。よそ目に見れば、子供の問のやうに幼稚で素朴な問とも云へようが、その苛烈さに独占された心には、複雑な人生の諸他の問題なぞ、到底入り込む余地はなかつた。この問の前では、すべての人間の営みが安易であり、第二義的なものに見えた。無論、文学も、芸術も、俺には、美だとか表現とか云つて、制作に浮身をやつしてる芸術家どもが、どうしても理解できなかつた。

その呪縛からようやく解き放たれて書いたのが「ららら ん」であった。この作はほとんどストーリーはない。モノローグでもない。強いていえば、作者の意想の流れが詩的言語で叙述された作である。「らららん」という言葉が出てくる箇所を引く。

夜空にかがやく星々は、追憶のエピグラムのごと哀しい光だつた。とほく大気の底から巷の警笛がひびいてくる。

阿紀はなかばこころもうつろに歩きつづけてゐた。青ざめた三日月を、巷の屋根のはるか彼方に感じながら。

――農夫は野良でひねもす働きながら汗ながしてる。漫才師は寄席で笑ひをつくるのに不断にくるしむ。映画俳優、戦場の兵士……そして哲学者は人間存在の根底を考究して、認識作用の解明に死を賭してゐる。死を！――まことに人生花嫁御寮、バスも通れば電車も走る。冗談ぢやないんだ。なまあつたかい人間のうごめき……ああ、人間嫌ひほど人間をいとほしむものはない。いのちいのち……ヒュウマテイへの郷愁だ……（中略）

虚無――絶望――悲惨――恐怖――なまぐさいそれら空想は気温にとけて湯気《ゆげ》となる。銀の小猫がおけさを踊る、モンテカルロの夕しぐれ、ららん、つららん、生の絵日傘くるくるまはり、花はくれなゐ、柳はみどり、鎮守の森に鐘が鳴る、新のお盆は三日月さまか、はるかにはるかに鐘がなる、ららららん、らららん、つらららん……

ここにはすでに、日本語の音韻（音と韻律）を磨きに磨きあげた詩集『音楽』や長詩「はかた」の詩人、那珂太郎が生まれかけている。

この福田正次郎の「ららん」は、十六年十二月発行の「青々」第三号に掲載されているが、伊達得夫は同号に「paradox」と題する一文を書いている。京都での生活が出てくるので、京都帝大経済学部に進学してからの作である。なお湯川達典は京都帝大文学部国文科、福田正次郎は東京帝大文学部国文科に進学していた。

本を読みすぎた猪城博之はドッぺって卒業が一年遅れ、これまた本を読みすぎた千々和久弥は二度目のドッペリをやらかしていた。

伊達のデザインしたレリーフ

伊達の「paradox」に、福高生活を省みる一節がある。

高校生活は、結局、私にどれだけのプラスであつたか。卒業式の夜、酒を呑み、酔ひ狂ひ、街のアスファルトに嘔吐をはき散らしながら「我が生、残りなく燃えつきよ」と念じた。だが、それは無理であつた。燃えつきなかつた炎は、私の胸に尚、ぶす〳〵もえつづけた。私は一歩も出ていない。私のくりかへす痴者の歌のたよりなさに、私は弱い私を呪つた。

だが、伊達得夫は、卒業アルバム編集委員として、福高時代のメモワールを多彩に刻み込んだ見事なアルバムを作製していた。茶色のビロードを使った表紙には、福高生がよく散索したり放歌高吟した大濠公園をバックに、高下駄、マント姿で、右手に本をつかんだ高校生の躍動的な姿を描いた銀色アルミのレリーフが嵌め込まれ、高下駄の足元にドイツ語で「STURM《シュトゥルム》 und《ウント》 DRANG《ドランク》」（疾風怒濤）と刻まれていた。絵を得意とした伊達の作である。なかには、絵はがき大の写真が一頁に一枚ずつ手貼りされていて、分厚いアルバムになっている。その見事な出来には、クラス全員が驚嘆したという。

すでにして伊達得夫は造本感覚にすぐれた編集者だったのだ。「あるばむ後記」を伊達が書いている。

> 我々の青陵三ケ年の生活は内的にも外的にも、ストルム　ウント　ドランクの歴史であつた。青春の華は時代の流れに圧され、生くるものの宿命的懐疑に蝕まれた。しかし我々の情熱は決して何物にも亡びなかつた。この一帖のアルバムにおさめられたものは、我々の歓喜と苦悩の、美しくも悲しき物語であり、青春の「詩と真実」の像である。

歓喜と苦悩は青春につきものだが、彼らの頭上には戦雲が重く垂れこめていた。卒業アルバムが墓碑銘になるやも知れぬ時代だった。

「青々」は毎号、この伊達編集のアルバムに収められた写真を使って、表紙と巻頭三頁を飾っている。

伊達が描いたタオルの漫画

伊達は漫画もうまく、よくいたずら書きして級友たちを楽しませていたが、応援歌「あ、玄海の浪の華」を踊る福高生の姿を描いた漫画を手拭いにしたものなど、なかなかの傑作である。

伊達は二年生になると寮を出て、福高の

裏手の小高い丘にある陸軍墓地横の藁葺屋根の離れに住みつき、部屋の障子に「次郎長の家」と墨で大書していた。部屋からは福高の校舎や寮も望めたし、大濠公園から博多湾も眺望出来た。そして玄界灘のはるか向うには彼が育った朝鮮半島……。

福高二、三年時を過したその「次郎長の家」で、彼は野放図な青春の日々を送り、二年生の五月には、湯川達典と語らって学校をサボり、天草の旅に出たりしていた。その頃のことは「paradox《パラドックス》」に書かれている。

> 高校時代、ほのかな夢を描いて、その夢といふものも、私にとつては、インクの臭ひのする活字から浮び上がつた勝手な空想にすぎなかつたのだが、とにかく、なにやら、夢の如きものの引くままに、天草に旅し、淡路島に渡つたことを思ひ出す。それらの旅の結果はきまつてゐた。逃げるやうに都会にかけもどり、安つぽい思想を後生大事に懐き、煤煙とほこりの街のティ・ルームにほつと安堵の溜息吐き、それでも尚、私は、眉をけはしくひそめ、深刻の風貌をつくることを忘れなかつた。

伊達の「次郎長の家」には、湯川達典、福田正次郎、千々和久弥などの「清水一家」がよく集まり、酒を飲んだり議論したりしていたが、湯川によれば、この頃から伊達や福田や千々和のデカダンスの様相が濃くなり、九州帝大医学部の精神病棟を見学したり、授業中にいきなり奇声を発して級友たちを驚ろかせたという。

彼らが二年生の昭和十四年十月には、「こをろ」が創刊されて、途中から福田正次郎、猪城博之、千々和久弥、やはり一年ドッペリ組の小島直記らが参加するが、伊達と湯川は加わらなかった。「清水一家」が参加したのに、「次郎長」の伊達得夫はなぜ参加しなかったのか？

「こをろ」については伊達は何も書き残していないので、不参加の理由はよくわからないが、湯川は「プロフィール」のなかでこの件に触れている。

――「こをろ」同人には、「日本浪曼派」「コギト」のイデオローグ、保田与重郎、亀井勝一郎や、佐藤春夫を師と仰ぐ風潮があったが、伊達はそれに同調出来なかったのだろうと。

それに、伊達は気の合う仲間とはよくつき合ったが、へそ曲がりなところもあったので、やれ「精神の気圏」だの、やれ同人を「友達」だのと言う矢山哲治とは肌が合わない面もあったことだろう。

しかし、福田たちを介して「こをろ」同人とのつきあいもあり、伊達が京都帝大経済学部に進学して福岡を離れると、「次郎長の家」には島尾敏雄が入り込み、そこへ千々和久弥が転げ込んだりしている。

「青々」第四号は昭和十七年九月発行で、発行所は京都市左京区南禅寺帰雲院、湯川達典方。編輯者は京都帝大組の湯川、伊達、岩猿敏生の三人で、編輯後記は無署名だが、たぶん伊達の筆と思われる。

「僕たちの『青々』は、僕たちの足跡である。仏足石といふ石があるけれど、あんなものかも知れぬ。夥しい生涯の時間の流れがある。そして、その流れの岸に僕達の生を懐しみ、いとほしみつつ、この『青々』をこつそり置いていくのだ。ふりかへつたらもう四冊、この無償の供物は、流れの岸に点々と置き去られてゐるのではないか。想ひが、この流れを遡る時、それは風の様に、一冊づつの『青々』の表紙をパラパラめくるであらう。……」

そして最後に、同級生、大場順一郎と大蔵誠也の入営を記していた。一浪などの年長の者にはもう召集令状がくる時代になっていた。六月初旬にはミッドウエー海戦で大敗北、続いて米軍のアッツ島上陸、ガダルカナル島上陸……と戦局は逆転の様相を見せていた。

この第四号の巻頭には、斉藤茂吉(17)の第二歌集『あらたま』の有名な一首、

あかあかと一本の道とほりたりたまきはる我が命なりけり

を掲げていたが、やがて戦場に立つ我が身の思いをこの歌にこめたのであろう。

第四号には、岩猿敏生（哲学科）の内外の哲学書、宗教書を読み込んだ宗教論「神聖観念について」、湯川達典（国文科）の小説「北と南」、伊達得夫の小説「心象的雪景色」、福田正次郎（東京帝大国文科）のエッセイ「去年の記帳」など。

湯川の小説「北と南」は、帰郷した折に、一年遅れて九州帝大哲学科に進学した猪城博之と思われる友人と、福高のそばを流れる樋井川の土堤で語り合うシーンなどが綴られているが、こんな会話が見える。

「おい、壮烈な戦死がしたいなあ」

「たしかに、戦争に行けるという気持が、俺たちにある安堵を与えとるからなあ」
「そうじゃよ、俺たちは甘えとるんじゃ。日本ちゅう国体はそんな甘い国体じゃないはずじゃ。おれたちを突き放しても、日本帝国は厳として在るはずじゃ」

やがてみんな召集されて、国体、大日本帝国陸海軍の正体を思い知らされることになる。

伊達得夫の小説「心象的雪景色」には、作者自身の分身とも見える黄昏《たそがれ》太郎と河太郎《がたろ》が登場する。河太郎は河童《かっぱ》であり、なんとなく風貌が河童に似ていた伊達の福高時代の綽名だったが、伊達は学内新聞の記事の署名によくこの「河太郎」を使っていた。

黄昏太郎はその名どおりうらぶれた若者で、さびれた喫茶店の隅っこで、コーヒー一杯でいつまでもねばり、ウェイトレスの少女から「いやんなつちやう、なんて辛気くさいの」などといやがられる男である。

一方、河太郎も似たような男で、二人は毎日のように顔を合わせるが、「お互いに甘え合つている自分自身を発見」するような間柄であり、「自虐は彼等にとって誇るべき習慣であつた」といった暗〜い青春なのだ。

黄昏太郎はお寺の隣りに下宿していたが、墓地のさびしい風景を、彼は「こつそり愛していた」し、雪の降る夜、お寺の娘が気がふれて病院に運ばれると、ぽろぽろ涙をこぼす。雪雲にどんより閉ざされたような小説だが、最後になって、ようやく春が来る。

春が来た。はあるがきいた。

黄昏太郎も河太郎も、その春と共に何処かにあとかたもなく消えてしまつた。作者ひとり、とり残された。作者は、今、大きな本を一冊かかへて、広いアスファルトの路を歩いてゐる。何故、河太郎も黄昏太郎も消えてしまつたのだらうと考へつづけながら。(中略)……涙がにぢんだ。視野がぼけて、太陽は黄色かつた。涙ぬぐつて、あゝ、考へるの止めよ。春の青空は、果てしなく美しかつた。その青にひたすら、吸ひこまれたかつた。一茎のタンポポで、雪の降る夜の物語は途切れたけれど、私はもう、それを惜しまない。一日にして春は来にけり、作者も亦、春の陽炎になつて、ゆらゆら、あの青空に消えて行かねばならぬ。　完(六月十七日)

陽気な博多から古都京都に移ってきた当初、伊達は陰気な街になじめず、ごろごろ下宿で寝ていたり、喫茶店で無為の時間を過したりの、孤独な日々を過していたが、福高時代から短歌をやっていた湯川達典から、福高出身者の短歌会「志賀波会」に誘い込まれたり、一年生の秋、「京都帝国大学新聞」の編集部に入部した頃から、活気をとりもどしている。

この大学新聞の編集部員になって間もない十二月八日、日米開戦を迎えるが、その日のことを湯川達典が「世代の記録」に次のように書いている。その日、伊達と湯川は朝から経済学部の一室で、あらかた編集が終わっていた「青々」第三号に、一年遅れてまだ福高に残っていた猪城博之の「もののあはれについて」が校内コンクールで一位になったと知って、それも載せようと、二人でガリ版を切っていたところ、正午近く、開戦のニュースを知ったという。

そのとき伊達は出来上ったプリントを机にパンパンと叩きつけながら、「おい、もののあはれもくそもあるか。どつかに行こう」といってさつさと片付け、二人で大学の構内を出、近くの京大寄宿舎にいた岩猿をたずね、それからどんなにして連絡をつけたかもう忘れたが、とにかく京大に来ていた旧福高文独のクラスメイトが勢ぞろいして、興奮して語り合いながら京都の街の中をぐるぐる歩き回つたことを覚えている。

「京都帝国大学新聞」では、伊達は有力な働き手のひとりだったが、なかでも、昭和十七年十一月二十日号から四回にわたって連載した「社会事業施設をたずねて」という探訪記事はいい仕事だった。このとき、北上別院にあった司法保護少女施設の六華園で保護主任をしていた篠原志代と親しくなり、戦後、「書肆ユリイカ」を創設してから、有髪の尼僧であった志代と再会し、特異な才能を持ちながら、ひとり身で、着たきりスズメの食うや食わずだった稲垣足穂(18)と引き合わせ、なんとか夫婦に押しあげてやったおかげで、奇人タルホはようやく衣食住にありついたのだった。

この縁で伊達は、タルホの「一千一秒物語」を第一巻、「ヰタ・マキニカス1」を第二巻として、『稲垣足穂全集』を編むことになったが、早すぎた伊達の死で、この全集は七巻で挫折してしまう。

伊達と奇人タルホとの交友はあれこれ曲折もあったが、昭和三十六年一月、伊達の死を新聞で知ったときの驚きを、志代夫人がこう記している。

雪降りの朝だった。朝刊を拡げていた彼は、

「伊達さんが死んだ！」といった。

私はドキッとして、だが聞き違いではないかと新聞をのぞき込むと「死」という活字がはっきりと目のなかに飛び込んできた。一瞬、お互いに深い沈黙に陥った。

私は鼻づまりのかすれ声で、気抜けしたようにいった。

「うそのようですね」

「無理をしたんだなあ。何もかもひとりでやってのけていたから――」

またしばらく沈黙がつづいたあと、窓外に視線を向けていた稲垣は、

「人が死ぬということは、何か清められるような気がするなあ」


（稲垣志代『夫稲垣足穂』）

註解

（1）吉岡禅寺洞（一八八九―一九六一年）福岡市生まれ。本名・善次郎。大正七年、俳誌「天の川」創刊。同十四年、九大俳句会を結成して、横山白虹、阪口涯子などを育てる。同二十年、文語俳句から口語俳句に転向、同三十三年、口語俳句協会結成。

（2）青柳喜兵衛（一九〇四―一九三八年）博多川端の青果問屋に生まれ、福岡商業から早稲田大学商科。在学中、川端画学校で学び、二十二歳で帝展初入選。以後、入選を重ねて将来を嘱望されたが、肺結核で早逝。筆名・川端生樹《いくき》で詩もよく書いた。

（3）太田嘉兵衛（一九〇〇―一九五五年）父は福岡商業の校長を永く勤めた太田徳次郎。福岡商業を卒業して地元の銀行に勤めながら画業に励み、昭和二年、福岡アマチュア洋画会「竹童会」を結成。福商後輩の青柳喜兵衛は親密な画友だった。

（4）牧野信一（一八九六―一九三六年）神奈川県小田原出身。父渡米、母教師で、幼時、祖父母に育てられる。早稲田大学英文科在学中から文学活動を始め、大正十三年、「父を売る子」でデビュー。初期は父や母をこきおろす露悪的な作品が多かったが、ギリシャ哲学を基盤とする独特の浪曼的な作風に変わり、「ギリシャ牧野」と呼ばれる。代表作に「村のストア派」「ゼーロン」「鬼《き》涙《なだ》村」など。昭和十一年、生活苦、創作苦などから神経衰弱になり、自宅の納屋で縊死。

（5）夢野久作（一八八九―一九三六年）「明治、大正政界の黒幕」といわれた杉山茂丸の長男として福岡で出生。幼名・杉山直樹。のち出家したとき泰道と改名。文才にすぐれ、能もよくし、昭和十年、十余年かけた異色の大作『ドグラ・マグラ』をようやく刊行。「九州の怪物」と騒がれたが、同十一年三月、脳出血で急死。『夢野久作全集』全七巻ほか。

（6）二葉亭四迷（一八六四―一九〇九年）尾張徳川藩士の子に生まれ、本名・長谷川辰之助。東京外語露語科中退。郷党の後輩、坪内逍遥と親しくなって文学志向を強め、ゴーゴリ、ツルゲーネフなどロシア文学の翻訳を始める。明治二十年、「浮雲」を発表、近代リアリズム小説の出現と注目される。明治四十一年、朝日新聞ロシア特派員としてロシアに派遣されたが、肺結核が悪化して、明治四十二年五月、帰国途中、インド洋上の船内で客死。

（7）「堺事件」日本が尊王攘夷から尊王開国と大きく舵を切った幕末、乗り込んできた外国兵とのトラブルが頻発したが、その最大の事件が堺事件。慶応四年二月二十五日、堺港で治安警備に当っていた土佐藩士が市中で乱暴を働いていたフランス兵を二十人殺害。フランス側の開戦も辞さぬ抗議で、土佐藩は藩士二十名切腹の窮地に立たされ、犠牲者をくじ引きで選んだ。全員昂然として処刑の座に就き、フランス軍が検分するなかで次々と見事に切腹。十一人まで切腹したところで、フランス側が顔色を失なって中止を申し入れた。この事件は、森鷗外、大岡昇平、日向康《ひなたやすし》などが作品化している。

(8)「天誅組」文久三年八月（一八六三年）中山忠光を盟主とする吉村寅太郎、藤本鉄石、松本奎堂ら尊王攘夷派が京都の方広寺に結集して討幕の挙兵を行なう。奈良の奥の十津川まで出陣して、ここを拠点に討幕運動を広げようとしたが、京都の政変で尊攘派が追われて形勢不利となり、首領の中山忠光は長州に逃れたが、多くの同志が戦死した。

(9) 田尻啓（一九二〇—）北九州小倉生まれ。小倉中学、福高理科、九州帝大工学部卒。福高同級生に、檀一雄の生母、とみの再婚先の先妻の子、高岩和雄がいたことから、高岩家と親しくなり、和雄の異母弟の家庭教師をつとめた縁もあって、高岩とみを描いた小説「もがり笛の女」がある。九大卒業後、三菱石油に入社、取締役になる。

(10) 千々和久弥（一九一九—）福岡県遠賀郡出身。嘉穂中学から福高文科。在学中に「こをろ」参加。島尾敏雄と同居していた時期もあり、島尾の影響を受けて東京帝大東洋史科卒。海軍予備学生になり、三重県で海軍航空隊の教官をしていたとき敗戦を迎えている。戦後、西日本新聞社に入社、文化部長、資料部長などを歴任して退社。

(11) 高見順（一九〇七—一九六五年）福井県出身。本名・高間芳雄。当時、福井県知事だった坂本釤之助の子として出生。東京で育ち、一高、東京帝大英文科卒。在学中左傾して逮捕歴もある。昭和十年、「故旧忘れ得べき」が第一回芥川賞の有力候補となって注目され、作品多数。食道癌にとりつかれてからの詩集『死の淵より』もある。
(12) 湯川達典（一九二二―二〇〇四年）長崎県五島生まれ。門司中学から福高文科、京都帝大国文科卒業。福高で同クラスになった伊達得夫、那珂太郎と親交を結び、エッセイ「プロフィール」で伊達、那珂の若き日の姿を活写する。戦後、福岡市の西南学院高等部で永く国語教師を勤めながら、同人誌「海図」「詩科」「記録と芸術」などで、詩・評論活動を続けた。著書に詩集『とある日の歌』『流れのほとり』『ろうそくの火』、評論集『文学の市民性』など。
(13) 猪城博之（一九二二―）博多川端生まれ。生家は明治二十三年創業の博多活版所（戦後廃業）。九州帝大在学中、湯川達典らと聖書研究会を組織して、昭和十八年十一月、田中小実昌の父田中遵聖師から湯川らと共に洗礼を受ける。同年十二月、福岡の陸軍歩兵第二十四部隊に入隊したが、肺結核で久留米の陸軍病院に入院中、原隊は南方戦線に送られてほとんど全滅。哲学者となり、昭和四十五年、九大文学部教授。
(14) 二村定一（一九〇〇―一九四八年）山口県下関市出身。本名・林貞一。大阪医学専門学校を中退してジャズ・シンガーになる。昭和四年、「私の青空」「アラビアの唄」がヒット。同八年、榎本健一（エノケン）と組んでエノケン一座を結成して活躍。
(15)「筑紫新聞」明治維新後、文明開化の潮流に乗って各地で小新聞が発行されたが、福岡では、西南戦争さなかの明治十年三月に創刊された筑紫新聞が本格的な第一号となる。この発行に力があったのは、新聞に情熱を持っていた博多中島町の藤井孫次郎で、初代編集長には久留米から編集経験がある植木園二を招いている。この筑紫新聞が曲折を経て福岡日日新聞、西日本新聞に発展する。
(16) 柳家金語楼（一九〇一―一九七二年）落語家。東京生まれ。本名・山下敬太郎。二代目三遊亭

金馬に弟子入り、大正三年、小金馬の名で真打ちになる。昭和二年、柳家金語楼と改名、軍隊生活をネタにした兵隊落語で売り出す。筆名、有崎勉で多くの新作落語を書き、喜劇俳優としても活躍。
(17) 斎藤茂吉（一八八二—一九五三年）山形県出身。旧姓、守谷。東京帝大医学部卒。精神科医の斎藤家の養子に迎えられ、養父、斎藤紀一の青山脳病院を継ぐ。明治三十八年、歌人、伊藤左千夫に入門して歌作を始め、大正二年、左千夫の急逝後、第一歌集『赤光』を刊行、その強烈な生命感によって大きな反響を呼ぶ。以下、続々と歌集を刊行。大正・昭和前期の最も代表的な歌人のひとりとなる。昭和二十六年、文化勲章。
(18) 稲垣足穂（一九〇六—一九七七年）大阪出身。関西学院普通部卒。前衛芸術に関心深く、大正十二年、『一千一秒物語』を出版、その特異な才能が注目されたが、アルコール中毒、ニコチン中毒で文壇から姿を消し、戦時中は貧困、無頼な日々を送っていたが、伊達得夫との縁で戦後復活。『弥勒』『ヰタ・マキニカス』などでタルホの名が高まる。昭和四十四年、『少年愛の美学』で日本文学大賞。

文化翼賛のなかで

ふたたび、「こをろ」の歩みに戻る。

再出発の第六号は、昭和十六年三月二十八日の発行で、編輯発行人は従来通り真鍋呉夫。表紙は郷土出身の画家、坂宗一の野趣溢れる絵で飾られ、なにやら面目一新の感じはあったが、表紙裏に記された「友達」は二十八名に止まり、前年十二月の「同人」四十九名から激減している。解散・再編問題をめぐって矢山となぐり合いの喧嘩までした川上一雄や、解散を強く主張した小山俊一は加名せず、矢山と長崎高商組をつないだ中村健次は出征中だった。

創刊当初のメンバーから残ったのは、矢山哲治、島尾敏雄、真鍋呉夫、阿川弘之、鳥井平一、吉岡達一、安河内剛、大野克郎、川崎寿美男、古賀政久（筆名・望月藤吉）、佐藤昌康、志佐正人、冨士本啓示、村橋多真雄、山下米三の十六名だけ。

四月七日の「友達会」（同人会）では、火野葦平の末弟、玉井千博《ちひろ》(1)（九州帝大社会学科）などの入会が認められたが、川上一雄と小山俊一の復帰には異論が出てこのときは見送られている。しかし、川上と小山は、「こをろ」には強い愛着を持っていたので、のちに復帰する。

第六号の主な内容は、矢山哲治訳、ドイツの詩人、ストラハイツの「独逸詩物語」。なぜ矢山が中世ドイツを舞台にした物語詩に心ひかれたのかよくわからないが、十九世紀前半、二十五歳

「こをろ」６号表紙
（『復刻版こをろ』言叢社）

で夭逝した詩人の古典派的詩業に共鳴するものがあったのだろうか。訳詩は悪くない。

前年九月刊行の矢山哲治第二詩集『友達』について、真鍋呉夫と鳥井平一が書いているが、真鍋の評は前述した。

小説は短篇五篇。阿川弘之「三月」、島尾敏雄「暖き冬の夜に」、望月藤吉「雪」、土師二三生「泥の冠」、海法昌裕「妹」。

阿川弘之「三月」は、旧制広島高校の卒業祝いでクラスメートと宮島の牧場に遊びに出かける話だが、淡々と青春の一駒を描いた小説。戦争の暗い影はない。

島尾敏雄の「暖かい冬の夜」は、阿川の小説とは全くスタイルが異なっていて、「僕」とともにその分身のような「酒匂京平」が登場し、二重の視点で「僕」の危ふげな存在を問い正そうとするかなり実験的な小説。

僕は酒匂京平を旅に出さう。旅についてのいろいろな先人の書いたもの、それは妄執となつて京平に襲ひかゝつて来るであらう。旅に出るとは一体何のことだ。之もひとまね、何かに似てゐるのだらう。旅に出る事についてすら、先人の妄執がうるさい。僕は、京平を追ひたてる。京平君、僕を想つて、旅に出て下さい。

「こをろ」7号表紙
（『復刻版こをろ』言叢社）

即物的な旅の陳腐さを自戒しながら、ここには、失ったものの甦えり、柔軟な精神の多様性などを、旅に求める島尾の志向がうかがえる。長崎高商時代のフィリピン旅行、満洲旅行、深刻な家庭の事情を招いた『死の棘』一件後の奄美大島移住など、その証左といえよう。

この第六号の発行に先立つ三月十日、矢山哲治と修猷館―福高理科の同期で、仙台の東北大学理学部に進学していた安河内剛(2)が広瀬川河畔の病院で病死した。すでに両親は亡くなり、看護に当っていた妹に、死の前日、こう言ったという。

「ビールでも一杯飲むか」。

安河内は体格がよく、福高時代はラグビー部で活躍したが、腹部の癌には勝てなかった。

「こをろ」第七号（昭和十六年六月発行）は「安河内剛特集」を組み、巻頭に、髭ぼうぼうで病臥した姿を鉛筆で素描した自画像、病中吟、遺稿（友人への手紙）を掲げている。

窓のしたには川が流れてゐる、と
私に木の葉が囁いた。
河原に遊ぶ牛の姿や、
雨が降つたと言つては、水盛が増したと、
私に木の葉が囁いた。
貴方の窓の下に、色んな楽しい事
があるのだと、

窓一杯を被つた木の葉は
私の窓の下を告げるのだつた。
寝てゐる私には、木の葉と空しか
見えない。

安河内剛はいささか世間離れした純情素朴な男で、福高時代、前借で逃げられないと訴える酒場の女給にすっかり同情して、二人で朝鮮へ出奔しようとしていたところを刑事に捕まったこともあった。

この一件を、吉岡達一が、「こをろ」終刊号の第十四号（昭和十九年四月発行）に小説「寒夜」で書いている。矢山もすでに亡く、矢山、安河内のレクイエムともいえる小説だが、矢山、安河内、吉岡は三人とも修猷館出身で、矢山と安河内は同期の親友、吉岡は一級下だった。「寒夜」には、女給と朝鮮出奔未遂の一件がこう書かれている。

その秋、藤村（安河内）にこんなことがあつた。ある酒場の職業少女を、そのつとめ先から無断でつれ出して何処かへ出奔しようと考え、百貨店の旅行案内所で一緒に切符を買つてゐるところを刑事につかまつたのである。彼はその少女を混濁と絶望の中にあはれにも咲いた一輪の花だといふ風に信じこんでゐて、彼にしてみれば、なかなかこれは浮ついた沙汰ではなかつたのだが……。

喫茶店で刑事にしぼられているところへ、たまたま矢山と吉岡が入ってきて、女給と並んで、刑事からお説教を食らっている安河内の姿を目撃する。刑事が女給を連れて立ち去ったあと、矢山と吉岡は「あの男は刑事じゃろが。何事《なんごつ》や？　なんばしたとか」と問い詰めるが、安河内は口ごもりながら「ようわからん」。

しきりに煙草をふかしていた梅原（矢山）が、あきれたやうな声を出した。
「お前の一人芝居たい。馬鹿たれが。向ふははじめからお前やらについてゆく気なんかありはせんのやらうが。お前がちやんとした社会人ならいざ知らず、誰が夢遊病者みたいな奴の相手するるか。」
「いや、あいつは違ふ。少くとも俺といふものがよく解るやつだ。来ると決めたら飢え死してもついて来るんだ。」
その自分の言葉に興奮し、藤村はそつぽを向いてだまつてしまつた。

そんな安河内剛を、矢山は「ブタの尻《けつ》」と呼んでいた。規格はずれの安河内の言動を見ていると、そんな感じがするというのだが、無知ながらかわいげもある、といった意をこめていたのだろう。

この第七号の追悼特集のなかで、矢山は安河内を偲ぶ「むかしの歌」と題する追悼文を書いている。昭和十五年の二月、矢山は上京したついでに、仙台まで安河内に会いに行く。「ブタの尻」

が仙台で何をやらかしているか心配になつたのだ。

やうやく下宿を尋ねると、クラス会で作並温泉に出かけたといふ。私は仙山線で雪深い暗夜の山湯まで追つた。無遠慮に唐紙を開けたら、大勢の酒席のなかから、おおツと例のどもつた声をあげ、無表情なほど大きな眼を見張つて立ち上って来、私達は隣室でものも云はずに角力をとると、それからどつと倒れて、お互いに首に腕を巻いてはつはつと笑つた。

矢山と「ブタの尻」はそんな親友だったのだ。

安河内が入院した十五年の秋、真鍋呉夫は島尾敏雄と連れだって安河内を見舞っていた。そのときのことを、

「アナタノ枕許ニ、プウシキン全集ガ積マレテアリマシタ。

アナタハ窓ノ外ヲ眼デサシテ、美シイ風景ヲ〈ミユンヘン〉ニナゾラヘナガラ、伸ビタ髭ヲマサグツテ破顔シマシタ。……ボクハ、机ノ上ノオ母サンノ写真ヲソツト見テタチアガリマシタ」。

この「安河内追悼特集」に、東北帝大理学部教授、本多房男も寄稿しているが、そのなかで、「クラス十五名の内で、長身で立派な体格の君は、寡言にして飾なく、科学者といはんより芸術家の要素を多分に持つてゐる人の様に私には思へた」と安河内観を述べ、こんな思い出を記していた。

「或る小春日和に私共数人と仙台付近の八木山なる遊園地に遊んだ時の事であつた。その途中の坂道に難渋せる老人の荷車を見て、君は衣服の汚るゝも厭はず敢然と、あとおしした君の姿、君への感謝の瞳をうるましたその老ひし人の姿と共に、私共は君の噂をする時話し合ふのが常である」

矢山が親愛をこめて呼んだ「ブタの尻」はそんないい男だった。

第七号にはほかに、島尾敏雄「詩三つ」。小説三篇。「こをろこをろ」欄に真鍋呉夫ら三人。あまり見るべきものはない。

この頃、昭和十五年十月に結成された大政翼賛会に呼応するように、全国各地で文化翼賛団体が結成され始めていた。

福岡県ではまず、「福岡日日新聞」（昭和十七年八月、九州日報と合併して西日本新聞）の学芸部長を永く勤めた黒田静男[3]が音頭をとって、昭和十六年一月、九州文化協会が結成されたが、組織は広がらず、同年三月三十日には、小倉で火野葦平、劉寒吉、岩下俊作らが北九州文化聯盟を組織、さらに五月二十五日には、原田種夫、山田牙城、斎田順らが福岡地方文化聯盟結成と、三派分立となる。

黒田静男の九州文化協会は、文学愛好団体に止まらず、あらゆる文化団体に大きく網をかけて、大政翼賛運動を組織しようとしたものだが、まず自分たちの足元を固めるのが肝要と反撥が起こって、北九州文化聯盟が結成され、福岡はそれに「右に並《なら》え！」した。

北九州文化聯盟の参加団体を見ると、北九州文学者会、北九州詩人協会、北九州俳句作家協会、北九州歌人協会、北九州川柳協会、北九州美術家聯盟、北九州児童文化協会、北九州音楽協会、北九州映画文化協会、北九州演劇協会、北九州舞踏家協会など十八団体で構成されている。

福岡地方文化聯盟もほぼ同様の組織だった。

この福岡地方文化聯盟に「こをろ」も参加を呼びかけられて、四月二十日の準備委員会には、矢山哲治、島尾敏雄、村瀬多真雄の三人が出席、矢山と島尾は準備委員を依頼されている。

五月一日には、福岡地方文化聯盟主催、朝日新聞社後援の「翼賛文化を語る座談会」が東中洲の清流荘ホテルで開かれ、島尾が矢山の代理として出席している。当日の出席者は、火野葦平、劉寒吉、岩下俊作、矢野朗、原田種夫、山田牙城、斎田順など、北九州と福岡の文化聯盟の頭株だった。口の重い島尾は若輩でもあるし、おそらく聞き役だったことだろう。

しかし、五月二十五日の福岡地方文化聯盟発会式には、「こをろ」からは誰も参加していない。なぜ誰も出席しなかったのか？

発会式の翌日（二十六日）、矢山は親しくなっていた「九州文学」同人の田中稲城《とうじょう》(5)（福岡県八女郡矢部村の自宅で療養中）宛の書簡に、発会式不参は屋形原《やかたばる》（福岡市郊外）の山林火災の実地調査のためだったが、夜の講演会は聴きに行き、火野葦平と二人で話し合ったことなどを記し、こう続けていた。

私は、文化聯盟にも、きはめて批判的であり、又、消極的な態度をとつて来ましたが、今日

からは、自分の良心にかなふ程度に、積極的になります。勿論誰かに頼まれたわけでもありません。（中略）

私としては、黒田氏のやり方は反対ですが、たとえ出発の理由が大義名分であったにせよ、うやむやに始めたことが、文化聯盟をどうにかつくりあげたもの丶、砂上の楼閣にすぎぬことは、万人に一見できるはずです。

そして、いずれ田中稲城が住む筑後地方でも、文化聯盟結成の動きが強まるだろうが、「反動家の跳躍する前に、私達の血の純粋を保つために、私たちが、闘はねばならぬと思ひます」と、時局便乗の野心家たちの跳梁を許してはならぬと訴えている。

同日、この年の春に矢山のすすめで東京・お茶の水の文化学院に入学していた真鍋呉夫への封書にも、この文化聯盟問題を書いていた。

……福日の講演会で、火野先生に逢ひ、二人きりで二〇分ばかり言ひたいこと言つた。福岡の九文（九州文学）の連中はなつちよらん。今日まで元気がなくて、肚が決まらずにゐて、消極的だつたが、火野先生のため、かげで努力するかくごだ。福岡は尻の穴の小さいやつばかりだ。

さらに六月十四日の真鍋呉夫宛封書には、農場の労働に疲れ切ったが、第八号に発表する小説「十二月」の初稿八十五枚を腹這いになって書きあげたことなどを書いたあと、「文化聯盟、文化協会の問題には近づかぬことにした」と記している。

もともと不毛の対立であり、文化協会には福高教授の秋山六郎兵衛などが所属していたこともあって、内輪喧嘩にかかずり合うのはもうゴメンだと思ったのだろう。

八月には、北九州文化聯盟と福岡地方文化聯盟が合流して福岡県文化聯盟になっていたが、文化協会、文化聯盟がようやく手を結んで「福博文化聯盟」に一本化されたのは、真珠湾攻撃、日米開戦直後の十二月十三日のことだった。

「決議」にいわく。

「畏くも宣戦の詔書渙発あらせられ茲に米英を敵とし大東亜共栄圏の新秩序運動のため祖国は国家の総力を挙げて決然起つて膺懲の聖戦を決意す我等は重大なる時期を確認し国民精神の結束を図り国策に合致せしめ聖戦目的完遂に邁進せんことを期す」

そんな「翼賛、翼賛」の大合唱が広がるなかでの「こをろ」刊行だったが、矢山は「こをろ通信」で第七号の貧寒さを嘆いている。

「手にとってみて貧しいのに驚く。〝重量がないのだ〟、きれいではあるけれど」

第八号は昭和十六年八月五日発行で、真鍋呉夫が文化学院に進学したため、編輯発行人は矢山哲治に代っている。

内容は矢山の小説「十二月」、島尾敏雄「呂宋紀行」（最終回）、富士本啓示の小説「花信風」（上）など。矢山の小説の代表作といえる「十二月」はこんな書き出しで始まる。

「紅の山がきみの肩の上。」

ポケツから取出した広告の裏に書いてみた。お茶を喫つた後だつた。高校三年生の太郎はペンシルに紙片をつけて二つちがひの女友達である利子に返すと、もう一本袋からそつと煙草を抜いた。

――戴いていいの。」

利子は一日の快い疲労にすつかり両肩を落してしまつて、手製の黒いビイズのバッグを開けたりなどしてゐたが、その紙片の両面をためし見て黒い瞳をあげた。ものを云ふと唇もとに片ゑくぼができた。

「こをろ」8号表紙
（『復刻版こをろ』言叢社）

太郎は矢山、利子は矢山没後、矢山を主人公にした長篇小説『お前よ美しくあれと声がする』を書いた松原一枝である。なおこの題名は矢山の詩のエピグラムから採られている。

この冒頭のシーンは、矢山が福高三年生の昭和十三年十一月三日、明治節の日、太郎（矢山）、利子、九州帝大工学部学生の安永一（モデルは福高第十二回理科卒の赤塚夏樹）と三人、福岡市近郊の宝満山《ほうまんざん》に登り、日暮れになって急ぎ下山、安永と別れたあと、二人で博多の喫茶店で憩ったときの情景である。太郎は、朝鮮の京城（ソウル）育ちで父の故郷の福岡へ帰って来て、「九州文学」に参加、小説を発表していた利子に惹かれていたが、利子は二つ年下の太郎を軽く見ていた。そして、工学部ながら文学青年でもあった安永とつき合っていた。そんな微妙な三人の関係を軸にこの青春小説は描かれる。

この宝満山登山のあとが、前出の杉原民蔵（立原道造）との出会いであり、立原との交友は第二章で前述した。

冨士本啓示「花信風」（上）は男っぽい筆致で面白い。

冨士本は小倉中学—長崎高商—九州帝大と進学。島尾とは「十四世紀」以来の親交があり、冨士本が下宿していた九大近くの箱崎網屋町御茶屋跡の下宿に、彼が出たあと島尾が入るといった仲だった。

「花信風」は冨士本の小倉中学時代を舞台に、生意気ざかりの五年生の裕が、通学列車で眼をつけた女学生になんとかして接近しようとしたり、仲間の埋立地での決闘に立ち会ったりといった日々の、女学生とは口もきけなかった当時の中学生の憤懣を貯め込んだ思春期の生態を、リアルに克明に描いている。

この第八号刊行と同時期の「こをろ通信」には、文化学院に進学した真鍋呉夫が長い手紙を寄せ、第七号までをじっくり読み返しての思いをこう綴っていた。

……疲れてしまつて、肉体まで少しいため乍ら、僕が書架からとり下したのは、七冊の「こをろ」でした。それが今では何か啓示のやうに思はれます。毎日、折にふれては読み返してゆくうちに、僕は次第に眼がさめてくる思ひでした。自分の姿が、だん〳〵明らかに浮び上つて来ました。その姿は卑小な（全く現実の僕の通りに）ものでしたが、それを素直な気持で考へ、反省することが出来ました。少しはその姿に自己嫌悪的なものを感じなかつたとは申せません。しかし、今は、少しも、無気力ではありません。大いに元気です。あるがままの現在の自分の姿が無力で貧しかつたからといつてそれを嫌悪してゐても、何もならぬと思ふからです。無力で貧しいからこそ、一歩、一歩、歩み出さねばならぬと思ふと、元気が溢れてきます。

真鍋呉夫にとって「こをろ」が如何なる存在であったか、よく物語っているが、彼はいつも矢山が望む「精神の気圏」のなかに居た。

「こをろ」第九号は昭和十六年九月十五日発行。表紙に「二周年記念号」と銘打たれ、裏表紙に、真鍋の第一句集『花火』の広告が載せられている。「限定百部で頒本僅少なのでお早い註文を」と。

主な内容は、佐藤昌康「科学者の精神について」、島尾敏雄「熱河紀行」、矢山哲治「火野先生」、矢山「鳥」（詩三篇）など。

東京帝大医学部に進学した佐藤昌康の論考は、杉靖三郎⑤『生命と科学』に関するもので、科学は単に対象的認識の学に止まらず、もっと我々の主体的立場で考えるべき学問だとして、杉靖三郎の新著に共鳴している。

矢山の「鳥」三篇のうち、最後の一篇を紹介する。

おなじ枝になきつつをりしほととぎす
こゑはかはらぬものとしらずや
（和泉式部日記）

わたしは鳥
もう一羽の鳥によびかける
日が暮れるまで
羽がくたびれるまで飛んでゐようよ

わたしは鳥
もう一羽の鳥によびかける
夜が明けるまで
羽が休まるときまで翔けてゐませう

平明な詩だが、「こをろ」の友達に呼びかける矢山の深い思いをこめた肉声と聞こえる。それは、やがて戦場へ出で立つであろう若者の絶唱でもあったろう。
矢山はこの号に「火野先生」も書いている。矢山にとって、郷土出身の作家では、敬愛した檀一雄は別格として、火野葦平は最も注目すべき作家であった。だからこそ、文化協会と文化聯盟の対立を蝸牛角上の争いとそっぽを向きながらも、火野先生のために陰で尽くすと揚言したのだ。この火野葦平論を書く動機となったのは、「文芸」八月号の岩上順一[6]の火野葦平論だとしている。岩上は「火野は人情家であり、それは一つの美徳だが、しかし、人情家が芸術上の冷徹な追求精神を阻止し始める瞬間から、彼にとっての悲劇が始まる」と厳しく指摘していた。

私は岩上氏の文章を読みながら全身に疼痛を覚えた。一息に読み切れないほど疲労した。この評論家の利刀に切られてゐるのは私の肉体のやうに感じたくらゐだ。私は岩上氏の文章が明晳な観念であるなら、その評論につけられた火野先生の風貌が、対蹠的に未知の肉体を顕現してゐるものとして、「自他を宥恕せんがため」「衝突を和解するものの自己表現」として、自分の文章を書こうと思つた。

「こをろ」9号表紙
(『復刻版こをろ』言叢社)

批判された火野葦平に身を寄せる立場を明らかにしながらも、火野の人気作家としての成功と、地方文化人としていちはやく北九州文化聯盟を組織しての翼賛文化運動への献身との間に自分を置いてみると、「あるイロニイを感じて落着けない」と正直な心情も記している。そして、文学と生活を両立させることの難しさを嘆じながらも、火野葦平をこう評価する。

作家・火野葦平は、三年の戦場生活でも変らなかつた。いな、大正末期における最初の出発を踏みはづさなかつたとも言へようか。彼は相変わらずに「とらんしつと」[7]詩人だつた。散文の魔術に敗北した抒情詩人だつた。さうした彼の文学的な足跡といふものを評論家が看過したばかりでなく、またかうした反省を大衆は必要としなかつたのは当然であらう。

と、火野の文学の本質を的確に読みとり、兵隊三部作の成功で「兵隊作家」の重荷を背負わされてしまった火野の不幸をこう書く。

文壇人と世間人が、火野葦平に期待したもののあまりに相違するのは、彼の混乱でも無能でも彼一個の制約でもなく、云はば今日の要求であり現実の規定でしかなかつた。そして、火野葦平はそのやうな存在として敢闘し、現に私達の眼前にその肉体を露呈して努力を傾倒してゐるのである。

矢山たちが「兵隊」になる時も刻々と迫っていた。すでに「こをろ」友達では、百田耕三、中村健次に続き、土師二三雄、村瀬多真雄も召集されていたが、十月二十二日には、昭和十七年度の卒業生から大学・専門学校・高等学校の学業年限（三年）を六か月短縮と決まったので、大学生も高校生も二年半で学校から押し出されることになり、十七、八年から学生も続々入隊という時代を迎える。

十二月八日、日本軍の真珠湾奇襲攻撃、マレー半島上陸、米英に宣戦布告で太平洋戦争が始まるが、その翌日の九日、九州帝大新聞部に所属していた矢山哲治と冨士本啓示は警察に連行されて取調べを受け、数日拘留されている。九大新聞部は左翼と見られていたし、「こをろ」も発禁や鋏禍に再々遭っていたので、矢山と冨士本は警察にマークされていたのだろう。そのせいか、矢山も冨士本も入隊後、高等教育を受けた者にはその資格がある甲種幹部候補生試験で不合格となっている。

この頃、九州帝大法学部経済科から東洋史科に再入学して、また一年足踏みしていた島尾敏雄は、伊達得夫が住みつき、障子に「次郎長の家」と大書していた市内靖国町の陸軍墓地近くの下宿に、まだ福高に居残っていた千々和久弥と同居していたが、こんな近況報告(十一月二十五日)を「こをろ通信」に寄せていた。

　千々和と共同生活を始めてから三カ月にならうとしている。借りてゐる部屋は山の中なので此の頃は日が暮れて帰ることが多い。木蔭のトンネル道を通る時月夜と闇夜とは大へんな違ひだ。此処に引移つてからどんなにお月夜が待遠しいことか。五日の月あたりから夜空はだんだん冴えて来始める。地上の万象はいよいよ黒く佇み見上げる大空はいよいよ青く氷りつく。僕は真黒な小さな影に過ぎない。墓石は水晶塔になつてしまつた。どこからともなく柊の花のすつぱいかをりが口の中に広がる。長い闇夜の後の氷輪がこんなにもうれしいものか。今日かうしてあることのよろこび。……

島尾はそんな暮らしのなかでせっせと本を読んでいた。その読書のなかには中国の古い歴史書や、『水滸伝』『紅楼夢』『支那現代史』など中国関係のものが多かった。

この秋、矢山、島尾らは徴兵検査を受けたが、甲種合格は矢山哲治と冨士本啓示の二人だけで、小山俊一は第二乙、島尾敏雄は第三乙。平時なら小山や島尾は軍隊にお呼びでない体格劣弱者、病気もちだった。その島尾が海軍中尉となって特攻ボート「震洋」の隊長となり、甲種合格の矢山と冨士本は思想が悪いと、甲種幹部候補生失格、陸軍二等兵としてしごかれることになる。

この徴兵検査時、矢山の肺結核は歴然とあったはずだが、胸部X線検査などないので、見た目の良さだけで甲種合格にされている。逆に、いつも顔色が悪かった島尾は胸が悪くないのに「胸部疾患あり」とされ、役立たずの第三乙種と判定されていた。

矢山は入隊前の昭和十六年十二月、第三詩集『柩』をこをろ出版部から限定百部で刊行した。題名の『柩』には、いずれ戦地へ赴く身の片身とする思いがこめられていたのだろう。「母ふさに」と献辞されているところにも、矢山の決意が偲ばれる。

松原一枝が矢山を主人公とした長篇小説の題名とした「お前よ美しくあれと声がする」の一句も、この詩集に入っている。

「父・母」という詩もあるが、冒頭に置かれた「優しい歌」を引く。

闇はひそかに敵をかくしてしづまつてゐた
隊には薬莢一つもう残つてゐない
あのやうに頼母しくおもつた友情すら
あとかたもなく消してしづかな夜を迎へてゐる

ながいこと気をうしなつて冷い風にさめ
若いひとりの兵は空つぽの弾盒を腰からはづす
ふたたび失神しさうな疲労に銃を抱いて凭れかかる
壕のなかで兵は朝のみじめな死を待たうといふのか

ふたしかな姿勢でふたしかな均衡で眠りかけたら
兵のからだはいつか支へられ揺られはじめる
暖くけつして柔らかくはない分あつな掌に……

兵は起きた —— 東の空はあぢけなく白む
たちまちきれぎれの旗を奪つて敵の火器の在りかへ
壕を走り出た兵は遠雷のやうな友軍の砲撃を聴く

すでに矢山は戦場に於ける己れの姿をイメージしている。

第十号は、日米開戦後の昭和十七年三月二十五日発行。編輯発行人は矢山哲治だが、この時点では、矢山はすでに久留米の部隊に入隊していた。「あとがき」は真鍋呉夫が書いている。

「畏き大詔を拝して、私たちの決意は愈々堅い。激しい、しかし生き甲斐のある世に生まれ合わせたものだと思ふ。私たち世代は恒に成りつつあるものである。「こをろ」十号もかうした私たちの隠微な一道程をありのままに現しているに違ひない。（中略）

今日、私たちは六人の『友達』――矢山哲治、冨士本啓示、大野克郎、山下米三、志佐正人、海法昌裕の六君を、醜の御楯として、大君のみ前におくる」と記している。

矢山哲治らは、本来は昭和十七年三月の卒業だったが、三か月の在学年限短縮で、十六年十二月に繰り上げ卒業になっていた。とりあえず就職口を探さねばならなくなり、十一月、朝日新聞社を受験、内定を得たが、徴兵検査で甲種合格となったため、当然入隊を覚悟せねばならず、朝日入社を果たさないまま、十七年二月一日、入営の日を迎えている。同日入営組には、矢山のほか、冨士本、大野、山川が居たし、矢山と一緒に九州帝大農学部を卒業した小山俊一は陸軍軍属となる。

この五人の壮行会が、一月八日、十三人が参加して、博多の春吉橋のたもとの「かき福」で開かれ、その席での寄せ書きに矢山は、

「これやこの
いのちの別れ

また逢ふ日
もあらばあれ
われはをのこ也
　　哲治」

と、筆太の墨字で書いた。

二月一日、矢山哲治と大野克郎は久留米の五十一部隊、山下米三は同四十八部隊、冨士本啓示は小倉の歩兵一一四聯隊に入隊した。

その入隊前日の一月三十一日、矢山は東京の松原一枝に次のような葉書を出している。

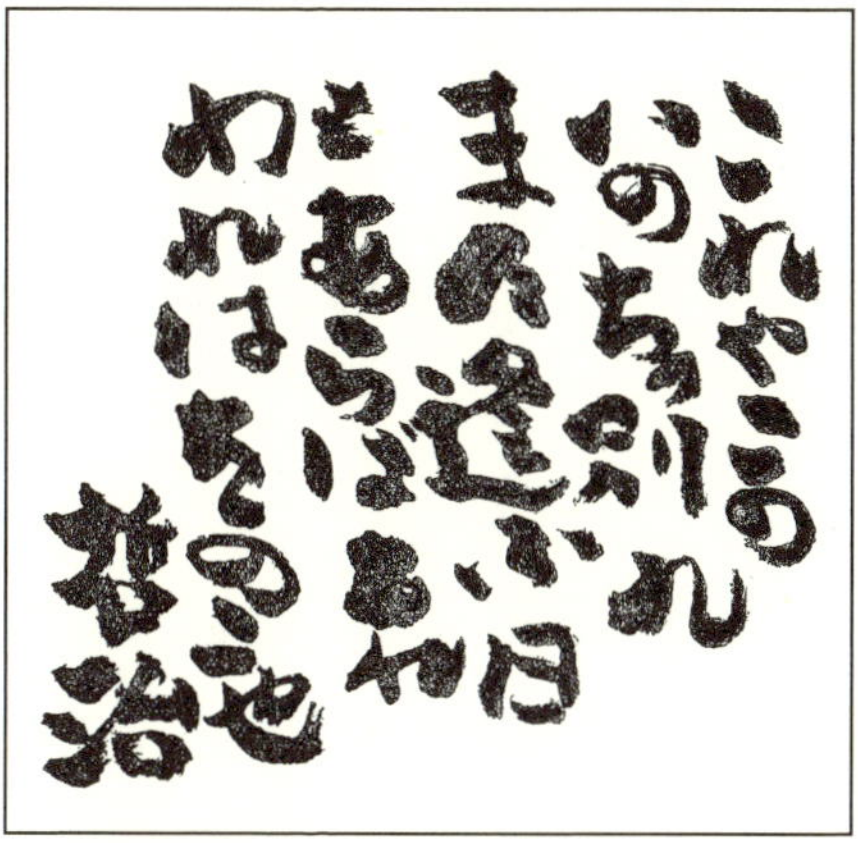

矢山哲治の筆跡「こをろ13号」
（『復刻版こをろ』言叢社）

　小扇ときれいな守袋有難う存じました。嬉しうございました。とりわけ小扇はたのしうございます。最後の一夜眠れず、たうとう凍える肩を抱へて朝になつております。（中略）

　自分が変りきれないのに、同じ過失や悔恨に苦しんでゐる自分であることに、一夜、いまさらに驚きます。でも、まあ、生きてゐれば、いつか救はれるでありませう。ただただ、ひとを傷つけることの多く、そのやうな性格であらうかと憮然といたす者です。（後略）

翌二月一日朝、矢山は久留米の部隊に入隊、陸軍二等兵となる。

一方、第三乙で兵役を免れた島尾敏雄は、冨士本啓示が入隊したあと、冨士本が下宿していた箱崎網屋町御茶屋跡の藤野慶次郎方へ移るが、この年四月、大阪外語英語学部を出て九州帝大東洋史科に入学してきた庄野潤三(8)と親しくなる。

庄野潤三は大正十年二月の大阪生まれで、大正六年四月生まれの島尾よりも四歳年下だが、九大入学後も、経済科から東洋史科に入り直した慢々的《マンマンデ》の島尾は一級上だった。庄野入学時の東洋史科は一～三年生合わせてわずか六名だったので、みな親密になる。

庄野潤三は九州帝大時代の島尾敏雄との交友を、当時の日記、その日記を元にした小説「前途」や「文学交友録」などで事細かに記している。まず二人の出会いを「文学交友録」から引く。

最初は東洋史の研究室で島尾と一緒になった。私は（大阪）外語英語学部の一年上級で、九州大学に入って専攻に東洋史を選んだ辻豊から、島尾が文学志望で小説を書いていることを聞かされていた。

島尾は顔色がよくなく、陰気なように見えたが、人なつこく無邪気なところがあって、とっつき難い人物ではなかった。

二度目か三度目に研究室で、島尾の方から、ちよつと僕の下宿へ寄って行かないかと声をかけられて、大学に近い箱崎にある島尾の下宿へ行った。道路に面した二階の落着いた部屋で、私は一目見て、いい下宿にいると思った。

庄野は入学時は九大から遠い薬院の下宿にいたが、この年の九月、繰り上げ卒業の先輩が住んでいた箱崎白浜町の下宿に移って来たので、島尾の下宿とは目と鼻の先になる。
庄野は、島尾の紹介で、福高文乙から九大哲学科に進学していた「こをろ」友達の猪城博之とも親しくなり、猪城からドイツ語を習ったり、猪城と二人で同人雑誌「望前」の発行を計画したりする。この「望前」は、猪城が推薦した福田正次郎（那珂太郎）の小説「ららら ん」（前出）の評価をめぐって意見が対立したりして、同人誌計画はご破算となるが……。
以下、庄野の小説「前途」から引用する。庄野は漆山、島尾は小高民夫、猪城は蓑田で登場する。

昭和十八年三月九日の日記
（筆者注　西洋史の試験が終わったあと、親しい仲間四人、漆山の下宿で餅を焼いて語り合っている）

文学の話、同人雑誌の話をする。小高はこの頃、気持が昂揚しているように見える。しばらく離れていた「こをろ」にも復活した。
彼は僕に本棚を五円で売る、室《むろ》に小机を三円で売る。（中略）
蓑田は学校に用事があるので別れ、三人で八百重へ行き、酒、すき焼き、それから天ぷら（音羽）へ行く。小高だけどぶろくを飲む。それから「川丈《かわじょう》」(9)へ行き、いちばん正面で並んでみた。ここは博多でただ一つの軽演劇の小屋で、川丈劇団の一座がいる。

帰り小高の下宿へ僕だけ寄る。落着いて彼の県商時代（神戸商業）の九州登山旅行の話や長崎高商の柔道部にいた頃の話を聞く。小高は、非常に純真になる時がある。何か一途になって話し込む。こんな時の彼は好きだ。十二時半別れ、本棚をかついで帰る。

島尾が本棚や小机を庄野たちに売ったのは酒代稼ぎもあったろうが、そろそろ身辺の整理をしておかなくては、という思いもあったことだろう。

同年七月六日の「庄野日記」には、島尾の海軍予備学生志願のくだりが出ている。

お湯の中で肩を並べると、小高が云った。「海軍予備学生の志願表を学校に出して来た。一昨日の晩、室のところへ行って、それから久地のところへ行って予備学生の申込書をみたのが運の尽き、そのまま駅へ行って、神戸の家へ帰って、父親に話した。親父は顔みるなり、相談ごとのあるのやろうと云って、始めから分っていた。お前も長いこと、ふらふらしとったが、やっと正業についたなと云ったよ。ゆうべ帰って来て、今日、一日遅れたけど、学校へ持って行って来た。さっきから君に云おうと思うて、うずうずしとったんやで」

小高は一息にそれだけ云って、湯気で上気した顔を手拭でひと撫でした。

僕は大へんうれしかった。そして、興奮した。

「戦友別盃の歌を作らんならんな」と云った。

それにしても、あまり戦争風に吹かれていなかった島尾が海軍予備学生を志願するに至った心情は如何なるものだったのだろうか。島尾の小説「魚雷艇学生」のなかに次のような記述がある。

私はというと、この所で過去は捨てようなどという奇体な考えに取りつかれていた。指揮官の地位にも執着はなかった。軍隊の仕組みに対して、もともと私は嫌悪感を持っていたと云ってよかった。分隊、小隊、中隊、大隊、聯隊、とふくれあがっていくあの陸軍の仕組みは一層耐えがたいと思っていた。

もしかして戦闘機に乗り込むことができれば、その仕組みの中から脱け出せるのではないかという錯覚から、私は海軍飛行予備学生の募集に応募したのだが、厳しい訓練が課されるという飛行科には合格が叶わずに一般兵科に廻されてきたのだ。

誰しも入隊するまでは、大日本帝国陸海軍の実体を知らなかったことだろうが、島尾も軍隊を甘く見ていたのだ。

島尾は入隊に先立つ九月には、発禁を食らった「十四世紀」掲載の「お紀枝」などを収録した『幼年期』(自家版)を「こをろ出版部」から七十冊限定で刊行している。これを肉親、友人たちへの形見に、という思いだったのだろう。

九月一日

小高は、本を作ったことが、この一、二日、いやになって来て、滅入りそうだと云った。僕は、はじめの「母さん」から「日曜学校」にいたる一連の作品が大へん面白かったことを話した。

それから僕が昨夜、中洲の映画館で「大菩薩峠」をみたことから、小高が大菩薩峠十八巻の話を始める。今日はそのいくつかの場面を物語って、映画をみているようであった。（中略）「大菩薩峠」の話が終ると、今度は海軍航空予備学生が任官後、六か月の命であり、その期間中に殆どの者が戦死する、七〇％が死ぬということを小高が昨日聞いて来たと話す。

そんなに死ぬのかと僕はびっくりして何度も聞いた。

「いまのうち、大事にしときや」

と小高が例の口調で云うので、僕は、

「はったい粉、食うか」

とわざと心細気な声で云った。

「食うで、食うで」

室が笑った。

それからまた真面目になって、小高は、

「だけど、これから先、親しい友達が次々と戦死してゆくのを聞いたら、くそーと思うだろうなあ。俺は一回、あの飛行服着られたら死んでもええわ。かくかくたる武勲が立てたい」

と云った。そして、はったい粉のことを思い出して、僕に催促した。

（はったい粉も、すでに貴重なおやつになっていた）

九月末、九州帝大を半年繰り上げ卒業。十月、いよいよ「ふらふらしていた」島尾敏雄が「正業」に就く日が来た。海軍に入隊したが、一般兵科で採用され、望みの飛行服は着れないまま、旅順海軍予備学生教育部に配属された。ここで魚雷艇の訓練を受け、特攻艇の第十八震洋隊指揮官として、敗戦を奄美群島の加計呂麻《かけろま》島で迎えることになる。その特攻待機の日々は「出孤島記」「出発は遂に訪れず」などに詳述されている。

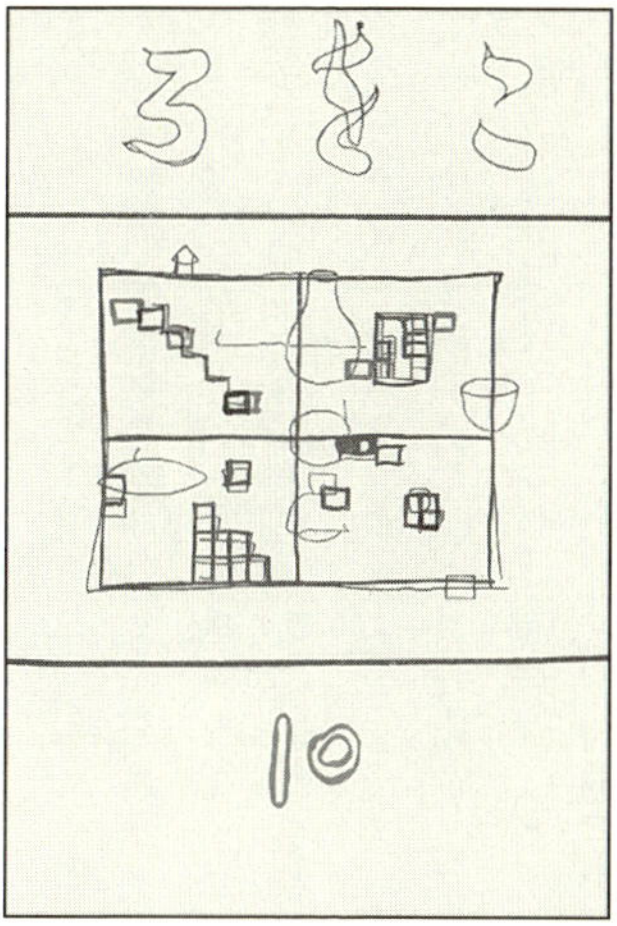

「こをろ」10号表紙
（『復刻版こをろ』言叢社）

「こをろ」第十号の内容にもどる。

前年八月に復帰した小山俊一が久しぶりに登場して、学生に受けていた三木清の『人生論ノート』を、この本は常識人の本であって思想家の本ではない、と斬り捨てている。小山俊一健在なり！　だったが、この第十号が発行された頃には、九州帝大農学部を卒業した小山は、農業技術者として陸軍の軍属になっていた。

小説は阿川弘之「盛親僧都伝」、吉岡達一「年越し」、望月藤吉「絵を買った話」、田尻啓「北と南」の四篇。なかで見るべきものは阿川の「盛親僧都伝《じょうしんそうず》」。

京の仁和寺の塔頭《たっちゅう》、真乗院の盛親僧都は、まことに無欲な僧侶だが、いもがしらが大好きで、いもがしらがないと夜も日も明けないという人物。弟子に知遍という少々愚鈍な弟子がいて、顔も変に白むくれしているので、仲間からバカにされている。盛親は弟子たちにはやされて、知遍に「しろうるり」と綽名をつけてしまい、あとで後悔する。やがて入寂を迎えたとき、弟子たちが嘆き悲しむなかで、知遍だけはひとり凝然と死の床の師をみつめている。「泣くな」「泣くな」と僧都は二度声を挙げたが、弟子たちの泣き声は一段と高まる。そのとき僧都は、枕元にあった煮え湯の大鉄瓶をつかみとって、泣き叫ぶ弟子たちに投げつけた。そのとき、知遍の眼に初めて光るものがあった。

無駄のない簡潔な筆で、僧都と弟子のまことの情を描いた佳作で、プロの作家となる素質がうかがえる。

第十一号は、第十号から一か月遅れの昭和十七年四月二十日発行。「友達」の入隊が相次ぐようになり、なにか心せいていているようだ。編輯人は島尾敏雄で、発行所は、福岡市馬出《まいだし》大仏通、玉井千博方になっている。主な内容は、小山俊一「省みて他をいふ説」、小説が真鍋呉夫「冬」、福田三千也「汐井町日記抄・夢の女」、田尻啓「海に寄せて」、吉岡達一「友達」。

小山俊一は「こをろ」を抜けている間に書きためていたものを次々と発表したようで、第十二号にも「現代の賢人」を掲載している。

真鍋呉夫の小説「冬」についてはすでに前述した。

吉岡達一の「友達」は、「こをろ」グルッペの娘たちと、博多湾内の名島や百道《ももち》で遊んだときの話だが、気どりのない、のびのびとした筆致で快く読める。矢山が「木下」、彼に思慕を寄せたグループのリーダー格、山崎邦栄が「原よし子」の名で出ている。「澄子」に好意を持たれながら、煮えきらない「僕」に、「しつかりしろ」とはっぱをかける木下の姿なども描かれる。

この第十一号刊行から間もない五月には、文化学院在学中の真鍋呉夫が教育召集から本召集となって、下関重砲兵聯隊に入隊、文化学院を中退せざるを得なくなる。

五月二十六日には、東京で日本文学報国会の創立総会が開かれ、奥村喜和男情報局次長が「大東亜戦争と文芸人の使命」と題して、大東亜戦争は武力戦のみならず、宣伝戦、思想戦、文化戦にわたる一大総合戦であるとして、文芸家の奮起を促している。

報国会の常任理事には久米正雄(10)、中村武羅夫《むらお》(11)。理事に柳田国男(12)、折口信夫《しのぶ》(13)、菊池寛(14)、山本有三(15)、佐藤春夫(16)、吉川英治(17)、窪田空穂《うつぼ》(18)ら十五名が選ばれている。

その後間もない六月四日～六日にかけてのミッドウェー海戦で、日本軍は大敗北を喫して、戦局は逆転してゆく。

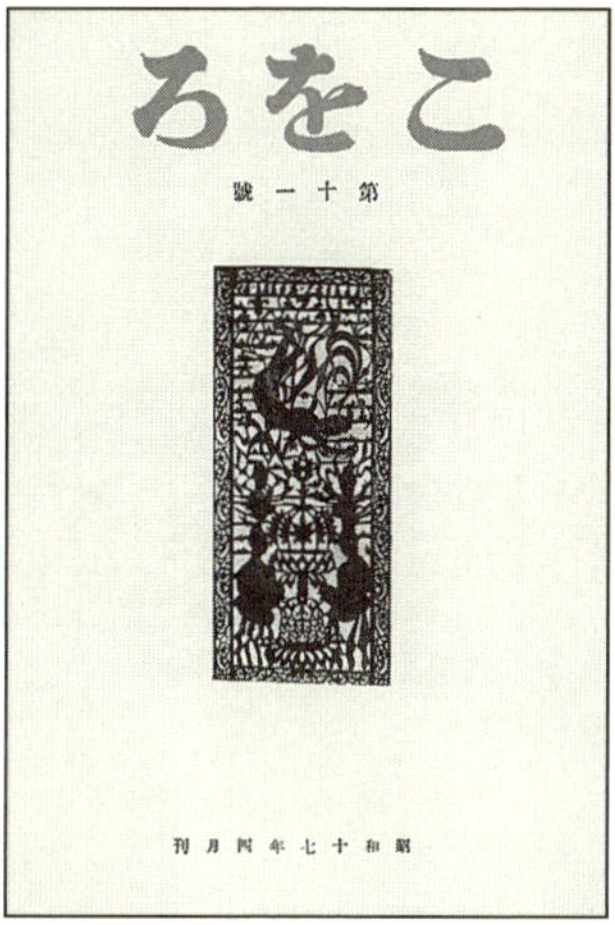

「こをろ」11号表紙
(『復刻版こをろ』言叢社)

第十二号は昭和十七年十二月三十日発行。編輯発行人は真鍋呉夫になっているが、真鍋は発行時、豊後海峡、佐賀ノ関沖の無人島、高島の砲台に配置されていたため、まだ内地にいた陸軍軍属の小山俊一が後記を書いている。

「宣戦の大詔発せられてより既に一年である。精鋭無比の我が皇軍の忠戦によつて、この一年の月日に揚

「こをろ」12号表紙
(『復刻版こをろ』言叢社)

つた凱歌のあとは、まことに曠古の戦績である。一切の意味に於て、僕らは敵国米英と倶に天を戴かぬ。米英の旗と同時に彼等の思想のすべてを、僕らは撃ち倒し払拭せねばならぬ。実に世界史の規模の上に、壮大、筆舌を絶した構想と実践の先頭にあるものが、この僕らの祖国なのである。……」

「こをろ」切っての論客も、「大政翼賛」の大合唱に加えて、戦局については大本営発表で眼つぶしされていたのでは、こんな後記しか書けなかった。

内容は、小山俊一「現代の賢人」と、千々和久弥訳のF・シュトリッヒ「ライナー・M・リルケ」と、真鍋呉夫「うた二つ」「反歌」の四本だけ。真鍋の作品については前述した。

小山の「現代の賢人」は、フランスの哲学者アランについての論考である。

当時、アランのアフォリズムに惹かれる学生が多く、九州帝大では十五年十二月、京都帝大の落合太郎(19)教授を招いてアランの集中講座を開いたが、その講座を小山俊一、島尾敏雄、川上一雄、冨士本啓示の九大組に真鍋呉夫も加わって聴講していたし、小山はアランの影響も最も強く受けていた。それだけに、アランの箴言集を安易に読み流す危うさを指摘しながら、充実したアラン論を展開したあと、今日の日本の思想状況に言及する。

日本本来の精神といふものも、それが極度に抑えられてゐた時代の直後である今日だけに、西洋直伝からやつと僕らが育ててきた批評感覚にとつては特異な形のものであり、容易に今日の精神的日常に明らかにには生きてこないやうである。だから古典復興といひ、日本精神の鼓吹といふ。みな声高く草卒で、何の統一された形もないのである。一方また、生活の感覚のすさんだのも非常なものなのだ。

それだけ眼が見える小山俊一も、大勢には逆らえず、やがて軍属としてボルネオ島の山中に送られてゆく。

註解

（1）玉井千博（一九一九—一九四五年）火野葦平の末弟。松山高商から九州帝大社会学科卒で、若松の九州造船に入社。昭和二十年三月、報道班員として出征、同年六月二十日、沖縄戦で戦死（司令部玉砕）。兄葦平は「兄弟三人の中で最も文学的資質があったのに」と惜しんだ。

（2）安河内剛（一九一七—一九四一年）福岡市生まれ。修猷館、福高理科、東北帝大理学部物理学科在学中に病死。両親を早く失ったが、純良素朴な性格に育ち、中学、高校ではラグビー部で活躍。「ヤッコさん」の愛称でみんなに親しまれた。

（3）黒田静男（一八八六—一九六五年）福岡県三池郡出身。東京帝大文学部卒。福岡日日新聞社（西日本新聞の前身）に入社。永く学芸部長をつとめる。退社後の昭和二十九年、郷土文化総合誌

「芸林」を創刊して地方文化の発展に尽くす。著書に『地方記者の回顧』。
（4）田中稲城（一九一一—一九四三年）福岡県八女郡矢部村の善正寺の次男として出生。久留米の中学明善校から京都の大谷大学予科に進んだが病気で中退。短歌、小説を書き、昭和十二年、矢野朗、丸山豊らと「文学会議」創刊。第二期「九州文学」にも参加したが、肺結核で早逝。
（5）杉靖三郎（一九〇六—二〇〇二年）鳥取県出身。東京帝大医学部卒の医学評論家。昭和三十二年、「人間の科学双書」第一巻の『人間の生態』で毎日出版文化賞。著書に『現代養生訓』『まちがいだらけの健康法』『ストレス養生訓』など。
（6）岩上順一（一九〇七—一九五八年）山口県出身。早稲田大学在学中、非合法活動で検挙されて中退。のち東京外語露語科卒。戦時中、マルキシズムの評論家として活躍、戦後、新日本文学会創設に参画。
（7）「とらんしつと」小倉の劉寒吉、岩下俊作が中心になって昭和七年五月に創刊した詩を中心とした同人誌で、途中から火野葦平、青柳喜兵衛なども加わる。葦平がこの同人誌に発表した長詩「山上軍艦」が、親友となった青柳喜兵衛の装幀で、彼の出征直前に刊行され、葦平はその一冊を背嚢に納めて出陣した。「とらんしつと」は同十三年、四誌合同で第二期「九州文学」に発展解消した。
（8）庄野潤三（一九二一—）大阪出身。帝塚山学院創始者、庄野貞一の三男。兄の英二も作家。九州帝大東洋史科で年長の島尾敏雄と親交を結ぶ。昭和二十九年、『プールサイド小景』で芥川賞。平穏な日常生活に潜む不安などを平明な文章で描き、家庭小説の第一人者となる。
（9）「川丈座」長尾磯吉（通称、丈七）によって、日露戦争中の明治三十七年十月、博多川のほとりに建てられた博多最初の寄席。最初、博多にわかの川丈組がこの寄席で人気をとり、東中洲繁昌の基礎をつくった。戦後も生き残って、軽演劇の代表的な劇場となる。
(10) 久米正雄（一八九一―一九五二年）長野県出身。東京帝大英文科卒。在学中、第三次「新思潮」に参加、芥川龍之介とともに夏目漱石に師事したが、多数の大衆小説を書き、流行作家となる。戦後、鎌倉文庫社長として文芸誌「人間」創刊。
(11) 中村武羅夫（一八八六―一九四九年）北海道出身。明治四十年上京して小栗風葉に師事。プロレタリア文学を敵視し、昭和三年、その論旨をまとめた『誰だ！ 花園を荒らす者は』で名を売る。
(12) 柳田国男（一八七五―一九六二年）日本民族学の創始者。東京帝大法科を出て農商務省に入って官僚になったが、貴族院書記官長を最後に官界を去り、大正十一年から昭和五年まで朝日新聞客員となり、論説委員をつとめる。その後、日本民俗学を体系化する著述に専念、「柳田学」と呼ばれる民俗学を集大成する。
(13) 折口信夫（一八八七―一九五三年）大阪の医師の家に生まれ、国学院大学文科卒。筆名・釈迢空で歌人として活躍を始める。大正十一年、国学院大学教授、昭和三年、慶応大学教授。戦争末期の『古代感覚集』で芸術院賞。柳田国男に師事して民族学者としての仕事も多い。民俗学的国文学研究の新領域を開く。
(14) 菊池寛（一八八八―一九四八年）高松市出身。京都帝大英文科卒。一高在学中、芥川、久米らと第三次「新思潮」に参加したが、「生活第一、芸術第二」をモットーとし、新聞小説「第二の接吻」「貞操問答」などで人気作家となる。ジャーナリズム感覚もすぐれ、大正十二年、「文藝春秋」を創刊、同社を大出版社に育てあげる。
(15) 山本有三（一八八七―一九七四年）栃木県出身。本名・勇造。東京帝大独文科在学中に第三次

「新思潮」創刊。代表作に『真実一路』『路傍の石』。劇作も多く「坂崎出羽守」など。昭和十五年、文化勲章。昭和二十二年—二十八年、参議院議員。
(16) 佐藤春夫（一八九二—一九六四年）和歌山県新宮出身。慶応義塾中退。早くから文学を志し、生田長江、与謝野寛・晶子夫妻に師事し、堀口大学と終生の親友となる。大正八年、「田園の憂鬱」で売り出す。谷崎潤一郎夫人千代子をめぐる三角関係の愛憎のなかで、『殉情詩集』を出す。昭和三十五年、文化勲章。
(17) 吉川英治（一八九二—一九六二年）神奈川県出身。高等小学校を中退して、さまざまな下積み仕事をしながら小説を書き、大正十五年、講談社の懸賞小説で「剣難女難」が入選したのが世に出るきっかけとなる。代表作に『鳴門秘帖』『宮本武蔵』『新書太閤記』『新・平家物語』など。昭和三十五年、文化勲章。
(18) 窪田空穂（一八七七—一九六七年）長野県出身。東京専門学校（早大の前身）卒。植村正久の影響を受けてキリスト教に入信。大正十五年、早大国文科教授。歌集『まひる野』『土を眺めて』などを残す。
(19) 落合太郎（一八八六—一九六九年）東京生まれ。京都帝大法科卒。京都帝大教授。専門は国際法だが、フランス文学の研究者でもあり、モンテーニュ、デカルト、パスカル、アランなど、フランス・モラリストについて深い造詣を示した。

軍靴の足音

学徒出陣

昭和十八年六月二十日発行の「こをろ」第十三号は、この年の一月二十九日早朝、ラジオ体操帰り、西鉄電車の無人踏切で轢死した矢山哲治の追悼特集を編んでいる。編輯発行人は前号どおり真鍋呉夫だが、彼もすでに入隊していたので、発行所は東京市豊島区駒込六丁目の吉岡達一方になっている。吉岡は福高理科から東京帝大文学部仏文科に進学していた。

追悼文を寄せたのは、矢山とかかわり深かった福高教授の浦瀬白雨、同人の真鍋呉夫、島尾敏雄、小島直記、吉岡達一、百田耕三、鳥井隆二（平一の弟、福高）に、矢山の伝記小説を書くことになる松原一枝の八名。

彼等の追悼文と、矢山の友人たちへの書簡で、昭和十七年二月一日の入営から轢死に至るまでの経緯、矢山の精神状態をたどってみる。

矢山入隊から三か月近く経った昭和十七年四月末の日曜日、真鍋呉夫と島尾敏雄は連れだって久留米の部隊に矢山を訪ねている。出来上がったばかりの「こをろ」第十一号（昭和十七年四月二十日発売）を届けてやろうと。

真鍋がその日のことをこう書いている。

……その日は夕方まで、草の上に車座になつて話した。同部隊にゐた大学時代の友人のＦも来合わせて、数日中に出動する同君の記念にと、軍馬の碑の前で写真をとつたりした。（中略）その日はみんなよく話したが、矢山が「こをろ」をなでるようにと見かう見しながら、立派になつて来たと喜んでゐたことや、偶然に文庫本の「ジッド・窄き門」を手にして夢中で読んだといふことなどを、妙にはつきり覚えてゐる。やがて陽が薄れてきて、ぢやあと僕らは矢山と別れたが、何度振返つて見ても、やはり矢山は兵舎の方に遠去かりながら殆どうしろ向きになつて手をふつてゐた。矢山はそんな風にいつも別れの間際になつて、今までどこかで意識的に抑へてゐたやうな人なつこさを一時に相手に向つて解きはなつやうな別れ方をした。

その夜、真鍋が博多の自宅に帰宅すると、母親が待ちかねていた顔で、召集令状をさしだしたという。

矢山は五月十日には、東京の鳥井平一に次のような詩を細字でびっしり書き込んだ葉書を送っているが、同日、もう一枚、「いま妹を面会所に待たせて、詩稿を清書しました。……」と。この詩は初年兵の激務のなかで温められていたものだった。

春日

花蔭のおほい径を踏んでゐた
虫や鳥がざわめいてのどかだつた
呼吸を合わせたやうに息をのんで
肩を並べてのやうにひとり歩いてゐた

葉洩れ陽が地面に花絡をひき
空気にからだが溶けてしまふほど
すべてが満ち溢れて欠けてはゐなかつた
だれかと腕を組んでのやうにひつそり歩いてゐた

空は青くあたたかい光の径
緑の立木へつづく記憶の径
身軽く辿りながらふと蹉いた時 ——

ああ　あの日だつたと意味もなくつぶやいたほど
心ばかりの雲のやうに重く漂はすと

矢山は幹部候補生試験に不合格になったうえ、五月下旬、「両肺浸潤」と診断されて、六月六日、久留米の陸軍病院に入院する。六月二十日の鳥井平一への封書に、五月十日ごろから寝汗が出てよく眠れなくなり、演習がひどくこたえるようになったこと、二十日ごろから高熱が出て起き上がれなくなったことなどを記していた。

「病気のせいか、気候のせいか、色々の夢を、とつぴよしもなく、夢判断でもすればよくないやうなものを毎日みるようでおかしくなります。孤独だからでせう。魂を売らなかつた者の悲哀でせう。……」

郵便物はすべて検閲される。書けることは限られていた。

九月四日には、島尾敏雄に封書を出している。

「……ばくぜんと、娑婆が恋しい、秋風に吹かれてみたい、ビイルが飲みたい、禁止の煙草を、ほうよく、ひかりを手にして呑むときだけ、気儘な姿勢になる。そのほか、現実世界に、あんまり魅力なし。

……もう大分まえ、少年少女大出演の映画撮影の夢をみた、琵琶湖のあたりだつたらしい。スタアが、島尾、冨士本、僕の三人。

夢さめて、阿呆らしく、寒かつた、もつとも、お互が、お互のポオズで相会したことだけは、嬉しく、まだ忘れてゐません。……」

十月五日には現役免除で除隊。同月十三日、島尾敏雄に封書で報告している。

「去る五日夜、現役免除、陸軍予備一等兵となつて帰宅致しました。まだ落着かず、今後の療養の方針も定らず、なほよく地方医にただしてみることにして、一先、入営前に居たあの二階へ、幸ひ空家でもあるので、数日のうちに移る考へです。……」

島尾敏雄はこうした矢山からの葉書、封書を織り交ぜながら、次のような追悼文を書いている。

俳句誌「芝火《しばび》」(1)十七年一月号に「栞草」といふ矢山の文章があるが、その頃から矢山はおさらひばかり始めたやうに思はれてならない。この文章には、矢山の胸中を去来した人々の書物がめめしい程手際よく復習されてゐる。カリエスを患つてゐる気の毒な少女の歌。真鍋呉夫の「つきよ」といふ小説。「こをろ」といふ雑誌の創刊。彼の火野先生といふ文。保田与重郎。太宰治。滝井孝作(2)。無限抱擁。ロレンス。菱山修三(3)「荒地」。藤田文江「夜の声」。伊東静雄「夏花」。彼の幼年詩集「柩」。長崎への旅行。川端康成。堀辰雄。浦瀬白雨先生。鳥井平一。A・C・BENSON、ジヤン・クリストフ、ツルゲニエフ、ヂイド、ヘルマン・ウント・ドロテア等、彼の所謂十八歳の読書。秋山教授。カロツサ。立原道造と檀一雄といふ二つの道標。幼稚園から大学まで福岡。アラン。私の言つたといふ言葉。……(中略)

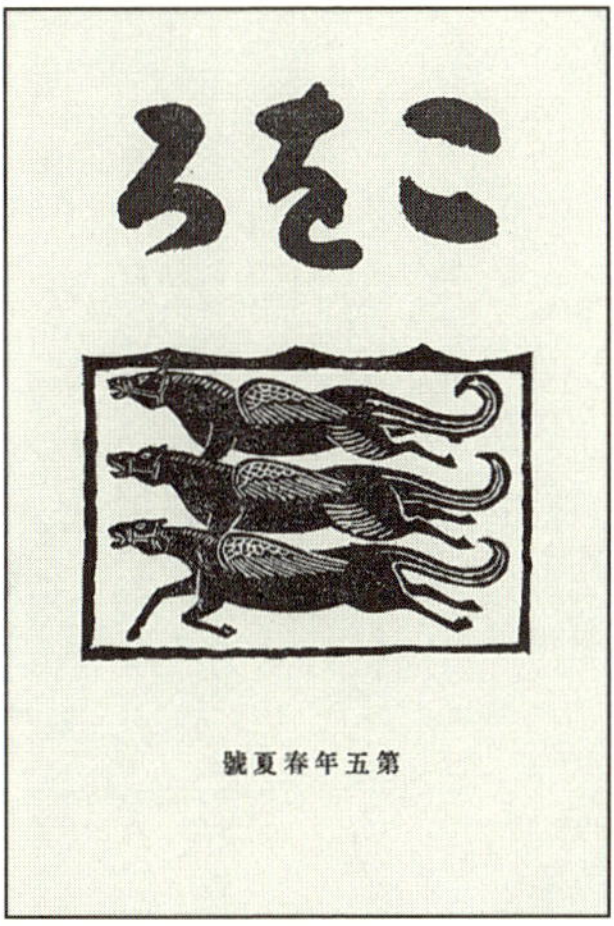

「こをろ」13号表紙
(『復刻版こをろ』言叢社)

私は思ふのだが、このようにドイツ風な、又日本浪曼派風な雰囲気に誕生してゐた矢山と、さういふ所に無縁であつた私との初期の交友状態が、奇妙な悔恨の情を以て、嫌悪され、なつかしまれるのだ。

矢山のおさらひは以上に留まらない。彼が友人の誰彼に出したたよりは、それはこをろ創刊当時の彼の文通度数をずつと減じたものではあつたが、自分の過去の歩みを綿々と綴つたものが多いことだ。

矢山は出征を前にして、まるで己れの生涯の決算書を書くようなことをしていたのだ。

昭和十八年が明け、一月十日、真鍋呉夫の弟越二が兄に続いて入営することになったため、島尾と矢山は前日、市内高宮本町の真鍋家に挨拶に出かけ、越二の入営当日も、福岡城址にある福岡聯隊の下ノ橋の営門まで、二人で見送りに行っている。

十四日、島尾が春吉下寺町の矢山家を訪ねると、妹の一枝から島尾は「兄はこのごろ少し変なのです。あんまり興奮させないでください」と言われたが、矢山が「こをろ」仲間の批判を始めたため、二人とも興奮して言い合いしてしまったという。

二十二日、真鍋の母の喫茶店「門」でたまたま顔を合わせたのが、島尾と矢山の別れになっている。このとき、矢山が気分転換に天草へ行ってみるかというので、島尾が「じゃ、おれも一緒に」と約束したが、天草の旅が実現しないまま、矢山は不慮の死を迎えた。

矢山の葬儀は二月六日、鍛冶町の高圓寺で行なわれ、在福の友人のほか、東京から小山俊一と吉岡達一が駆けつけているが、多くの「こをろ」友達はすでに入営、戦地にある者も少なくなかった。
吉岡達一は一月十八日、矢山からこんな手紙を受けていた。
「……いまは、自分を信じてゆくほか、そのほか何があらう。つねに、自信あるが如き生活を
秩序づけてゆく闘ひをせねばならぬのである。この二年間、そのやうな闘ひを避けてゐた。自己
の観念に閉ぢこもつて、現実から回避してゐたわけであるが、それも余儀ないことであつたわけ
である。さういふ時期、一生にいくどもあるに違いないのだ。
死ぬとき死ぬばかりだ。ながい生でゆくほかないのであつた。高校時代から、かけぬけ、かけ
ぬけ、あせりにあせつて来た。その方向は、今日もう間違つてゐなかつたことははつきり言える。
そんな、あせり、苛立ち、不信は、いまはぴたり止んだよ」
そして、いまは新聞も書物も読まないが、最後に読んだのは、中野重治[4]『斉藤茂吉ノオト』と
保田与重郎『和泉式部抄』と記していた。マルキストの中野重治と日本浪曼派の保田与重郎。思
想的にはまったく対照的な文学者だが、二人のこの作にはそれぞれ心惹かれるものがあったのだ
ろう。
真鍋呉夫は追悼文のなかで、次のような矢山哲治観を披瀝していた。
思へば矢山はアヒレスの蹠のやうに盲点の多い男だつた。全身を武装してゐながら膝から下
は全く露き出しになつてゐるやうな天真の稚気があつた。矢山の敵も味方もこの盲点を通じて

彼の中に踏みこんでいつた。矢山の敵はこの盲点を知りつくしてこれを酷い仕方で利用した。恰度アヒレスの敵が彼の唯一の不死でない部分であつた蹠を利用したやうに。だから矢山の柔いその部分は、彼への悪意がふり撒いた釘を踏み貫いて、いつも傷ついてゐた。（中略）いはば、隙だらけの、或意味では矛盾を孕んで解体の危機をも省みず荒海を乗り切らうとする船のやうな矢山の姿は、そのまま僕自身の姿であつた。それは又おそらく僕ら世代の姿であつたといつても過言ではあるまい。矢山自身もそこから起ち上つて、「こをろ」―「友達」というかたちで、世代に呼びかけ、世代への招待状を発した。痛みに堪へながら、「僕たちは美しくならう！　たとへその先が腐土に通じてゐようとも、僕たちは道を誤つてはならぬ。僕らの上に生ひ立つであろう新しい芽たちのためにも、僕たちは美しくならう。」――と。同じ意味から発せられたが故に、矢山のことばは僕らの肺腑に沁み、僕らを鞭うつた。

この十三号に小島直記が初めて小説「流離のあと」を発表している。小島はすでに筑後の八女《やめ》中学時代から詩や小説を書き、「蠟人形」などに投稿していたし、福高入学後は文芸部誌に小説を発表したりしていたので、上級生の矢山から眼をつけられて、「こをろ」創刊の際に誘われたが、参加せず、矢山の死後、ようやく「こをろ」友達に加わっている。

小島も追悼特集に「矢山哲治の想ひ出」を寄せているが、こんな一節がある。

彼の長詩「柩」の載つた学校の雑誌は、現在の「こをろ」の同人で埋められてゐた。巻頭に小山俊一の論文「漂泊」があり、次に古賀正三の論文「世界観察について」、それから矢山の詩、その次に私の創作「鍵盤」、吉岡達一の詩もあつた。その時の拙作に対する彼の批評はまことに痛烈で、私にはグウの音も出ぬものであつた。「旨い、が逃げてゐる。否寧ろ甘えてゐるのだ。美しくなるといふことは小成に安んじる事ではない。『旗の町』も読ませて貰つたが、かつての野心と闘志はどうしたのですか。逞しく、時代のラツパを吹き給へ」

その頃からお互に論争が始まつた。或る日東中洲の明治製菓に友人の瀬戸寛二とゐると、偶然矢山が入つて来て、「蠟人形」に出してゐた私の詩をコツピドクやつつけた。

「あんなもの詩ぢやない。哲学ではあるかもしれんが、文学ではない。詩の大道は抒情にある、リリシズムこそ詩の本領である」

そんな矢山の容赦ない批評と、抒情を本領とする詩観に、小島は激しく反撥して、これまで「こをろ」に参加していなかったのだ。

小島直記の「流離のあと」は、南北朝時代、菊池武時軍に参加した戦いで敗れ、その後、清流の矢部川のほとりで醸造業、製紙業を起こした中島太郎左衛門の一族の系譜を描いたもので、小島家もその系譜に連らなっていた。後年、伝記作家として名を揚げる小島直記の作風がすでに現れているが、「こをろ」では異色の作だった。この作は終刊の第十四号に「幽霊」の題で書き継がれる。

一方、京都帝大の伊達得夫、東京帝大の福田正次郎は、戦時下、どんな学生生活を送っていたのだろうか。伊達が「京都帝国大学新聞」の編集部員として活躍していたことは既述したが、京都と東京に別れても、伊達、湯川達典（京都帝大文学部）、福田の親交は続いていた。福田と湯川は国文科。湯川の「世代の記録」に当時の福田（那珂太郎）の姿が描かれている。

時々東京から、那珂がやって来て泊って行った。彼は戦争とは無関係にひどく絶望的で、ドストエフスキー、チェホフ、萩原朔太郎、それから音楽の方でショパンやドビッシイの話を彼独特の熱っぽい、それでいて悲しげな口調で語りつづけ、木屋町の高瀬川に臨んだ音楽喫茶で何時間も音楽を聞き、その合間合間に僕に殆ど聞こえぬくらいの声でぽつりぽつりと物を言った。彼にとっては戦争というような外的な事件は何の意味もなく、ひたすら内部の世界にとじこもっていた。しかし彼の顔も話すことも暗さに満ちていたことは、彼が外界の事件が持つ本質的な暗さを直感し、正確に反映していたからに他ならぬだろう。彼はいつも時流に曇らされぬ澄んだ眼と鋭い批判力があり、ともすれば時流に乗って流されやすい僕を深く反省させることが多かった。

そんな福田正次郎も卒業が迫ると、「こをろ」仲間の島尾敏雄、千々和久弥などと共に海軍予備学生を志願することになり、昭和十八年十月、土浦海軍航空隊に入隊するが、湯川によると、福田から、軍隊生活が如何に愚劣で非人間なものであるかを、堂々と書いた葉書が何度も送られて来たという。

湯川が胸を患って兵役を免れ、京都帝大を卒業して博多の自宅で療養中、帰郷した福田が海軍士官の服装で訪れ、「日本は負けるよ」と明言したという。この世代の若者では、福田正次郎はもっとも醒めた眼を持っていたひとりだった。

伊達得夫の京都帝大在学中に戻るが、新聞部員としてはなかなかの活躍だった。コラム「甃《いしだたみ》」を「河」の署名で書きまくったり、紙面を飾るカットを描いたりの奮戦で、昭和十八年七月五日号には、(河太郎)の署名で「卒業近き学生の記録」を書いている。なお、この号の第一面トップは「我等国防第一線へ学徒動員の体制なる」であった。

――就職記――

夜であつた。それもかなり遅く、下宿のすゝけた天井から湧く様に襲つて来る蚊になやまされながら、それでも猿又一つで本を読んでゐたが、ふと思ひ立つて外へ出た。外は星空であつた。最近徴兵検査が済んだばかりで、まだ徴兵官の「第一乙種」といふ重々しい宣言が耳に残つてゐたから、かういふ星空の夜に想ふことは、戦場を馳せる自分の英雄的な姿勢であつた。又は露営に仮寝の夢を結ぶ幾分詩的な抒情風景でもあつた。(後略)

一時間ほど外をぶらぶらして下宿にもどると、電報が届いていた。「アス九ジメンカイス、ライシヤアレ」。願書を出していた満洲航空会社(本社、新京)からだった。

入社試験も自信のなかった伊達だが、満洲航空に採用され、九月二十五日、卒業式を迎える。その日を前にして、海軍予備学生を志願していた東京帝大の福田正次郎（那珂太郎）との往復書簡を、「京都帝国大学新聞」九月二十日号に「卒業近き学生の記録」（第二回）として掲載している。全文引用する。

▽東京から京都へ

先日は試験勉強の所を邪魔して済まなかつた。君は退屈だつたか知らん？　だが俺にとつてあの日は本当に有難かつた。その感動がどんな風の意味のものかははつきり言へぬが、言へなくても一向構はない。とにかく実に快よく胸温る思ひだ。思へばあの時、お前の手をしつかり握つてゐたのだ。―縋りついてゐたと言つてもよい。甘い感傷と言つてしまへばそれまでだが、俺はかういふ自分の心が大変うれしかつた。東京に着いた翌日、つまり一昨日、海軍航空予備学生の通知受取つた。×月×日入隊。学校の試験は繰上げになるといふ。昨夜、仲間が集つて訣別会をやつた。みんなで寮歌やら黒田節やら歌つて実に懐しかつた。かうして皆と騒ぐのもこれが最後かと思ふと、見馴れた皆の顔がいちいち懐しかつた。俺達の感情がこんなに澄んで純粋になるのは、みんな俺達の自身の運命が緊張し切実してゐるからなのだ。人々にこんな自覚をもたらす機会が与へられたのは有難いことだ。みんながんばれ、がんばらう。一生懸命生きよう、しつかり、心から。

いのちを愛する――自分の宿命を愛する――
――これをこそせめてもの我々の唯一の倫理としようではないか。俺は死ぬことを恐れない。だがそれは生きることを愛せぬといふ意味ではない。かへつて、生きることを本当に愛すればこそ、死ぬことをしも恐れないのだ。今はさう断言しよう。この世が空しいとか虚無だとか言つても始まらぬ。ただそれを本当に心から愛すれば足るのだ。……

ねえ、人間つていいもんだなあ、懐しいもんだなあ、いとはしいもんだなあ、俺は本当に皆と握手したい……俺は本当に祈りたいよ、心から皆のために―祈を捧げる相手もないのに、どうしてくれるようにといふ希ひもはつきりしないのに。唯祈らずには居れないのだ。人間さん、人間さん、あゝなんつて人間といふ生き物は……。（F・S）

▽京都から東京へ

葉書読んだ。しばらくぼんやり考へた。ふつふつと胸に湧くものがあつたが、それを把へることも出来なかつた。君が京都をたつたあと、「ああ、これが最後かも……」と思つた。炎天をとぼ〳〵帰へりながら、何故か俺一人生き残りさうな気がしてならなかつた。言はう、俺は戦死したいのだ。戦死といふ美しい言葉に恋してしまつた。この間まで、俺はきつと死ねると思つてゐた――あああの頃の心ゆくばかりの決死の嬉しさは生涯忘れられないだらう。だのに、俺のやくざな身体がくやまれてならぬ。戦争に行けないといふ宣告を聞いたとき、俺は棍棒でぶんなぐられた様な気がした。有頂天になつて自分の運命を弄んでゐた俺の愚劣さがはつきり分つて、つらかつた。俺はやつぱり戦争に逃げようと思つてゐたのだ。死ねば救はれると、あつかましくも考へてゐたのに違ひない。今更のこと、現実はきびしい。もう戦死出来ない。生きて行かなくちやあと思つたとき、俺は俺の周囲が、俺の世界が、どんなに煩らはしく、憂鬱に見えたことだらう。だから君の美しい葉書は羨しかつた。だが羨んでばかりも居られない。俺が引受けたから、お前は大空に散華せよと言へばいいのか。さう言ふことが俺の義務なのか。いのちを愛する、宿命を愛する……。有難う。佳い言葉だ。忘れない。君は入隊するまでに一度故里に帰省するだらうが、その途中京都に下車するひまがなかつたら通過時間を教へてくれ、俺は駅頭に立ちつくして、君の汽車が見えなくなるまで見送らう。その時、君は俺の友達が次々と戦場に倒れても尚強くこの世に生き残る力を俺に与へてくれ。いやいや、これは弱い事だ。お前にそんな負担を掛けてはならぬ。往け。俺が生きてゐるからお前は死ね。そしてお前が死ぬから俺は生きて居らねばならぬ。試験は九月十日に終る。あと七課目。さよなら。（D・T）

伊達は「第一乙種」では兵隊に成れぬ、と思い込んでいたようだが、戦争末期は「第一乙種」どころか「第二乙」まで続々狩り出され、伊達も昭和十九年二月五日、本籍地の静岡聯隊に入隊することになる。

「こをろ」友達の入隊も相次いでいた。甲種合格の百田耕三など、日中開戦から間もない頃からだったし、中村健次、星加輝光、土師二三生なども入営が早かったが、昭和十七年初頭から続々入営となる。

昭和十七年一月、鈴木真、熊本歩兵聯隊。

二月、矢山哲治、大野克郎、久留米西部五一部隊。山下米三、久留米西部四八部隊。冨士本啓示、小倉歩兵一一四聯隊。

四月、福田三千也、久留米西部四八部隊。

五月、真鍋呉夫、下関重砲兵聯隊。

九月、阿川弘之、海軍予備学生として入隊、台湾高雄州東港海軍谷本部隊。佐藤昌康、見習医官として朝鮮の元山航空隊。

十月、鳥井平一、熊本西部一六部隊。

十八年四月、田尻啓、陸軍雇員としてスマトラ島のパレンパンへ赴任。

七月、小島直記、主計見習尉官として海軍経理学校入校。

静岡聯隊入隊の頃の伊達得夫

十月、島尾敏雄、福田正次郎、千々和久弥、海軍予備学生の一般兵科に採用され、島尾は旅順海軍予備学生教育部、福田は土浦海軍航空隊、千々和は江田島海軍兵学校入隊。

「こをろ」終刊号となった第十四号は昭和十九年四月三十日の発行だが、編輯発行人の名義は豊後海峡の孤島の砲台にいた真鍋呉夫のままで、発行所は東京都世田谷区北澤の吉岡達一方だが、吉岡の「あとがき」によると、残っている「友達」は、ずっと療養生活が続いていた一丸章、一時帰還中の百田耕三、天草出身の小宮山敦子・里子姉妹の四名だけで、吉岡自身も学徒出陣で出征し、長崎県の大村砲台に居た。だから吉岡は「あとがき」にこう書いている。

本号を以て、第一次のこをろを不定期休刊とすることを、既に遠くにあつて戦つてゐる各同人にお伝へする。同人のことを、ただ「同人」といふにあきたらず、「友達」などと称して来た僕らだつたが、その「友達」がいま「戦友」に変わつたまでだ。（中略）いま重大の時、たまたま皇軍の一員たり得た僕らとして、全身以てゆくべきところ、もはや言ふまでもなく、明々白々だ。留る四人の諸君、また意安らかに日々を励まれよ。尚、期せずして出征同人の遺作集となつた観ある今号は、先輩の檀一雄氏より詩稿をもらつた。甚だ風雅なる僕らへの激励だ。末筆ながら御礼を申し上げる次第だ。

この終刊号の巻頭には、矢山哲治や真鍋呉夫が私淑した檀一雄の詩五篇が飾られている。冒頭の「月地抄」を挙げる。

花あかり
月おぼろ
眉うすく

きみがかんばせ
にほひよる
あやしきゆふ
ひめごとの
ほそきこころ
歌にこめ
きみがひとみに
花うちくぐる
かぐはし今宵

いきものの
いきたるけはひ
花々の
はなやぎみてる
くるしくも
尊くおもふ
ひとときの
よぎりゆくさま

みかへれば
ここら木ぬれに
しらたまの
露ぞのこりて
うましびと
消《け》ぬるゆうべは
ふるき鳥
風につぶやく

あとに、真鍋呉夫「筐底歌集」、一丸章「木葉集」が続き、小説が、真鍋呉夫「時鳥」、島尾敏雄「浜辺路」、小島直記「幽霊」、吉岡達一「寒夜」の四篇。小島の作は前号の続篇で、真鍋、島尾、吉岡の作にはすでに触れたが、矢山哲治、安河内剛のレクイエムともいえる吉岡の「寒夜」の末尾を引用する。吉岡は小山俊一とともに東京から矢山の葬儀に駆けつけていた。

翌日喪宅をとむらひ、既に白布に被はれて小さな筐に変つてしまつている梅原（矢山）に逢つた。如何なる僕らの詮索も、もはや愚かなことであつた。怒つたやうに口をとがらせて、時々は何か呟きながら、飄飄と街を歩く姿がまざまざと浮び、あやまつて巻き込まれたにしろ、誘はれて飛びこんだにしろ、ふとした通り魔がさせた、はかない突差の出来事にちがひなかつ

た。（中略）
……そんな夜、あけがた近く、表の道路に、近くの靖国の社へと続く長い隊列の足音を聞いた。かすかに馬蹄や銃剣の音も混つて、明らかに軍隊の足音であつた。出発か帰還かの部隊が、ひそかに詣でるのかと、ひとり想像しつつ、耳をすませば、足音は梅原の、藤村（安河内）の、また僕自身の、あらゆる者のあらゆる表情を、厳粛に踏みしめ踏み越えて進む、大きな何ものかのけはいを語りつづけるのであつた。（十八年十月）

「こをろ」廃刊後、そのあとを継ぐ者たちもいた。湯川達典が中心の福高グループで昭和十九年六月に創刊され、戦後の二十一年六月までに七冊発行された文芸回覧誌「止里加比《とりかひ》」である（この誌名は、福高の所在地、鳥飼《とりかい》を万葉文字で表現）。

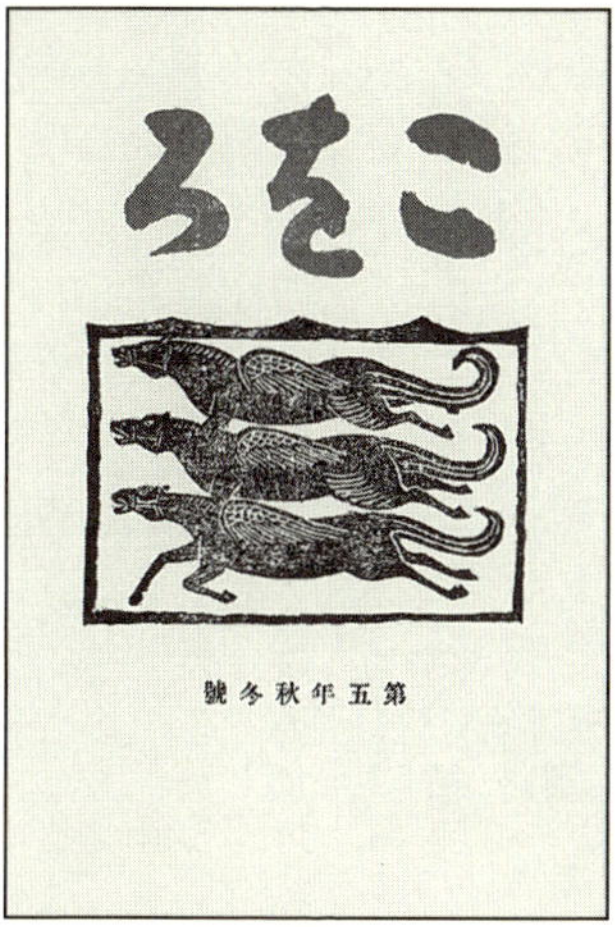

「こをろ」14号表紙
（『復刻版こをろ』言叢社）

会員は、末次学（第十二回理乙）、永野武治（第十三回理甲）、湯川達典（第十七回文乙）、猪城博之（第十八回文乙）、林市造、秀村選三[5]（第十九回文甲）、各務章[6]、田中小実昌[7]（第二十二回文乙）。

この「止里加比」時代を、詩人になった各務章（福岡県詩人会代表幹事）は主宰する詩誌「異神」第八十八号（平成十三年十一月発行）でこう回顧している。

印刷も出来ない時代で、各人が原稿用紙またはザラ紙に自筆した原稿を綴じ合わせただけのお粗末なものだったというが。

会えばバラック建ての永野武治宅で、僅かな酒をくみ交わしながら人間の死や、文学、宗教について夜遅くまで放談していた。

若輩で若かった私は、彼等の読書の質の高さに内心恐れながら、又時折り、湯川達典が酒に酔うと、桜の花びらを口に入れては、何やら分らぬ詩を大声で歌う、野人の風貌に心を打たれたりしていた。戦後すぐには（戦地から）帰国していない田中小実昌の手紙などを読んだりした事もあったと記憶している。酔いながらも、人間の魂の深さにふれるような生ま生ましい息吹きに、私たち、特に私は心をゆすぶられる思いであった。

各務章も、同級生の田中小実昌同様、福高二年生の昭和十九年十月に召集され、満洲の野砲隊に送られた最後の戦中派である。

「止里加比」は、敗戦前後の一年半で終わったが、各務は、この交友によって、「多感だった私の文学の畑は大きく耕された」と記している。

特攻の苦盃

福高第十七回文乙出身の湯川達典に、平成三（一九九一）年、福岡の出版社から刊行した『特

攻隊員　林市造　ある遺書』（櫂歌書房）という著書がある。

湯川が、沖縄で特攻戦死した福高出身五名のなかから林市造を選んで特攻隊員の記録を残したのは、林との交友が深かったからである。

林市造は、修猷館から一浪して、昭和十五年四月、福高入学。半年の繰り上げ卒業で十七年十月、京都帝大経済学部に進学、在学中に学徒出陣を迎えて海軍予備学生になり、優秀な戦闘機操縦者として特攻隊に選ばれ、二十年四月十二日、敵艦隊に突入して戦死した。

福高では、湯川の二年後輩に当るが、京都時代、一時期同居していたこともあり、林が入隊する直前、一緒にキリスト教の洗礼を受けた仲でもあった。

湯川は林市造との出会いを『ある遺書』にこう書いている。


林市造に初めて逢ったのは、高等学校の生徒主事の家でＹ・Ｍ・Ｃ・Ａの集まりがあった時だった。僕は三年で林は一年だった。一年の新会員歓迎の意味で集まったのである。部屋の入口の所につぶらな眼をした紅顔の少年が坐っていた。紺のサージの服の白いカラーがやや高く、血色のいいその顔とよく映っていた。頬がふくれ、くびは太く短かかった。その幼い感じから、僕は中学四年修了生と見ていたが、あとで浪人一年生と聞いて、やや意外な気持がした。浪人にありがちな、老けたすれっからした所はみじんもなく、うぶな天真爛漫な少年だった。

そんなつぶらな眼をした天真爛漫な少年が、この出会いから五年後には、沖縄で敵艦に突入、

「散華」することになる。

湯川達典は、みんなから愛された純真無垢なクリスチャン、林市造二十三年の生涯を、林の日記、書簡、湯川を含めた友人たちや肉親の回想を混じえて、特攻隊員、林市造のエピタフを刻んでいる。

林市造は大正十一（一九二二）年二月六日、福岡市荒戸町生まれ。十一年一月二十三日生まれの那珂太郎とほぼ同時期の出生である。父俊造は農業研究者で、内村鑑三(8)の影響を受けてクリスチャンになり、母まつゑも夫に感化されて受洗、市造は生後間もなく、父母に抱かれて、荒戸のホーリネス教会で幼児洗礼（献児式）を受けている。

上に姉千代、博子、下に弟真喜雄《まきお》も生まれ、にぎやかな家庭だったが、市造はまだ二歳半で不幸に襲われる。東京帝大農学部助手として単身赴任していた父俊造が急死したのだ。まだ三十二歳だった。

父の遺骨がふるさとの宗像《むなかた》に帰って来て、市造は小さな羽織袴を着せられ、伯父に抱かれて喪主の座に在ったが、参列者が多く弔辞がながながと続くので、途中で居眠りしてしまい、参列者の涙を誘ったという。

母まつゑは宗像郡吉武村の生家に身を寄せ、村の小学校の補修科、裁縫教師として四人の幼児を育てることになる。

四季折々の花々、小川での水遊び、澄んだ夜空の星々、村祭り……ひなびた村の暮らしのなかで、市造はゆたかな情感を育てられているが、夫の死後、まつゑはますます信仰を深め、時折、四人の子をひきつれ、一日がかりで遠い海辺の町の津屋崎教会に通っていた。市造の姉、加賀博子さんが、こんな思い出を記している。

「赤間駅迄は馬車にゆられ、福間駅迄汽車に乗り、津屋崎迄は馬車鉄道でしたから、朝早く出かけても、礼拝に間に合うのがやっとでした。大人の集会の間に、私達は砂浜でチーシャゴや桜貝を拾ったり、松原で松露を取ったりしました。浜辺にはぼうふうも沢山ありました」

市造はそんな少年時代を送っている。

一浪して福高に入った林は、短軀ながら胸幅が厚いがっちりした体格で、運動機能にすぐれ、陸上競技、水泳、ラグビー、なんでもござれの万能選手だったが、運動部は海洋部に入って博多湾でヨットを乗りまわし、友人たちに海から眺める夜空の星々の美しさをロマンチックによく語ったりしていた。彼の愛称は「豆造」だった。小柄な体軀と機敏な動きが、いかにも「豆造」にふさわしかった。

そんな日々のかたわら、林市造は福高の聖書研究会の熱心な会員でもあった。その仲間の親友で、京都帝大経済学部にも一緒に進学し、のち九州大学経済学部教授となる秀村選三は、二年生に進級する春休み、河野博範の指導でキェルケゴール『死に至る病』を、林市造らと読んだときのことを記している。林市造は特攻出撃を前にして、この『死に至る病』を再読していた。

林市造、秀村選三などの第十九回文甲組は京都帝大経済学部に九名も進学するが、受験のとき、市造はY・M・C・Aで親しくなっていた湯川達典の南禅寺・帰雲院の下宿に高校時代そのままの弊衣破帽姿で「泊めて下さい」ところげ込んできた。湯川はその頃の林市造の姿をこう書いている。

高校の卒業が半年くり上げられ、まだ暑い頃だった。薄暗い僕の部屋に挨拶に来て、きちんと膝に手を置いてかしこまっていたのを覚えている。相変らず、物はあまり云わず、よく昼寝をして、はれぼったいような顔をしていた。（中略）

その後、北白川の下宿にも居たが、間もなく僕のいる南禅寺に移って来た。僕の部屋の隣りの八畳の立派な部屋を借りて、前にいた哲学科の学生がきれいにしていた部屋を数日のうちに乱雑手のつけられぬ部屋にしてしまった。

身なり構わず、部屋も乱雑だった「豆造」だが、そのうち、何思ったのか、隣りに住む尼さんに、福高仲間の森春光を誘ってお茶を習い始めている。森がこんな想い出を記している。

「林とは蜷川虎三[9]先生のゼミも一緒でしたし、特に南禅寺の裏の瑞雲庵で小島宗詮尼僧のお茶の先生に、京都府立第一高女の卒業生のお嬢さんたちと一緒に、着物に袴姿で裏千家のお茶を習った懐しい思い出があります」

あるいは、府立高女卒メッチェンたちがお目当てだったのかもしれないが、湯川も豆造の神妙な茶道修行を何度も眼にしていた。

「僕達がひやかし半分に見学に行くと、頭を掻きながら、それでも真面目に作法をやって見せてくれた」

その「僕達」は、湯川が先生格の福高出身者の短歌会「志賀波会」の仲間で、伊達得夫も入っていた。

宮澤賢治の童話に「よだかの星」があるが、その夜鷹の名は「市蔵」といった。市蔵は姿はみにくいが、心やさしい鳥だった。ほかの鳥から軽蔑されて自己嫌悪に陥り、空に輝く星になろうと空高く昇ってゆき、太陽の熱に焼けて肉体は滅びてしまうが、生まれ変わって夜空に輝く星となるというお話だ。

ある日、伊達得夫が湯川に言った。

「賢治の『よだかの星』を読むと、林を思い出すよ。彼にはなんか寂しい純粋さがあるんだよね」

林一造（『林市造遺稿集　日なり楯なり』櫂歌書房より）

湯川たちは寺の宿坊で自炊していたが、一豆造は炊事はほとんどひとりで引き受けてくれたので、夜ふかし朝寝の湯川にとってはまことに調法な同居人だったという。市造は湯川を「歌の先生」と奉り、志賀波会にはかならず出席して、自分から意見を言うことはまずなかったが、みんなの批評によく耳を傾けていたという。

市造は湯川によく少年時代を過した吉武村の日々を語り、寺の境内で咲く花々の名をよく教えてくれたそうで、

「素朴な、牧歌的な生活の名残りは、大学生となった彼の身のまわりになおただよっていた」

と湯川は記している。

京都時代、秀村選三には忘れられぬこんな想い出もある。もう学徒出陣の日が迫っていた十八年晩秋のことだ。


十一月十三日、旧の十月の十五日夜、四条通りに散歩に出ていた林（市造）、中村（邦春）、森（春光）、矢野（竻生《のぎお》）、国清（茂）と私（秀村）は、月夜に聳える比叡に急に登ろうと云って、十二時頃から登り出したが、あの夜の楽しさは一生忘れられないだろう。愉快な冗談に興じ、すすき押しなべ深々たる森を抜け、法《のり》の御山《みやま》を辿った夜、あの夜もオリオンは永遠の真理の光を放っていた。


この六人のうち、一年半後、林市造と中村邦春が沖縄で「散華」することになる。

この第十九回文甲クラスは学徒出陣で八名も土浦海軍航空隊に入隊するが、秀村選三は土浦で肺浸潤が発見されて佐世保の原隊に帰されている。

そのときの無念の思いと林の友情を、秀村はこう綴っている。

「（林は）ほんとにやさしい友であった。友情に満ちていた。……お互いに前途の苦難を思うだけでも何か求めざるを得なかった。彼は私のポケットの聖書や内村鑑三の『後世への最大遺物』をずっと読んでいた。

土浦で思わぬ病名で佐世保（海兵団）に帰されることになった私は、教官や軍医に烈しく嘆願したが、私の真情は林が一番知っていてくれた。煙草盆でいつも同情深い言葉をかけて、そしてもしも母に逢ったら、航空隊に行ったといってても心配しないでくれと、それだけは伝えてくれと何度彼が云ったことだろう。（煙草盆は喫煙所の意）」

林市造は幼児洗礼を受けていたが、学徒出陣の日が迫っていた昭和十八年十一月、福高の聖書研究会の仲間だった湯川達典、猪城博之、園田稔と共に、広島県呉市のアサ教会牧師、田中遵《じゅん》聖《せい》師から改めて洗礼を受けている。田中遵聖師は、作家、田中小実昌《こみまさ》（福高第二十二回文乙）の父である。

田中遵聖師がどんな人物だったかは、息子小実昌の『アメン父』に詳しいが、明治十八年、静岡県生まれで、若いときアメリカに渡り、四十五年、シアトルの日本人組合教会で洗礼を受け、帰国後、バプテスト派の東京学院神学部（現在、関東学院大学）で神学を修めて牧師となるが、独自の信仰から本名・種助を遵聖（聖に遵《したが》ふ）と改名、十字架もない教会をつくり、開明の意を持つアサを教会名とするアサ会を創始、牧師仲間から「偉大な変わり者」と呼ばれていた。

アサ会がどんな信者集団であったかは、田中小実昌の小説『ポロポロ』で活写されているが、この題名は、信者たちがいつも使徒パウロの名を唱える「ポロポロポーロ」の念仏のような声からきている。息子の小実昌も「アメン父」から洗礼を受けていた。

田中小実昌は呉第一中学から福高に進学、卒業前に兵隊にとられ、中国戦線に送られている。

林たちが田中遵聖師から洗礼を受けたのは、聖書研究会で指導を受けていた西南学院講師（当時）の河野博範牧師の紹介によるもので、遵聖師来福の機会に受洗している。そのとき遵聖師は林たちに向かって、「汝死ね！」と三度叫ばれたという。

この受洗のとき、林は母まつゑに改めて洗礼を受ける許しを乞い、入隊後、母にこんな手紙を送っている。

ともすればずるい考へに、お母さんの傍にかへりたいといふ考えにさそはれるのですけど、これはいけない事なのです。洗礼をうけた時、私は「死ね」といはれました。アメリカの弾にあたつて死ぬより前に汝を救ふものの御手によりて殺すのだといはれましたが、これを私は思ひ出して居ります。すべてが神様の御手にあるのです。神様の下にある私達には、この世の生死は問題になりませんね。

林市造が入隊するとき、林と湯川達典はお互いの日章旗に武運長久を祈って一筆し合ったが、林は湯川の旗にこう書いている。

お茶のんで　煙草ふかして　雲を見て

どんな状況に在っても、そんな心境でありたいという自分の思いもこめての、先輩への餞けだったろうが、市造は澄明な詩心の持ち主でもあった。

林市造の軍歴を記す。

昭和十八年十二月九日、佐世保海兵団に二等水兵として入団。
十九年二月一日、土浦海軍航空隊へ配属され、海軍第十四期飛行予備学生となる。
十九年五月二十八日、朝鮮出水航空隊に配属、飛行訓練に入る。
十九年九月二十八日、元山航空隊に配属、特攻要員として猛訓練を受ける。
十九年十二月二十五日、海軍少尉に任官。
二十年一月一日、日記「日なり楯なり」を書き始める。
二十年三月三十一日、特別攻撃隊の命令を受け、母まつゑに訣別の手紙を書く。
二十年四月一日、出撃基地の鹿児島県鹿屋に到着。この日、連合軍、沖縄本島に上陸。
十二日の出撃までに母に三通手紙書く。その一通。

蛙なく田のあぜ道や夜静か
昨夜散歩に出て蓮華草ばたけにねころんでしみじみと故郷をしのびました。
友達は、私をお母さんのにほひがすると言ひました。母と子を感ずるそうです。
私は幸福でした。人に可愛がられたとゆふことは、私のこの上ないみやげです。（後略）

二十年四月十二日、菊水二号作戦の第二・七生《しちしょう》隊として特攻出撃、戦死。二十三歳。
林市造が最後の日々を記した日記「日なり楯なり」の題名は、旧約聖書詩篇第八十四篇からとられている。聖書が坐右の書だった林にとって、この一節は、生還期せずの出撃を迎える身にとって、最も切実に胸に響くものだったのだろう。

……ばんぐんの神エホバよ　わが祈をききたまへ　ヤコブの神よ耳をかたぶけたまへ
われらの盾なる神よ　みそなはしてなんじの受膏者《じゅこうしゃ》の顔をかへりみたまへ　なんじの大庭に
すまふ一日は千日にもまされり　われは悪の幕屋にをらんよりは　寧ろわが神のいへの門守《かどもり》と
ならんことを欲《ねが》ふなり　そは神エホバは日なり楯なり　エホバは恩と栄光とをあたへ　直くあ
ゆむものに善物《よきもの》をこばみたまふことなし　（第八十四篇八〜十二節）

姉の加賀博子さんは林市造遺稿集『日なり楯なり』を編んだ人だが、弟が日記の題とした「日なり楯なり」についてこう書いている。

「キリストにならって特攻の苦盃を飲まねばならなかった市造さんにとって、この聖句は最もふさわしいものであったと私は思っています」

しかし、いかに神の恩寵を信じるとしても、母親の思いはまた別だった。市造が入隊するとき、母まつゑは日章旗に詩篇第九十一篇七節の聖句を墨書した。

「千人は汝の左にたふれ　万人は汝の右にたふる　されどその災害《わざはひ》は汝に近づくことなからん」

林市造の昭和二十年の日記「日なり楯なり」から抄録する。

一月九日

珍らしく新しき手帳貰えるに依り、日記をはじむ。私が軍籍に身をおきてより一年余りの日がたつてゐるが、その間の私の変化は如何であるかといふことが、私の最初の反省の材料となる。（中略）

戦に出ることは私達の希望デアルニ何故いつまでも出来ないのか。私は焦燥を感じてゐる。私が得んと欲するものは戦の中より外にない。（後略）

二月二十二日

私達は大君のまけのまにまにと云ふ言葉の通りに行けばよい。私達は死場所を与へられたるものである。

新しく編成せられたる分隊の下、私達は突込めばよい。

人間は忘却する術を有する動物である。

二月二十三日

私達の命日は遅くとも三月一杯中になるらしい。

死があんなに怖ろしかつたのに、私達は英雄でもなく、偉丈夫でもない。凡人である身には世のきづなを絶たれることが耐えられなくなつてくる。（中略）

私は夢をみて死ねる気がする。だけど、母のことを考へるときは、私は泣けてきて仕方がない。母が私をたよりにして、私一人を望みにして二十年の生活を闘つてきたことを考へると、私の母が才能のある人であり、美しい人であり、その半生の恵まれてゐた人であつただけ、半生の苦闘を考へるとき、私は私の生命の惜しさが思はれてならない。（後略）

三月二十一日
出撃の準備整うてくるにつれて、私は一種圧迫される様な感じがする。耐へがたい。私は私の死をみつめることはとても出来そうにない。この一刻に生きる。
安心立命の境地にたつしてゐない私には、ともすれば忘却の手段をかりて、事実を瞬間まで隠蔽させようとする。（中略）
絶望、絶望は罪である。
母からの便り待てど来たらず。私はこの時に至つてもやはり楽しかつた家庭が忘れられない。今一度でも会へざりともたのしみにひたりたい。のこされた時間は、少くとも私は私自身一個の精神となつて死んで行きたい。
私は

ここで林市造の日記「日なり楯なり」は終っている。この日記には、特攻死を運命づけられた若者の赤裸々な心情、苦悩が語られているだけで、「天皇陛下」「皇国」「聖戦」といった言葉は一切ない。それどころか、三月十九日の日記には「世にもてはやされる軍人も政治家も、なんと薄っぺらな思慮なきものの多きことか」と体制批判もやっている。

ただただ死の淵に立たされた己れの弱さをさらけ出し、万物の創造主エホバの大庭にやすらはんことを願うほかなかったのだろう。

しかし、元山航空隊で、市造は意気消沈した姿を見せていたわけではない。元山航空隊には、福高同級生で京都帝大経済学部でも一緒だった土井堅太郎と、福高同級の梅野正四郎（九州帝大法学部）がいた。

梅野正四郎が元山時代の林市造の姿をこう書いている。

「君は外出時に短剣を忘れようとしたことはあっても、バイブルと携帯用の茶の湯道具とは忘れることがなかった。そして子供達と温かい家庭とを懐しんで必ずWさんの家を訪れた。炬燵を囲んで子供達と戯れ、腹の底からほのぼのと暖るオンドルの部屋で一家揃って晩餐に微醺を帯びて笑い興ずる君の姿は最も楽しそうだった」

こんなこともあったという。飛行機操縦のまずさで知られていた同僚の後席に乗る者がいなかったとき、市造は「俺が乗る」と申し出て、着陸するとき、後席から見事なレバー操作を見せたという。

操縦技能抜群だったため、特攻隊に選ばれてしまったが、特攻訓練に入ってからの林は、もう迷いを振り切ったような姿を見せていたという。

「それからの一ヶ月、君の生活は死を恐れることよりも主を畏れ、如何に生きるかと云う事に集中された。激しい訓練中、君の姿は常に颯爽としていた。

訓練の余暇には未だ膚寒い半島の入江に陽ざしを求め、貝を火に煖めては磯の香を懐しみ、美しい葛麻半島の自然に親しんでいた。『死に至る病』を読み返したのもこの間の事だった。

進発前夜であったろうか、「なあ梅野、俺がラグビーボールを持ったら、最後までやらなおりきらんた（のは）知っとろうが」と語ったのは」

梅野正四郎も修猷館。二人の会話はいつも博多弁だった。

この元山基地で一緒だった梅野正四郎の追想でもわかるように、林市造が最後に熟読した書はキェルケゴール『死に至る病』であった。

巻頭に「主よ！　無益なる事物に対しては我等の眼を霞ましめ、汝の汎ゆる真理に関しては、我等の眼を隈なく澄ませ給へ」というエピグラフを掲げた『死に至る病』は、この世の地上的なすべての苦悩—人々が「死ぬよりも苦しい」と訴える苦悩でも、キリスト教的には「死に至る病」ではない。苦悩に負けて絶望することこそ「死に至る病」であるとするこの書に、市造は死地に赴く魂の救済を求めたのだろう。

特攻基地鹿屋に発進する前夜、士官室での別盃の宴で少々酔った市造は、福高、京都帝大と交友を重ねた土井堅太郎に別れを告げに土井の私室を訪ねたが、あいにく土井は留守だった。市造は土井の机の引出しに在った手帳に別れの言葉を書きつけた。

黒ちゃんのおらすならよかばつてん
良き友よ　たのしかりし
校庭の桜も今やさかりならん

美しかり　我友どち
飛行機に乗つて賛美歌が　そして寮歌が
口に出てくる日
雲のはて遠く故国なつかし
別れの宴たのしくも今出でたつよ丈夫男子《ますらおのこ》が
七生滅敵　願わくは我が行く後も忘れずてなん
酒がまわつとるけん何かくかわからん
友達には何かいてもよからん
わかつてくれるじやらう
大分今まで悪口ばいひよつたばつてん許してくりい
黒ちやんのおらすならよかばつて　淋しかたい

黒ちゃんは土井堅太郎の愛称だが、土井はこの市造の遺文のことを、市造の母まつゑへの手紙にこう記している。

「……相当酔の廻つたところで、留守の私の私室に入つて書いたものと思はれます。字も相当くしやくしやしていますが、これが一番私に市造君の出撃の前の姿を直接思ひ浮ばせます。最後に『淋しかたい』と書いてありますが、これを読んだとき、私は不覚にも涙を出して了いました。

……」

この出撃前夜、市造は母まつゑに長い手紙を書き、梅野正四郎に託していた。この手紙は、日本戦没学生の手記『きけわだつみのこえ』その他に収録されている。

お母さん、とうとう悲しい便りを出さねばならないときがきました。

親思ふ心にまさる親心
今日のおとずれ何ときくらむ

この歌がしみじみと思はれます。

ほんとに私は幸福だつたです。我まゝばかりとほしましたね。けれどもあれも私の甘へ心だと思つて許して下さいね。

晴れて特攻隊員に選ばれて出陣するのは嬉しいですが、お母さんのことを思ふと泣けてきます。

母チヤンが私をたのみと必死でそだてゝくれたことを思ふと、何も喜ばせることが出来ずに、安心させることもできず死んでゆくのがつらいのです。

私は至らぬものですが、私を母チヤンに諦めてくれ、といふことは、立派に死んだと喜んで下さいといふことはとてもできません。けど余りこんなことは云ひますまい。母チャンは私の気持をよくしつて居られるですから。（中略）

母チヤン、母チヤンが私にこうせよと云はれた事に反対して、とうとうこゝまで来てしまひました。私としては希望どほりで嬉しいと思ひたいのですが、母ちやんのいはれる様にした方がよかつたかなあと思ひます。

でも私は伎倆抜群として選ばれたのですからよろこんで下さい。私達ぐらいの飛行時間で第一線に出るなんかほんとは出来ないのです。

選ばれた者の中でも特に同じ学生を一人ひつぱつてゆくようにされて光栄なのです。私が死んでも満喜雄さんが居ますし、お母さんにとつては私の方が大事かも知れませんが、満喜雄さんも事をなし得る点に於て絶対にひけをとらない人です。

千代子姉さん博子姉さんもおられます。たのもしい孫も居るではありませんか。私もいつも傍に居ますから、楽しく送つて下さい。お母さんが悲まれると私も悲しくなります。みんなと一緒にたのしくくらして下さい。

お母さん、私は男です。日本に生まれた男はみんな国を負ふて死んでゆく男です。有難いことに、お母さん、お母さんは私を立派な男に生んで育て丶下さいました。熱情を人一倍にさずけて下さいました。お母さんのつくつて下さいました私は、この秋には敵の中に飛び込んでゆくより外に手をしらないのです。

立派に敵の空母をしずめてみせます。人に威張つて下さい。

大分気を張つてかきましたが、私がうけた学問も私が正しい時にかく感ずるのだと教えています。

ともすればずるい考へに、お母さんの傍にかへりたいといふ考へにさそはれるのですけど、これはいけない事なのです。洗礼をうけた時、私は「死ね」といはれましたね。アメリカの弾にあたつて死ぬより前に汝を救ふもの、御手によりて殺すのだといはれましたが、これを私は思ひ出して居ります。すべてが神様の御手にあるのです。神様の下にある私達には、この世の生死は問題になりませんね。

エス様もみこゝろのまゝになしたまへとお祈りになつたのですね。私はこの頃毎日聖書をよんでゐます。よんでゐると、お母さんの近くに居る気持がするからです。私は聖書と賛美歌を飛行機につんでつゝこみます。それから校長先生からいただいたミツシヨンの徽章と、お母さんからいただいたお守りです。（中略）

お母さんは偉い人ですね。私はいつもどうしてもお母さんに及ばないのを感じていました。お母さんは苦しいことも身にひきうけてなされます。私のとてもまねできない所です。お母さんの欠点は子供をあまりかはいがりすぎられる所ですが、これはいけないと言ふのは無理ですね。私はこれがすきなのですから。

お母さんだけは、又私の兄妹達はそして友達は、私を知つてくれるので私は安心して征けます。

私はお母さんに祈つてつゝこみます。お母さんの祈りはいつも神様はみそなはして下さいますから。

この手紙、梅野にことづけて渡してもらうのですが、絶対に他人にみせないで下さいね。やつぱり恥ですからね。もうすぐ死ぬといふことが何だか人ごとのやうに感じられます。いつでも又お母さんにあへるやうに気がするのです。あへないなんて考へるとほんとに悲しいですか

ら。（中略）

博多上空をとほります。宗像の方もとほりますから。桜の西公園を遠目に遥か上空よりお別れをします。

お母さん、でも私の様なものが特攻隊員になれたことを喜んで下さいね。死んでも立派な戦死だし、キリスト教によれる私達ですからね。

でも、お母さん、やはり悲しいですね。悲しいときは泣いて下さい。私もかなしいから一緒に泣きませう。そして思ふ存分ないたらよろこびませう。

私は賛美歌をうたひながら敵艦につゝこみます。（後略）

出撃前日　　　　　　　　さよなら　　市造

母上様
姉上様

林市造の姉、加賀博子さんは、市造が還暦を迎えるはずだった昭和五十七年に、弟の遺稿集『日なり楯なり』を刊行したが、「あとがき」に、戦時中、市造が土浦航空隊に居た時、母まつゑと共に赤ん坊をおんぶして上京、市造と面会できなかったが、靖国神社に出かけた際、まつゑは九段坂の下で「ここで待っているから、参っておいで」と言って、自分は参拝しなかったという。靖国神社に参らねばならなくなることを怖れた母の気持がよくわかったと博子さんは記している。

また姉の博子さんは、湯川達典が『ある遺書』を編んだとき、湯川に終戦の日の母まつゑの言葉をこう伝えていた。

日ごろおだやかな母が、「大西中将に死んでいただく」と決然と叫んだのに驚いたと。

林まつゑが決然とその責任を問うた大西中将とは、「カミカゼ」として世界的に知られることになった特攻作戦を考案した海軍中将大西瀧治郎(10)である。大西は、終戦の翌日、多数の若者を死地に追いやった責任をとって、「特攻隊員の英霊」への謝罪をふくむ遺書を残して自害した。

アメリカのウィスコンシン大学教授、大貫恵美子(11)の労作『ねじ曲げられた桜』は、特攻問題に多くのページを割いているが、そのなかで五人の特攻隊員の手記をとりあげている。いずれも学徒兵で、そのなかの二人は福高出身だ。

林市造と、福高では林より一級上の第十八回文丙から東京帝大法学部に進学した中尾武徳である。

中尾武徳の学友への書簡も『きけわだつみのこえ』に収録されているので、まずそれを紹介したい。福高時代の親友、柳浦《やなうら》文夫(九州帝大法学部)に宛てたものだ。

(『きけわだつみのこえ』ではかなり省略されているので、なるべく原文に近い形で紹介する。学徒出陣で佐世保海兵団に入団する直前の昭和十八年十二月七日の発信である。)

娑婆よりの最後の音づれを書こうとペンを執ったが、千万言胸に溢れて書くべき言葉を知らない。君の手紙や電報は四日香椎に帰つてから見た。二十八日の夜、香椎駅の夕闇をすかして私を探した君の姿を思ひ浮べて誠に済まないと思ふ。今日は亦君の色紙とお父さんからの便りがあつた。早速認めた。別紙に筆で記した通りに、序に真中の空いてゐた所にこんな落書きをした。

為
無限に生きよ
無限に伸びよ
柳浦
気分をこはす勿れ。

私は佐世保に入ることになつた。九日の朝香椎をたつ。図らずも石橋と一緒になつた。尤も先はどうなるかわからないが、一緒にゐる間は二人で大いに元気でやるよ。

君は姪の浜や新宮の浜のやうな美しい砂浜にどこまでも続いてゐる足跡を見たことがあるだらう。藤村か誰かの詩にそんな光景を歌つたのがあつたやうに思ふ。私はそこに交じり合つた数条の足跡が我々であつたやうに思ふ。どこに始まつてどこに終るかも知れない。どこに交はつてどこに別れるかもしれない。そこはかとなく悲しいものは浜辺の足跡である。

浪に消される痕であつても、足跡の主の力づよい一足々々が覗はれる。もり上がつた砂あとに、立ち去つた人の逞しい歩みを知るとき、私は未来を知らない。

然し現在に厳然と立つとき脚に籠る力を知る。加藤からの便りにも「永遠に歩かねばならぬ、永遠に歩き続けねばなりません」とあつた。

遅れながら入隊のお祝ひを申し上げる。

柳浦文夫君万歳
十二月七日

あの世は知らず生きて
あらん限り
苦しみも悩みも亦
楽しからずや
君と我等とあり
亦楽しからずや
柳浦文夫君
中尾武徳

文中の石橋、加藤は福高同級生の石橋益次郎、加藤一芳。柳浦と共に中尾の親友である。学徒出陣の時代の青春が強く刻印されている書簡だが、中尾武徳は多くの書を読破した、すぐれて理知的な若者だった。

中尾武徳は大正十二年三月三十一日、中尾光造・ソモ夫婦の次男として福岡県粕屋郡香椎村で出生。父光造は片倉製糸社員で、熊本、岐阜、愛知県一宮などに転勤するが、武徳は少年期、香椎で育つ。

昭和十年四月、県立福岡中学入学。同十四年四月、四修で福岡高校（文科丙類）入学。林市造よりも一年遅く生まれたが、一浪入学の林よりも、四修入学の中尾は一級上になっている。十七年四月、東京帝大法学部政治学科入学。しかし、学業半ばの十八年十二月、学徒出陣で佐世保海兵団入団、特攻戦死の道をたどることになった。

旧制高校生はよく本を読んだもので、前述したように読書にふけりすぎて落第するケースが珍らしくなかったが、そのなかでも中尾武徳は、高度な読書体験を持つ学生のひとりだった。

彼は小学五年生のときからずっと日記をつけていたが、福高時代、東大時代の日記はほとんど読書日記と言っていいほど、読んだ書名、その感想で埋められている。

この日記は実弟の中尾義孝氏（西南学院大学名誉教授）によって、一九九七年、『中尾武徳遺稿集　探求録』（櫂歌書房）として刊行されたので、中尾武徳が如何なる読書体験を重ね、如何なる人間形成、思想形成をしていったか跡づけることが出来る。

中尾は福岡中学時代は、香椎から汽車通学しているが、福高に入学すると寮に入っている。寮には二年文丙の小島直記がいて、さんざん訓戒を垂れたり。もっともっと本を読めと叱咤されたことを記している。二年文乙には伊達得夫、福田正次郎（那珂太郎）がいたが、福田は福岡中学の一年先輩でもあった。

中尾は、福中、福高時代、柔道部で活躍したので、柔道関係の記述も多いが、それらは除外して、もっぱら彼の読書体験にしぼる。

十六歳になったばかりの福高一年生一学期（四月―八月）に中尾が読んだ主な本を挙げてみる。夏目漱石『三四郎』『行人』『虞美人草』『道草』『明暗』『心』、田山花袋『布団』『一兵卒』、島崎藤村『破戒』、『国木田独歩全集』『芥川龍之介全集』、武者小路実篤『釈迦』、河口慧海『釈迦一代記』、長与善郎『青銅の基督』、河合栄治郎『学生と読書』。

アンドレ・ジイド『背徳者』『法王庁の抜穴』『鎖を離れたプロメテ』『贋金作りの日記』、『バルザック短篇集』、ヘルマン・ヘッセ『乾草の月』『ナガレ』『ラテン語学校』、プーシキン『スペードの女王』『ピヨートル大帝の黒奴』、ドストエフスキー『貧しき人々』『波』、パール・バック『大地』などなど。

その一冊一冊に中尾は丹念に読後感を記している。二学期（九月―十二月）に入ると、海外文学が多くなる。

ジイド『ソビエト旅行記』『狭き門』、メリメ『カルメン』、チエホフ『桜の園』、ゴーゴリ『外套』『鼻』『ネブスキイ通り』、カール・ハインリッヒ『アルト・ハイデルブルグ』、ツルゲーネフ『煙』『春の水』『父と子』、ドストエフスキー『罪と罰』、ストリンドベリー『父』など。

『桜の園』の読後感（十一月十七日）

素晴らしい。本当に劇を解する事が出来た様だ。私は作中の人物と一緒になつて、桜の園の売られゆく悲しみ、アーニヤ等の新しき出発を見送つた。解説を見ると充分言ひ表はされて何も言ひ得ない様だつた。然しこの香り高い作品を読んでは何か書かざるを得ない。

と自分の感想を述べ、最後に「私は桜の園が忘れられない」と記している。

彼が強い衝撃を受けた本にドストエフスキーの『罪と罰』がある。十一月二十六日から三十日にかけて読了。

読み終つて窓を開いた時、ピユーと寒い風があのシベリヤの寒風を思はせる様に頬を刺した。切る様に冷たく澄んだ晩秋の月は淋しく光をまはりの雲の上にうつし、不滅の星は永却にその神秘の光を投げかけ、山と家とは均しく闇の中に眠つてゐた。ゴウゴウとかすかに鳴る樹々の唸り、ピーツと遠吠えする汽笛に淋しき音は静寂の夜の象徴とも見えた。ああこの宵、このしじまと清い美しい月に偉大なる罪と罰を読むのだ。……愛だけが永遠に輝いて、常に虚無なるものを打ちひしいでくれるのだ。今読み終へた私の心には充実した積極的な感激が湧いてゐる。私は若い。純潔な清い愛の持主なのだ。いざ進まん。行く手に何者かある！」

第一外国語がフランス語の文丙なので、フランス文学を原書も混えて最も多く読んでいるが、ロシア文学、ドイツ文学、英米文学もよく読んでいる。

（フランス文学）バルザック、モーパッサン、ボードレール、フローベル、ジイド、アナトール・フランス、メリメ、ロマン・ローラン、スタンダール、モンテーニュ……。

（ロシア文学）チェホフ、トルストイ、ドストエフスキー、ゴーゴリ、プーシキン、ツルゲーネフ……。

（ドイツ文学）ゲーテ、ヘルマン・ヘッセ、ハンス・カロッサ……。

（英米文学）シェイクスピア（四大悲劇）、オスカー・ワイルド、バーナード・ショー、サマセット・モーム……。

西田幾多郎、田辺元、和辻哲郎、ベルグソン、デカルト、カント、ヘーゲル、マルクス、ニーチェ、キェルケゴールなど、内外の哲学書もよく読んでいる。

福高三年生の四月二十八日の日記には、第一次世界大戦に於ける『ドイツ戦没者の手記』の読後感をこう記していた。


この手紙の中には戦場の悲惨を遡つてゐるものもある。人と人との戦、血と血との争ひが何で残酷でなからうか。戦場に於て日毎に自分の友人が死んで行き又むごたらしい殺戮の跡を見、来るべき自分の死を常に予感してゐた人々にとつて、かうした言葉が出るのは当然である。而るに多くの学生が達観し之等の無惨な殺戮にも拘はらず戦はねばならぬ事を弁へ、生命を国家に捧げ母や兄妹を祝福しつつ死んで行つたのは驚くべきである。

その「驚くべき事態」に中尾はやがて巻き込まれることになるが、多くの文学書に親しんでいた彼の読書内容は福高生活の終わり頃から東京帝大にかけて大きく変わってゆく。皇国史観、民族主義の本がかなり増えているのだ。

平泉　澄《きよし》(12)『菊池勤王史』、大川周明(13)『日本二千六百年史』『米英東亜侵略史』、村岡典嗣(14)『日本思想史研究』『日本文化史概説』、筧《かけい》克彦(15)『神ながらの道』、高山岩男『文化類型学』橋本実『葉隠研究』、林房雄(16)『西郷隆盛』……西郷隆盛は中尾が最も敬愛する明治人だった。

満田巌の『昭和風雲録』を読んだ昭和十八年八月十五日の日記には、次のような感想を記していた。学徒出陣の日が迫っていた頃だ。

血盟団事件(17)、五・一五事件(18)、神兵隊事件(19)、二・二六事件(20)の全貌を始めて知り、日本の自覚の為尽した人々の心事を読んで非常な感銘を覚えた。僅かに記憶する所では当時は一般には右翼なりとし、その精神は諒とするも手段は非なりとして片付けたやうであつた。然しかかる手段を敢えて選ばざるを得なかつた社会一般の風潮を顧みるとき、単に直接行動を非として斥けることが出来るだらうか。自分の幼い胸にも政治は策略を弄するものと嫌悪の情を与へた当時の政治家連の醜状を以つてもその一斑を示しうると思ふ。

五・一五事件や二・二六事件の決起将校たちなどに共感の意をしめしているが、北一輝(21)の『支那革命外史』の読後感では、欧米の侵略に対するアジア防衛のため、日本と中国の相互理解が必要だとも書いている。中尾にとって米英との戦争はそんな防衛戦争と理解されたようだが、十八年の彼の日記は、生と死への言及が多くなり、心の迷いをのぞかせてもいる。

十月二日には、文系の徴兵猶予停止令が出て、学徒出陣が目前に迫って来る。十月八日の日記、

軍隊に入るときには既に一死を決していなければならないと思ふ。

死とは何か。

モンテーニユは、死そのものは何でもない、ただ死に対する恐怖が死を重大視させるのだと云つてゐる。死を物質的に見るならば、肉体の消滅に外ならない。肉体を離れて精神はないとしても、単に肉体の生起消滅を以て生死を説くことはありのままの生死を把へたものではない。肉体の死と同時に精神も死ぬと考へたり、肉体は死しても霊魂は不死であると考へることは果して真理であらうか。(中略)

この世に生を享けているもの、現実の世界にあるものの考へうる死は、生の終点ではなくして、生の一点に外ならない。よく生きることがよく死ぬことである。我々は如何にすればよく生きうることが出来るかを探求し、生を意義あらしめてゐるこの世の理法に参ずることによつて生死を解決することが出来る。

そんな死生観を固めて、中尾武徳は出陣の日を迎えている。

十月二十六日、福岡市長浜町で徴兵検査。柔道で鍛えた身体は文句なしの甲種合格だった。

十二月、佐世保海兵団入団、第十四期飛行科予備学生に採用され、土浦航空隊、徳島航空隊で、偵察要員として訓練を受け、十九年十二月、海軍少尉。徳島航空隊から香川県の託間航空基地へ転属後の二十年二月二十八日、神風特別攻撃隊琴平水心隊に選ばれる。四月二十八日、両親に最後の手紙を送っている。

壮行会で人に励まされ、自ら励ましもしました。私は本当に幸福者です。渺たる一身を以て人には何の尽す所もないのに、人から本当に誠を以て接せられ身に余る幸福を以て死んで行くことが出来ます。この期に及んで何も云ふことはありません。ただ皆様の健康を祈ります。

私の操縦員は宇野茂といふ二等兵曹で、十九歳の紅顔の美少年です。家は「兵庫県飾磨郡糸引村東山、宇野駒次」ださうです。私を兄と思ひ、私は弟と思ひ、心を一つにして敵艦に当たります。（中略）

託間へ来られたいでせうが、又会はなかつた事を残念とも思ひません。国を思ふ情が必ず一つに連なるものがあると思ひます。お父さんお母さんも気をおとさず米英撃滅の為に戦つて下さい。おばあさんにもよく言つてあげて下さい。

私の平常の所懐を書きつらねた日記を残しておきました。

中尾武範（『中尾武徳遺稿集　探求録』櫂歌書房より）

私は何も出来なかつたけれども、清く生きることを念願として、省みて醜い汚いことのないのを何よりも本望だと思ひます。(後略)

最後に、親しんだ道元の『正法眼蔵』一巻を抱いて征く、と記していた。

翌二十九日、水上偵察機による特攻隊として出撃したが、エンジン不調で鹿児島で不時着陸、五月四日、指宿基地から再度出撃、米駆逐艦モリソン号に突入して戦死。

沖縄戦で「散華」した福高出身ほか三名の略歴も記しておく。

第十八回文丙、町田道教(九州帝大農学部)

昭和十八年十二月、学徒出陣により海軍入隊。第十四期飛行予備学生。十九年十二月、海軍少尉。二十年五月十一日、第五筑波隊の零戦特攻で鹿屋基地を発進、敵機動部隊に特攻攻撃、戦死。

第十九回文甲、中村邦春(京都帝大法学部)

町田道教と全く同じコースで第五筑波隊の零戦特攻に組み込まれ、五月十一日、町田機と編隊を組んで出撃、戦死。

第十九回文丙、旗生良景(京都帝大経済学部)

海軍少尉任官までは、町田、中村と全く同じ。中尾武徳と同じ徳島航空隊から大分県の宇佐航空隊へ移り、ここで特攻隊、八幡《はちまん》神忠隊に選ばれ、四月二十八日出撃、戦死。

旗生の弟、徳男は、中学から海軍飛行予科練習生(予科練)に志願して、兄より先に入隊していたが、十九年十月、ルソン島東方洋上に哨戒に出たまま帰還せず、戦死と認定されていた。

旗生良景は福岡県遠賀郡遠賀村の出身だが、福高文丙、京都帝大経済学部とずっと一緒だった小林啓之の妹敏子（大牟田市）と恋仲になり、軍務の合い間をぬって会っていた。

四月十六日、宇佐航空隊から出撃基地の串良へ移った日から、遺書がわりの日記を記していた。

四月十六日

今日はまだ生きて居ります。昨日、父さん母さんにも兄姉にも見送つて頂き全く安らかな気持で出発出来ました。敏子にも、お逢ひになつた由、本日川村少尉より依託の手紙で知りました。皆何と感じられたか知りませんが、心から私が愛したたつた一人の可愛いい女性です。純な人です。私の一部だと思つて何時までも交際して下さい。葬儀には是非呼んでください。

旗生が宇佐航空隊を発つ日、小林敏子は大牟田から基地に駆けつけたのだが、一足違いで間に合わず、見送りに来た旗生家の人々と顔を合わせただけだったのだ。そんな涙の別れもあった。

特攻戦死の彼らは二階級特進で、みな海軍大尉になったが、なんの慰めになろうか。

特攻隊士官は圧倒的に学徒兵が多かったことも記しておかねばならない。

大貫恵美子『ねじ曲げられた桜』では、二つの調査を併記しているが、次のような数字になっている。

海軍特攻隊戦死者総数　　二五三三（二〇三二）

下士官（予科練等）		一七三三一
	士官	七八二（七六九）
	うち学徒兵	六四八（六五一）
	海軍兵学校出身	一一九（一一八）
陸軍特攻	下士官	七〇八
	士官	六二一（六二二）（うち半分は学徒兵）

職業軍人は特攻隊を志願する者少なく、学徒出陣組が形式的な「志願」で、次々と死地に追いやられていったのだ。

特攻寸前、命びろいした者もいる。島尾敏雄もそのひとりだ。

島尾は昭和十八年十月、海軍予備学生を志願、航空将校をめざしたが、一般兵科に採用され、旅順海軍予備学生教育部を経て、十九年二月第一期魚雷艇学生となり、横須賀の海軍水雷学校で訓練を受け、さらに長崎県の川棚臨時魚雷艇訓練所に移っている。

五月、海軍少尉。そのころ、特攻艇「震洋」計画が決まり、十月、島尾敏雄少尉は第十八震洋隊（隊員一八三名）の指揮官を命じられ、十一月、奄美群島の加計呂麻《かけろま》島呑之浦《のみのうら》に基地を設計、出撃命令を待つことになった。十二月、海軍中尉に任官。

昭和二十年二月、特攻隊慰問の演芸会が基地に隣接する押角部落で開かれ、その折、大平ミホと知り合い、親しくなる。

この呑之浦基地で特攻出撃を待つ日々のことは、ミホとの深い交情を混じえて、小説『出孤島記』『出発は遂に訪れず』などに克明に描かれている。

島尾たちが運命を共にする震洋艇は、敵から「スイサイド・ボート」（自殺ボート）と呼ばれる長さ五メートル、幅一メートルほどのベニヤ板張りのボートで、敵艦船に接近して体当り、頭部に仕掛けた火薬が爆発、といふものだが、敵軍艦一隻を轟沈させるためには、多数の自殺艇が必要なほど頼りないものだった。

呑之浦基地で、今日か明日かと出撃命令を待つうちに、八月十五日を迎えるが、その日のことを、島尾は「南日本新聞」の昭和三十六年八月十二日号に「私の八月十五日」と題してこう書いている。

……日暮れ方、呑ノ浦の基地にもどり、全隊員を集めて終戦の詔勅を伝えた。隊員の反応を待ったが動揺は認められなかった。夕食の席で、今からでも敵艦に突入すべきだと主張する者もいた。その夜から私は日本刀をベッドに持ち込んで寝た。

でも結局は第十八震洋隊員はすべて復員してそれぞれの郷里にもどった。今私はその当時のことをある恥じらいなしには回想することができない。私は戦争と軍隊の中では、弱い姿勢だったと思うし、直接の被害を経験してはいない。特殊な部隊に所属はしたが、どんな戦闘にも参加していない。われわれにとって忘れることのできぬ曲り角の太平洋戦争が、私の精神とからだのどこを通って行ったのかを考えると、あの戦争のことについて「その日」のことを語るには、私はふさわしくないような寂しい気がする。

しかし、軍隊・戦争体験者の文学作品は、戦後文学の重要な分野を占めたし、島尾敏雄もその重要な担い手のひとりになっている。

註解

（1）「芝火」俳句誌。昭和七年、横浜市の俳人、大野我羊が創刊、新興俳句運動を進めたが、戦争末期は休刊。戦後の昭和二十一年復刊したが、翌年、「俳句世紀」に変わる。この「芝火」同人だった相模原市の青柳寺《せいりゅうじ》住職、八幡《やはた》城太郎が「青芝」を創刊して、多くの俳人、詩人と親交を結んだ。同寺の境内に、詩人の野田宇太郎、田中冬二、乾直恵などに、俳人だった真鍋呉夫の両親の墓もある。

（2）滝井孝作（一八九四—一九八四年）岐阜県出身。河東碧梧桐《かわひがしへきごとう》に師事して俳句の道に入る。号・折柴。のち志賀直哉、芥川龍之介の知遇を得て小説を書き、「無限抱擁」で絶賛を浴びる。

（3）菱山修三（一九〇九—一九六七年）東京生まれ。本名・本居《もとおり》雷章。東京外語仏語科卒。堀口大学の影響を受け、ヴァレリーに心酔。昭和六年、第一詩集『懸崖』を刊行。自意識のドラマを追求し、後続の詩人たちに影響を与える。

（4）中野重治（一九〇二—一九七九年）福井県出身。東京帝大独文科卒。在学中、新人会に入会して左翼文学活動を始める。昭和六年、非合法の日本共産党に入党。七年、逮捕され豊多摩刑務所に二年入獄。戦後、新日本文学会を組織して、左翼文学の代表的存在となる。昭和二十二年—二十五年、共産党所属の参議院議員。のち党内紛争で除名される。『中野重治全集』全二十八巻を残す。
（5）秀村選三（一九二三―）福高では、沖縄戦で特攻死した林市造と同クラスで、京都帝大経済学部も一緒だった。佐世保海兵団にも同期入団だったが、秀村は胸を病んだために生き伸びた。戦後、経済学徒として励み、九州大学経済学部教授となる。
（6）各務章（一九二五―）九州大学法科卒。戦争末期の福高時代、湯川達典、田中小実昌らと同人誌「止里加比《とりかひ》」を発行。昭和十九年、召集されて満洲に派遣されたが胸を病み、二十年春、内地に送り返される。戦後、胸部外科手術を受けて、二十七年から高校教師となり、校長を三校勤めて退任。詩作は十代から続け、詩集に『地上』『水晶の季節』『遠い声近い声』など、永く詩誌「異神」を主宰。百号も間近い。
（7）田中小実昌（一九二五―二〇〇〇年）福高では各務章と同クラス。昭和十九年十二月、陸軍二等兵で中国へ送られ、各地を転戦したが、札つきの弱兵だった。アミーバ赤痢にかかって野戦病院入院中に敗戦。復員後、東大文学部哲学科に入ったが一年で中退、米軍基地のクラブのバーテン、街頭易者、テキ屋、ストリップ劇場のコメディアンなど転々しながら小説を書き、昭和五十四年、「浪曲師朝日丸の話」「ミミのこと」で直木賞。短篇集『ポロポロ』で谷崎潤一郎賞。特異な作風と洒脱な人柄で人気があったが、ロサンゼルスで客死。
（8）内村鑑三（一八六一―一九三〇年）上州高崎藩士の子として江戸の藩邸で生まれる。東京外語英語科、札幌農学校で学び、札幌では新渡戸稲造が同級生。明治十六年渡米、ハートフォード神学校で学んでキリスト教入信。帰国後、『萬朝報《よろず》』記者になり、日露戦争のときは非戦論を展開、社の方針と折り合えずに退社。幸徳秋水、堺利彦らと理想団を結成して、足尾鉱毒反対運動などに打ち込み、牧師制度無用の無教会主義を唱えた。
(9) 蜷川虎三(一八九七―一九八一年) 京都出身。京都帝大経済学部卒。京大助教授時代に三年間ドイツ留学、昭和十四年、教授。戦後の昭和二十三年、芦田均内閣の初代中小企業庁長官。二十五年、社会党公認で京都府知事に当選、七期も勤める。べらんめえ口調の毒舌で「ケンカのトラ」といわれ、反中央、反権力の生涯を貫いた。
(10) 大西滝治郎(一八九一―一九四五年) 兵庫県出身。明治四十五年、海軍兵学校卒。航空隊を志願して、「海軍航空隊育ての親」といわれる存在になる。昭和十八年、中将。十九年十月、第一航空艦隊司令長官となり、特攻作戦を決意。終戦翌日の八月十六日、「特攻隊の英霊に謝す」の遺書を残して自決した。
(11) 大貫恵美子(一九三四年―) 神戸市生まれ。津田塾大学卒。一九六八年、アメリカのウイスコンシン大学で人類学を学び、現在、同大学教授。日本語の著書に『コメの人類学』『日本文化と猿』『ねじ曲げられた桜』など。
(12) 平泉澄(一八九五―一九八四年) 福井県平泉寺村の白山神社宮司の家に生まれ、東京帝大国史学科卒。昭和十年、東大教授。皇国史観の指導者となり、日本精神を盛んに鼓吹。敗戦直後、東大に辞表を出して故郷に帰り、白山神社宮司になったが、公職追放される。
(13) 大川周明(一八八六―一九五七年) 山形県出身。東京帝大文科卒。大正八年、国家主義の猶存社結成。昭和四年、東亜経済調査局理事長。六年三月、橋本欣五郎らとクーデターを企てたが未遂(三月事件)。五・一五事件にからんで逮捕され、十年、大審院(最高裁)で禁錮五年判決、十二年、仮出所。戦後、A級戦犯で逮捕されたが、東京裁判の第一回公判廷で前列の東條英樹の頭を叩き、精神障害者として不起訴処分となる。昭和三十二年、神奈川県愛川町の自宅で病死。

(14)村岡典嗣(一八八四―一九四六年)東京浅草生まれ。早稲田大学卒。早くから佐々木信綱の門下生となって歌作。波多野精一に学んで西洋哲学史家として名を挙げる。二十八歳で刊行した『本居宣長』は名著と評価される。東北帝大教授に迎えられ、「日本思想史講座」を開く。

(15)筧克彦(一八七二―一九六一年)長野県出身。東京帝大法科卒。翌年、ドイツ留学。明治三十六年、東大法科教授。昭和八年、定年退職したあと、古神道の研究に入り、「神ながらの道」を説き、天皇中心主義を唱道した。

(16)林房雄(一九〇三―一九七五年)大分出身。東京帝大法学部在学中、左翼運動に走って中退。大正十五年、昭和二年と逮捕され、七年に出所後、獄中で構想した小説「青年」で注目される。十一年、プロレタリア作家廃業を宣言して、勤王主義者となる。著書に『大東亜戦争肯定論』あり。

(17)「結盟団事件」激烈な国家主義者の日蓮宗僧侶、井上日召を盟主とする右翼テロ団体で「一人一殺」を唱え、昭和七年二月九日、団員の小沼正が日銀総裁、浜口雄幸内閣の大蔵大臣をつとめた井上準之助を射殺、同三月五日、団員の菱沼五郎が福岡出身の三井合名理事長、団琢磨射殺。五・一五事件の前ぶれとなる。

(18)「五・一五事件」昭和七年五月十五日、海軍将校たちが犬養毅首相を暗殺し、クーデターを企てた事件。主謀者は海軍中尉、三上卓、古賀清志らで、それに、茨城県で愛郷塾を主宰していた農本主義者、橘孝三郎の門下生、陸軍士官学校の有志生徒も加わって決起、首相官邸で犬養首相を射殺したほか、警視庁、日本銀行、牧野伸顕内務大臣邸などを襲った。

(19)「神兵隊事件」昭和八年七月十日、未然に発覚した右翼クーデター。主謀者は大日本生産党の鈴木善一、愛国勤労党の天野辰夫、陸軍中佐安田銕之助らで、三六〇〇名を動員し、首相や重臣を襲撃、内閣を打倒し、維新政府を樹立しようとしたが未遂に終わった。

(20)「二・二六事件」昭和十一年二月二十六日早朝、陸軍部内の皇道派、安藤輝三大尉、栗原安秀中尉らが指揮する陸軍歩兵第一、第三聯隊、近衛歩兵第一聯隊が首相官邸その他を襲い、岡田啓介首相は危うく難を逃れたが、斎藤実宮内大臣、高橋是清大蔵大臣、渡辺錠太郎教育総監が殺され、鈴木貫太郎侍従長は重症を負った。決起軍は永田町一帯を占拠したが、反乱軍とされ、二十九日、鎮圧された。首謀将校たちと背後の黒幕と見られた北一輝が銃殺刑に処せられた。

(21) 北一輝（一八八三―一九三七年）佐渡島生まれ。早熟の秀才で、ほとんど独学で、二十三歳で大著『国対論及び純正社会主義』を自費出版して社会民主主義を説いた。この本を機縁に宮崎滔天の革命評論社に招かれて中国革命同盟会に参加。大正十一年、『日本国家改造法案大綱』を刊行。予備役陸軍少尉西田税《みつぐ》がこの本を教典として青年将校に呼びかけ、二・二六事件の思想的根拠となった。事件後刑死。

エピローグ　書肆ユリイカ

伊達得夫、那珂太郎、湯川達典ら福高第十七回文乙のクラス誌「青々」の第五号（終刊号）は、戦後の昭和二十一（一九四六）年十月に刊行されている。二〇五頁の大冊で、「編輯後記」は伊達得夫。

戦に破れてもう二年目の秋が来てゐる。僕たちが春浅き青陵に袂を別つてから、指折りかぞへればもう五年の歳月が流れた。その間も、そしてこれからも、ストルムウントドラングの物語は、僕たちに果てそうもない。しかし、僕たちはどの様な時代の波の中にあつても、「青々」といふ美しい言葉につながれたカメラーデンシヤフト（仲間）を信じたい。そして、それを信ずる限り、僕達は、もはや、何物をも恐れない。（中略）

集められた原稿を整理しながら、僕は感傷の言葉をとどめ難い。博多や東京の焼跡の様に、僕の心の中にも、曲がつた鉄骨と崩れたコンクリートの壁のむなしい寂莫がある。

二十一年十月三日

（東京にて　伊達）

博多は昭和二十年六月十九日夜の大空襲で市街地の中心部を焼き払われ（死者八五七名、行方不明一〇七名、罹災者五万七千名）、伊達たちがよく屯した「ブラジレイロ」「門」「リズム」「明治製菓」など、みな消えていた。

「青々」は毎号、巻末にクラス全員の名簿（氏名・住所）を記載してきたが、この第五号では、三十一名中、病死一名、消息不明八名となっているが、うち一名は戦死していた。なお、朝鮮から来た金永求（創氏改名で金子永久）の名は名簿から消えている。祖国の独立で帰国して、所在がわからなくなってしまったのだろう。

この当時、伊達得夫は東京の小出版社、前田出版に就職したばかりで、「書肆ユリイカ」の創設は昭和二十三年二月のこととなる。

戦後のこの第五号には、軍隊体験が三篇掲載されている。満洲ハイラルに派遣された岩猿敏生の「首途」、海軍予備学生として土浦海軍航空隊に入隊した福田正次郎（那珂太郎）の「妻見の手帖」、内蒙古に派遣された伊達得夫の「風と雁と馬連花《まあれんほわ》」。

注目されるのは、伊達の「風と雁と馬連花」で、こう書き出されていた。

極北の戦地への旅は長かつた。朝鮮から満洲、それから私達は夜おそく長城を越えた。山海関の駅で、私は歩哨を命ぜられた。づしりと重い弾薬盒をつけて、銃に剣した。防空頭巾の下で、私の眼は氷りついた様に、こはばつてゐた。夜更けで、森閑としたホームに、私の軍靴の音は、異様に高かつた。星、私は忘れない。この凍てついた様な冬の夜空に仰いだ無数の星座を忘れない。私は、きつと戦死するに違ひないといふ妙な確信と、それから、かすかな不安とがあつた。遠く残してきた幾人かのひとと、幾つかの物語とが、歩哨の私の心を小川の様に流れた。

一週間の旅で、二月末、駐屯地の綏遠省武川県城に着く。ひどい寒気で、兵士たちの吐く息が防寒帽のまわりに霜となって氷結するほどだった。

「SF（福田正次郎）への手紙」と小題する項で、この蒙古の戦地に於ける己れの卑小な存在を、伊達はこう表現している。

書きたいことも、語りたいことも山の様にあるが、今は如何ともし難い。おれはすでに一梃の銃であり、一口《ひとふり》の剣である。それゆえ、おれも銃剣のつめたい沈黙を守るしかない。

守備隊のなかで、ただひとりの帝国大学出身者だった伊達は、ほとんどが小学校卒の古年次兵（軍歴の古い者）から白眼視されていたし、ひそかに書き記していた日記帳を古年次兵に発見されて。新兵指導の少尉から訊問を受けたこともある、逃げ場のない新兵だった。

この小さな邑《むら》で送り迎へた四か月は、詩も歌もない、かなしい月日であつた。私は、この暗い月日を忘れ果てたい。私は、卑しい賤民であつた。一片の誇さへなかつた。上官は、その私達を、陛下の股肱だと教えたが、その言葉は、むしろイロニイに満ちていた。
駐屯地に到着して間もなく、伊達は中隊長から捕虜斬殺の命を受けている。

三月三日（金）
蒙古風、砂塵を捲いて吹きつのる。
城壁外の砂丘で、共産匪の捕虜三名を死刑にす。人間とは、何といふ愚かな、動物であることか。地平遠く、夕陽沈み、城壁の上に立つ蒙古人の群。兵士の剣。忘れず。
俘虜の眼は生魚のごと濁りたり
　地平の果に赤き陽の落つ
春浅き蒙古の丘に俘虜刺すと
　兵らの眸かがやきてあり
（註）私は、むしろ、うなる程感心してゐた。俘虜たちの、死に際は、あまりにも見事であつた。一言の悲鳴も漏らさなかつた。黙つて白刃の下に、首をさし伸した。私は、中隊長の軍刀を借りて、ふりおろした。首は、半分ほどしか切れなかつた。俘虜の唇が、ぴくぴく動いた。あわてて又ふり下した。切れた首は、砂地へ、どすんと落ちた。その音は、現実の音であつた。私は、はつとして気をとり直した。私の巻脚絆に、かへり血が、べつとり沁み付いてゐた。ふりかへれば、地平の果に落ちる夕陽も、にえたぎる血の様に赤いではないか。首だけは、丘の

上に土葬したが、首のない死体は、そのまま置きざりにされた。やがては狼どもの　食になるのであらう。

　悲劇の丘には、やがて深い黄昏がおり始め、真近に夕づゝがきらめいた。非業の死をとげたひとの、その血から、真紅の花が咲いたといふ童話は、よく聞くことだけれど、むしろ私は、斬り殺した私自身が、このまま、この丘の上に咲く一もとの草花に化したかつた。人間の愚劣さが、しみじみと、かなしかつた。


　黙っていれば隠しおおせることを、なぜ伊達はあえて書き残したのだろうか。

　この不慮の出来事から二か月後の五月中旬、伊達は駐屯地に近い町、厚和で幹部候補生試験を受け、六月中旬、経理部幹候に採用され、岐阜県加茂郡の軍需品集積所に派遣されて、ここで終戦を迎えている。

　この文中のなかでも伊達は、「学生の頃、私は戦死に憧れてゐた。最も美しい人生の解決としての戦死、私は甘かったのかもしれない」と書いているが、生きのびた今、上官の命とはいえ、俘虜の首を斬った事実から逃げることなく、あの悲しみを胸に刻んで、戦後を生き抜くほかないと決意したのだろう。

　戦後の伊達は、最初、前田出版に就職して、最初に手がけたのが、昭和二十一年十月、逗子の海で自殺した一高生、原口統三[1]の遺稿を編集した『二十歳のエチュード』だった。この本は初版五千部をあっという間に売り切ったが、二十二年暮れ、前田出版は倒産。伊達はその直前に退社して、「書肆ユリイカ」を創設する。

当時としては斬新だったこの社名は、エドガー・アラン・ポオの著書『ユリイカ』から採っているが、伊達にポオ『ユリイカ』のことを教えてくれたのは、京都帝大時代から知り合っていた稲垣足穂だった。奇人タルホは、伊達にこう話したという。ポオの『ユリイカ』はアメリカでたった二冊しか売れなかったが、ユリイカはギリシャ語で「余は発見せり」という意味で、アルキメデスが風呂の中で比重の原理を発見して、うれしさのあまり、すっぱだかでアテネの町を走りまわり、「ユリイカ！ ユリイカ！」と叫んだんだと。そのタルホの話がすっかり気に入って、伊達は「ユリイカ」を社名にしたのだった。

昭和二十三年二月、「書肆ユリイカ」の首途の本、原口統三の『二十歳のエチュード』改訂版が刊行された。これはヒットして、その儲けで新宿区上落合に小さな家が建てられたが、あとが続かなかった。第二弾の稲垣足穂の『ヰタ・マキニカス』は五百部限定だったがさっぱり売れず、続く牧野信一『心象風景』は製本ミスでごたごたした上、印刷所に残っていた一千冊ほどが火事で丸焼けという悲惨さ。これでは食えないと、出版をあきらめかけた伊達は、杉並で女学校の教師をしていた那珂太郎を訪ねて言った。

「おれ、出版やめようと思うんだ。とても続かねえや」

「そうか、いよいよやめるか」と那珂は話を受けたが、こう提案した。

「それじゃ、最後におれの詩集を作らんか。おれの本名で出せば、きっと生徒たちが買ってくれるから、売れるぜ」

「よし、やるべえ」と息を吹き返して生まれたのが、那珂太郎の第一詩集『ETUDES《エチュード》』だった。本名の福田正次郎で、濃紺の函に入った純白の装幀も女学生たちの気に入って売り切れた。昭和二十五年のことだ。

これが契機となって、「ユリイカ」の主力は詩集の刊行となる。『ETUDES』に続いて中村稔『無言歌』『中村真一郎詩集』。昭和二十六年、平林敏彦『廃虚』、磯永《いそなが》秀雄『浮燈台』、二十八年、祝算之介『鬼』、飯島耕一『他人の空』、二十九年、山本太郎『歩行者の祈りの歌』、小海永二『峠』、三十年、川崎洋《ひろし》『はくちょう』、辻井喬『不確な朝』、滝口雅子『蒼い馬』、入沢康夫『倖せそれとも不倖せ』、岸田衿子『忘れた秋』、三十一年、大岡信《まこと》『記憶と現在』、岩田宏『独裁』、多田智満子『花火』、三十二年、長谷川竜生『パウロウの鶴』、三十三年、高良留美子『生徒と鳥』、河邨《かわむら》文一郎『湖上の薔薇』、吉岡実『僧侶』、三十四年、清岡卓行『氷った焔』、山本道子『壺の中』、宗左近『黒眼鏡』、渋沢孝輔『場面』、石垣りん『私の前にある鍋とお釜ともえる火と』、田中清光『黒の詩集』、三十五年、嶋岡晨《しん》『偶像』、伊藤海彦『黒い微笑』などなど。

ユリイカ時代の伊達得夫（『余は発見せり』福岡市総合図書館より）

この多くは処女詩集であり、これらの詩集を詩壇への第一歩として著名になった詩人は多い。伊達得夫はいわば詩壇の名伯楽だったが、詩集の売れゆきは多寡が知れている。相変らずの神田ビンボー町だった。

詩書出版の思潮社社長、小田久郎(2)の『戦後詩壇私史』によれば、小田は昭和二十九年の夏、谷川俊太郎の紹介で伊達と知り合い、伊達が居候していた昭森社に、小田も机を置かせてもらうことになったという。

昭森社の社屋といっても畳数にしたら六枚か七枚ほどの板の間に、昭森社とユリイカと思潮社と日本に於ける三大詩書出版社が、夫々《それぞれ》一つ位ずつの机を並べていたのは、一種の摩訶不思議であった。少し大袈裟に云えば世界中にこんなところは恐らく何処にもないだろう。ないに違いない。云わば日本現代詩書出版のルツボの感があった。あのすすぼけた階段を、殊に戦後の優秀な詩人たちの、どれだけのスリッパや素足があがったりさがったりしたことか、数えきれまい。

伊達得夫の遺稿集『ユリイカ抄』の解説を大岡信(3)が書いている。伊達への親愛感が溢れる長文のもので、伊達はほとんど声をあげて笑うことなく、笑ってもシニカルな笑いで、いつも憮然とした顔だったが、「なつかしい人格」だったと記している。

あるとき伊達は、たまり場にしていた昭森社前の喫茶店「ラドリオ」で、大岡信にこう言ったという。

「おれ、売れねぇ本ばかり出して、みんなに珍しがられているけどね。岩波だって古本屋からああなったんじゃねぇか。おれの目標は二十年ばかり先なんだよ。そのころになると、ユリイカに書いてた貧乏詩人たちがみんな偉くなってさ、おれは左ウチワですよ。左ウチワ。エッヘッへ」

その言葉どおり、詩集のほか、昭和三十一年十月号から三十六年二月号にかけて五十三冊刊行された月刊「ユリイカ」の執筆者のなかから、多くの著名な詩人・作家が出たが、左ウチワになる前に、伊達得夫の命の炎が燃え尽きてしまった。

昭和三十六年一月十六日夜、肝硬変で死去。享年四十歳。あとに、京都帝大時代に恋仲になった田鶴子夫人と、真理、百合の二女が残された。

一月二十日の告別式には、詩人の清岡卓行、関根弘、木原孝一、黒田三郎に、旧制福高時代の学友を代表して西日本新聞記者の千々和久弥が弔辞を読んだ。清岡卓行《たかゆき》(4)は弔辞で、こう伊達に呼びかけた。

伊達さん。

あなたは不思議な人だった。あなたは自ら詩を書くわけではないのに、詩を書く若い人たちに兄のような愛情をそそぎ、その作品発表の場を与えてくれた。それは何という奇妙な商売だっただろう。あなたはことさらに雑誌を拡げようとも、仕事を拡大しようともしなかった。そのような野心を、生まれながらに嘲笑する、あなたはポエジーの流竄の天使だった。……

伊達さん。

あなたの不思議な情熱はどこにあったのだろう。若い人たちはあなたの周囲に、惹きつけられるように集った。……

昭和十三年春、旧制福高で同級生になって以来、親交を結んできた那珂太郎の長詩「はかた」（昭和四十七年作）の（Ⅲ）は、伊達得夫のレクイエムになっている。

中洲の橋のたもとにたたずみ目をつむるとおい伊達得夫よ
あのブラジレイロの玲瓏たるまぼろしが浮んでくるぢやないか
ほら　ぎんのさざなみに魚の刃が閃き草假名をかいて鷗がかすめる
對岸の森の公會堂の　青銅いろの尖塔につき刺され
よろめく夕日がクリイムのカンバスに血をながしている
ラ・クンパルシイタは川風に吹きちぎられ……
青春とはなんだ？　青ざめた春か　青くさい春か　それとも
むなしくアホくさい春のことだつた？
　（中略）
〈だつて得《とく》よ〉と輕口たたかれた伊達得夫よ
得だと見られた損な役をおまへは演じて
贅肉ひとつつけぬまま

だれよりさきに死んぢまつてさ……でも
とりかへのきかぬ時代のかけがへのない青春を生き
(強ひられた時代の虐げられた青春とそれをだれが呼ぶ?)
おまへの人生に過不足はなかつた　と
どうやらやつと思へてきたおれはといへば
わたつみの　沖つ潮あひに浮ぶ泡の
消えぬものから寄るかたもない古今のこころか
……目をあけると　ブラジレイロの白堊はあとかたもなく
………………

註解

(1) 原口統三(一九二七―一九四六年)韓国ソウル生まれ。大連一中―一高に進んだが、昭和二十一年、文科三年の秋、逗子海岸で入水自殺。中学、高校の先輩、清岡卓行に兄事してすぐれた詩を書いていたが、精神の純潔を保つためには死を選ぶほかないと自死した。遺著『二十歳のエチュード』は多くの若者の心をひきつけ、ベストセラーになった。

(2) 小田久郎(一九三一―　)東京生まれ。早稲田大学国文科卒業とともに「文章倶楽部」編集長。昭和三十一年、「書肆ユリイカ」の伊達得夫が机一つ置いていた昭森社の室内に彼も机一つ置いて「思潮社」を創設。月刊「現代史手帖」「現代詩文庫」で多数の詩人を育てる。

（3）大岡信（一九三一—）静岡県出身。東京大学国文科卒。読売新聞外報部記者と経て文筆活動に専念。二十一歳のとき「海と果実」を発表して詩壇に登場して以来、現在もっとも活躍している詩人のひとり。朝日新聞に永く「折々のうた」連載。

（4）清岡卓行（一九二二—　）中国大連生まれ。東京大学仏文科卒。大連一中の後輩に原口統三がいて、原口に大きな影響を与えた。昭和三十四年、処女詩集『氷った焔』を書肆ユリイカから刊行。伊達得夫が造本に凝った、背革装幀、函入りの豪華本だった。昭和四十五年、『アカシアの大連』で芥川賞。五十四年、中国紀行「芸術的な握手」で読売文学賞、その他。

主な参考文献・資料

『こをろ』全十四冊、『こをろ通信』復刻版（言叢社、昭和五十六年）
『矢山哲治全集』全一巻（未来社、一九八七年）
近藤洋太『矢山哲治』（小沢書店、一九八九年）
旧制福岡高等学校文科乙類十七回生クラス誌「青々」四冊、復刻版（櫂歌書房、一九八一年）
伊達得夫『詩人たち—ユリイカ抄—』（日本エディタースクール出版部、昭和四十六年）
長谷川郁夫『われ発見せり　書肆ユリイカ・伊達得夫』（書肆山田、一九九二年）
『那珂太郎詩集』（思潮社、一九六九年）
続『那珂太郎詩集』（思潮社、一九九六年）
那珂太郎『はかた幻像』（小沢書店、昭和六十一年）
那珂太郎『時の庭』（小沢書店、一九九二年）

那珂太郎『木洩れ日抄』（小沢書店、一九九八年）
真鍋呉夫『二十歳の周囲』（全国書房、昭和二十四年）
真鍋呉夫『黄金伝説』（沖積舎、一九八五年）
『島尾敏雄全集』（晶文社）
島尾敏雄『私の文学遍歴』（未来社、昭和四十一年）
庄野潤三『前途』（講談社、昭和四十三年）
庄野潤三『文学交友録』（新潮社、一九九五年）
松原一枝『お前よ　美しくあれと　声がする』（集英社、一九七〇年）
田中艸太郎『こをろの時代』（葦書房、一九八九年）

＊　＊

福岡高等学校『学而寮史』（昭和二十四年）
福岡高等学校創立八十周年記念誌『人生旅路遠けれど』（青陵会、平成十四年）
山内正樹『旧制福高社研記』（私家版、一九八五年）
秋山六郎兵衛『不知火の記』（白水社、一九六八年）
大西巨人『神聖喜劇』第一巻（光文社、一九七八年）
福岡市総合図書館「カフェと文学」（二〇〇一年）
福岡市総合図書館「余は発見せり　伊達得夫と旧制福高の文学山脈』」（二〇〇二年）
「季刊銀花」一一八号（一九九九年初夏号、「詩人を愛した編集者　伊達得夫）
湯川達典評論集『文学の市民性』（青蛮社、一九七一年）

花田俊典『清新な光景の軌跡—西日本戦後文学史』（西日本新聞社、二〇〇二年）
小川和佑編『青春の記録』3（現代教養文庫　昭和五十一年）
紅野敏郎『昭和文学の水脈』（講談社、昭和五十八年）
小田久郎『戦後詩壇私史』（新潮社、一九九五年）
橋川文三『増補　日本浪曼派批判序説』（未来社、一九六五年）
栗原克丸『日本浪曼派・その周辺』（高文研、一九八五年）
檀一雄『花筐』（赤塚書房、昭和十二年）
田中小実昌『ポロポロ』（河出文庫、二〇〇四年）
田中小実昌『アメン父』（河出書房、一九八九年）
桜本富雄『日本文学報国会』（青木書店、一九九五年）
稲垣志代『夫稲垣足穂』（芸術生活社、昭和四十六年）
「京都帝国大学新聞」昭和十七、八年
「西日本新聞」昭和四十九年五月二十三日夕刊、五十六年十一月二十七日夕刊
「詩学」一九六一年三月号
「思想の科学」一九五九年十二月号
「異神」各務章主宰、第八十八号（二〇〇二年十一月）

＊　＊

加賀博子編『林市造遺稿集　日なり楯なり』（櫂歌書房、一九九七年）
中尾義孝編『中尾武徳遺稿集　探求録』（櫂歌書房、一九九七年）

湯川達典『特攻隊員　林市造　ある遺書』（櫂歌書房、一九九三年）
日本戦没学生の手記『きけわだつみのこえ』（岩波文庫、一九八二年）
大貫恵美子『ねじ曲げられた桜』（岩波書店、二〇〇三年）
安田武『学徒出陣』（三省堂新書、昭和四十二年）
永沢道雄『学徒出陣の記録』（光人社、二〇〇一年）
稲垣真美『良心的兵役拒否の潮流』（社会批評社、二〇〇二年）

なお、引用の旧漢字は原則として新字に、旧仮名遣いはそのままとした。

あとがき

私は戦後の九州大学在学中、小島直記さん主宰の第三期「九州文学」同人になり、未熟な小説を載せてもらったりしたが、同人には小島さんはじめ、詩の一丸章さん、小説の冨士本啓示さん、百田耕三さんの「こをろ」同人四名の方がおられた。その当時、私は「こをろ」の存在を知らなかったが、私にとって「こをろ」の時代はそう遠いものではなかったのだ。

福高時代から大の読書家だった小島さんからは「いまのうちにうんと本を読みなさい」と励まされたし、療養生活が永かった一丸章さんはまだ青白い顔で、どこか近寄りがたいものがあった。日米開戦の翌日、矢山哲治とともに警察に拘引された冨士本さんは口数の少ない武骨な方で、シベリア抑留体験から生まれた短篇小説「労働と勲章」は記憶に残る作だった。「こをろ」同人中、最も軍隊生活が永かった百田さんは、身体も性格も丸っこい方で、「寧日」と題する長篇を書きつがれていた。

そんな戦中派との交わりもあった私は、思想、言論、表現の自由を大幅に束縛されて、学業半ばの学徒出陣、さらには特攻出撃に追いこまれた青春が如何なるものであったか、記録に残しておきたいと思って本稿をまとめた。戦後六十年経って、憲法第九条の不戦の誓いが反故にされようとしている現在、若者を戦場に送るような時代はまたとあってはならぬ、という強い思いもあった。

取材に当たっては、「青々」復刻版、特攻戦死の林市造さん、中尾武徳さんの遺稿集などを刊行された櫂歌書房の東保司・桂子ご夫妻、昨年（二〇〇四年）初めに亡くなられた湯川達典さんの静子夫人、妹の満里子さん、旧制福高先輩の詩人、各務章さん、福岡の文学研究家、坂口博さんなどのご協力に助けられたことを記しておきたい。また作品その他の文章を引用させていただいた多くの方々、故人の方も含めてお礼を申しあげたい。

海鳥社の西俊明社長のご好意で本書を刊行でき、面倒な編集の労もとっていただいたのは、まことにありがたいことであった。

多田茂治

二〇〇五年十二月二十二日

多田茂治（ただ・しげはる）　1928（昭和3）年、福岡県小郡市に生まれる。1954年、九州大学経済学部卒業。新聞記者を経て文筆業。
主な著書
『内なるシベリヤ抑留体験』社会思想社、『夢野一族―杉山家三代の軌跡』三一書房、『石原吉郎「昭和」の旅』作品社、『野十郎の炎』葦書房、『夢野久作読本』弦書房、『玉葱の画家　青柳喜兵衛と文士たち』弦書房などがある。『夢野久作読本』にて第57回日本推理作家協会賞（評論の部）受賞。

戦中文学青春譜
「こをろ」の文学者たち
■
2006年2月15日　第1刷発行
■
著者　多田茂治
発行者　西　俊明
発行所　有限会社海鳥社
〒810-0074 福岡市中央区大手門3丁目6番13号
電話092(771)0132　FAX092(771)2546
印刷・製本　大村印刷株式会社
ISBN4-87415-560-X
［定価は表紙カバーに表示］
http://www.kaichosha-f.co.jp